ミネルヴァ日本評伝選

大佛次郎

一代初心

福島行一著

ミネルヴァ書房

刊行の趣意

「学問は歴史に極まり候ことに候」とは、先哲荻生徂徠のことばである。

歴史のなかにこそ人間の智恵は宿されている。人間の愚かさもそこにはあらわだ。この歴史を探り、歴史に学んでこそ、人間はようやくみずからの正体を知り、いくらかは賢くなることができる。新しい勇気を得て未来に向かうことができる。徂徠はそう言いたかったのだろう。

「ミネルヴァ日本評伝選」は、私たちの直接の先人について、この人間知を学びなおそうという試みである。日本列島の過去に生きた人々の言行を、深く、くわしく探って、そこに現代への批判を聴きとろうとする試みである。日本人ばかりではない。列島の歴史にかかわった多くの異国の人々の声にも耳を傾けよう。

先人たちの書き残した文章をそのひだにまで立ち入って読み、彼らの旅した跡をたどりなおし、彼らのなしとげた事業を広い文脈のなかで注意深く観察しなおす――そのとき、はじめて先人たちはいまの私たちのかたわらによみがえってくる。彼らのなまの声で歴史の智恵を、また人間であることのよろこびと苦しみを、私たちに伝えてくれもするだろう。

この「評伝選」のつらなりのなかから、列島の歴史はおのずからその複雑さと奥ゆきの深さをもって浮かび上がってくるはずだ。これを読むとき、私たちのなかに新たな自信と勇気が湧いてきて、その矜持と勇気をもって「グローバリゼーション」の世紀に立ち向かってゆくことができる――そのような「ミネルヴァ日本評伝選」にしたいと、私たちは願っている。

平成十五年（二〇〇三）九月

上横手雅敬
芳賀　徹

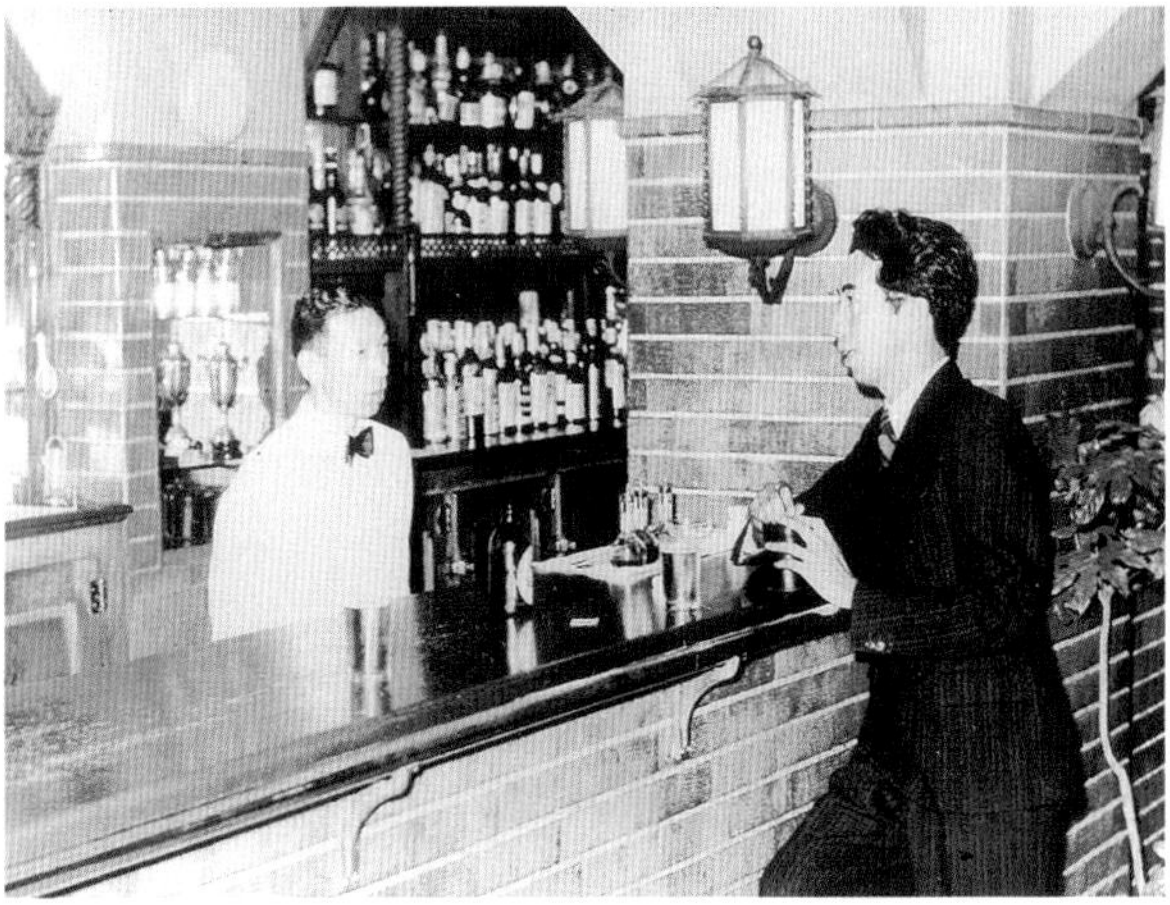

大佛次郎

昭和６年から横浜のホテルニューグランドの318号室を仕事場とし，仕事を終え夕方から，ホテルのバーで疲れを癒した。

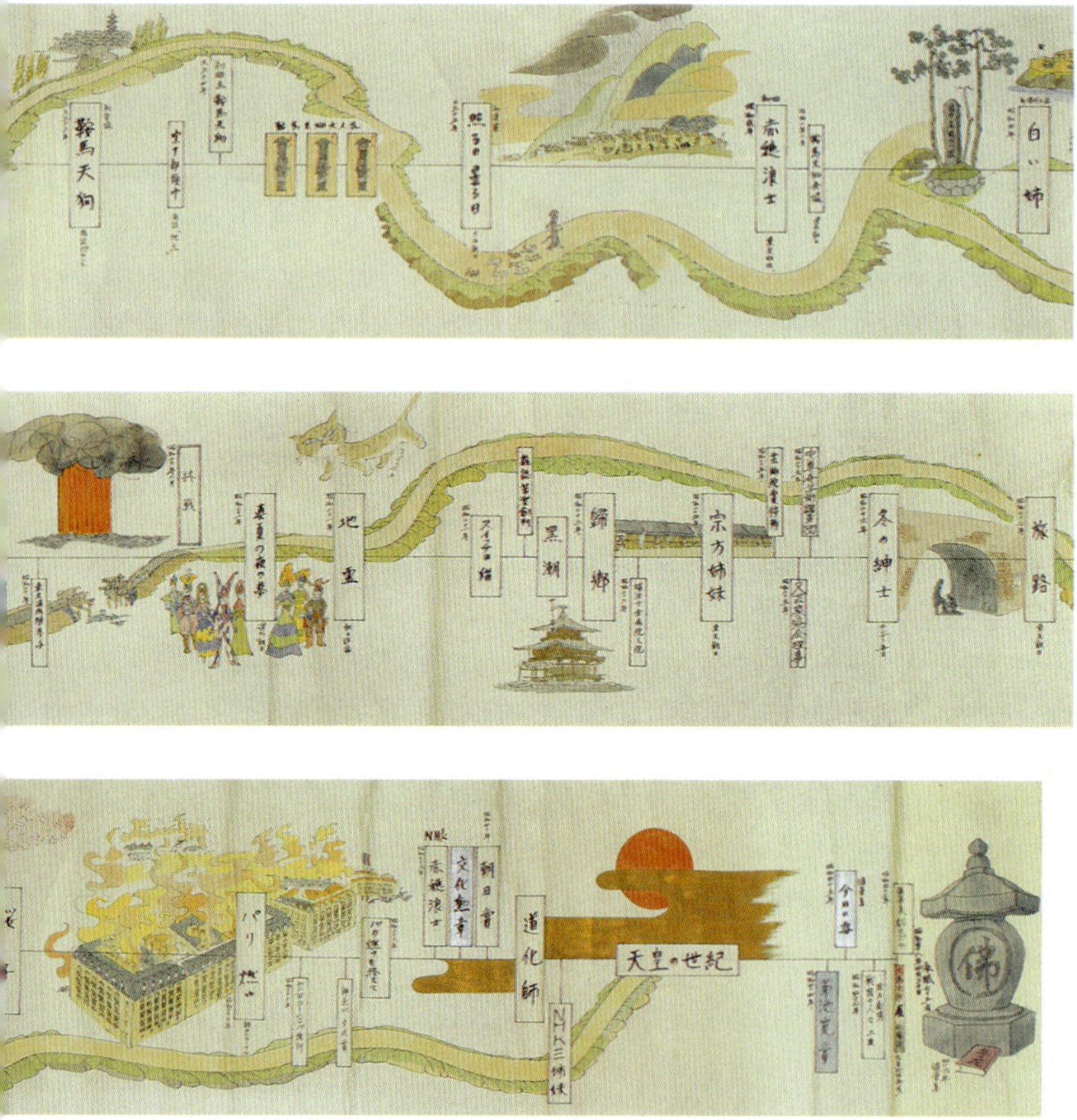

横山隆一画「大佛次郎作品道中図絵」

昭和47年11月に横浜で開催された「大佛次郎展」にあわせ描かれた。
その後大佛次郎記念館設立時に開かれた展覧会の際に加筆された。

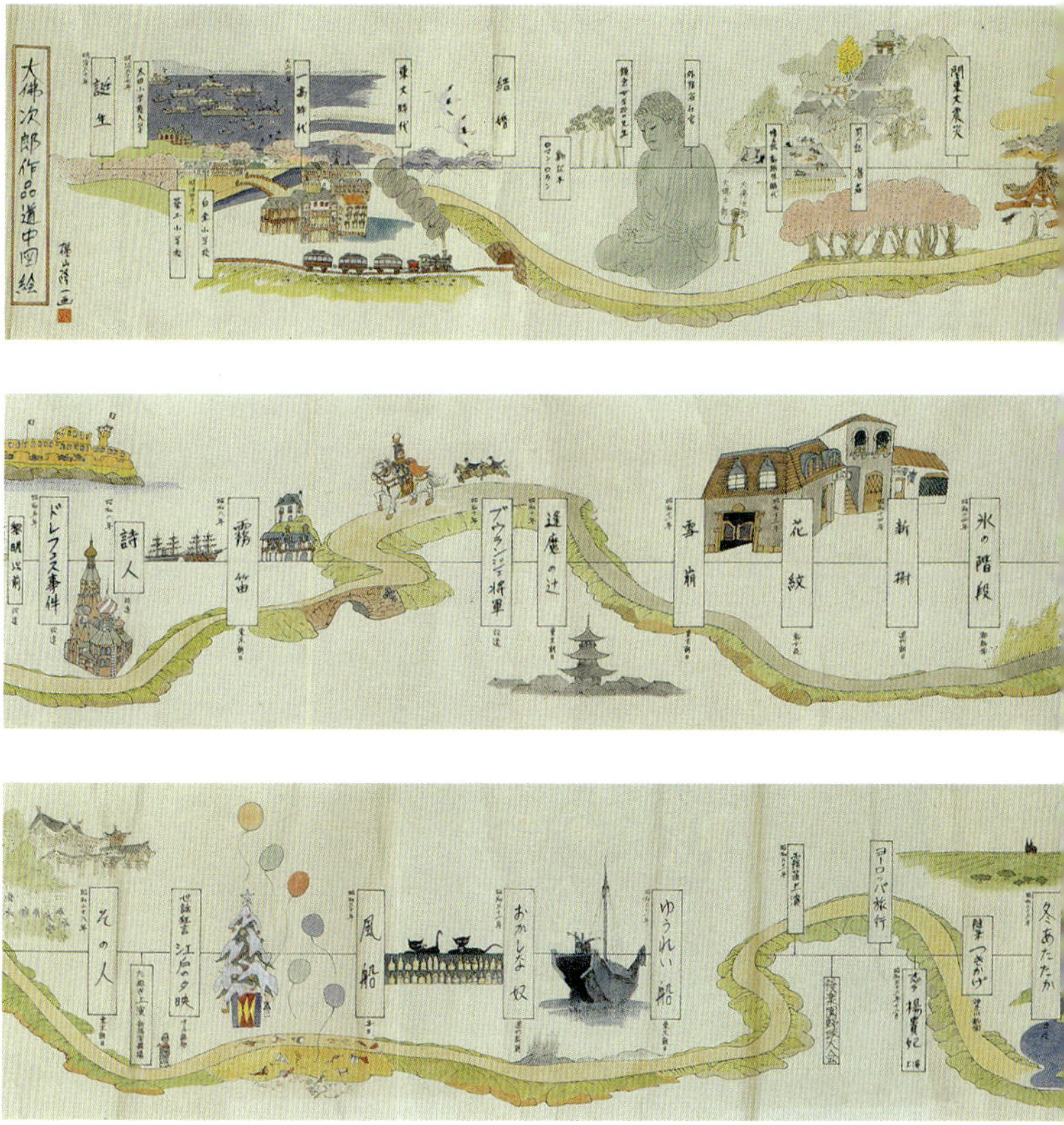
大佛次郎作品道中図絵
誕生
一高時代
東大時代
結婚
関東大震災
黎明以前
ドレフュス事件
詩人
霧笛
ブウランジェ将軍
逢魔の辻
雪崩
花紋
新樹
氷の階段
その人
江戸の夕映
風船
おかしな奴
ゆうれい船
ヨーロッパ旅行
楊貴妃
冬あたたか

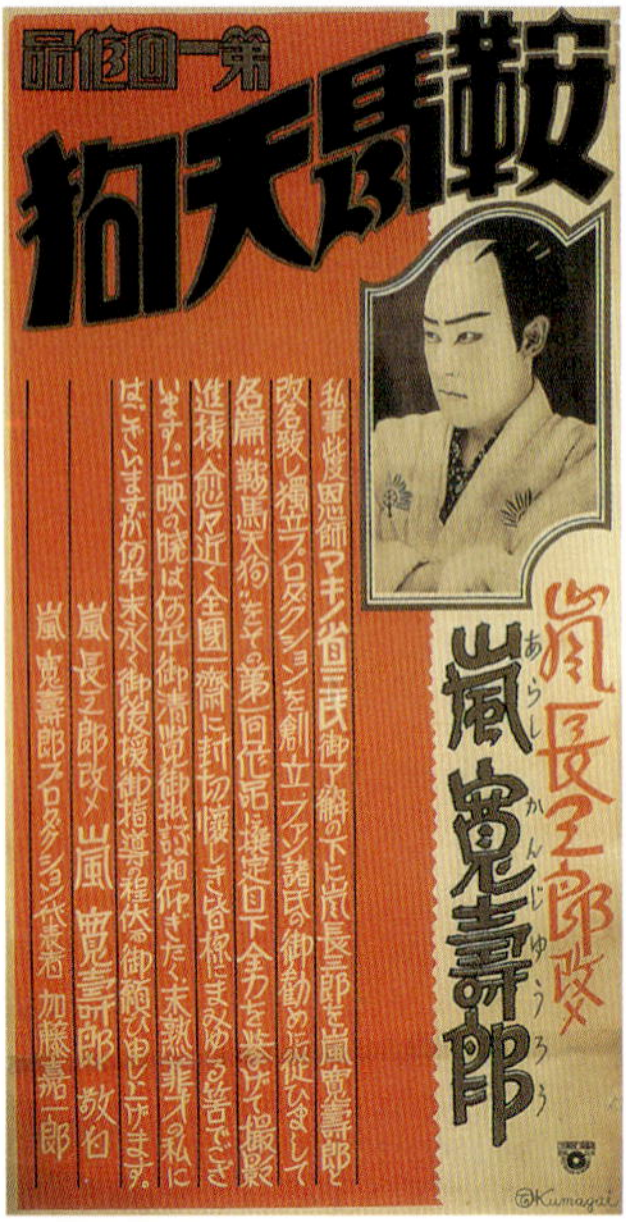

「鞍馬天狗」ポスター
（昭和３年，嵐寛寿郎プロダクション，嵐長三郎改名，独立プロ第１回作品）

スウェーデン 1958年

イタリア 1956年

イギリス 1955年

アメリカ 1955年

中国 1985年

フランス 1962年

フィンランド 1960年

各国語に翻訳された「歸鄉」

はしがき

二十七の筆名を使って多彩な小説を書き、百冊以上の小説集にまとめあげ、最終的に大佛次郎《おさらぎじろう》という読みにくい筆名一本にしぼった。本書は、父親のものより一寸《ちょっと》低い墓石の表面に刻まれた戒名《かいみょう》にしてまで、その筆名にはこだわることとなった作家の〈評伝〉である。

本人は、明治三十（一八九七）年十月九日、神奈川県の横浜市に生まれた。和歌山県の名刹・道成寺専属の宮大工が先祖で、父親は藩政改革後の明治十一年、志を立てて故里を出奔、上京後に日本郵船会社の社員となり、大佛次郎が生まれた時は石巻支店に勤務だった。作家は、野尻清彦《のじりきよひこ》という本名も父親からの電報で名付けられた。留守宅は母親と十二歳年長の長兄・正英《まさふさ》（筆名・野尻抱影）が中心となっており、この兄は〈星の英文学者〉として、終生、監視と慈愛の目を末弟の大佛次郎に注いだ。この長兄が家長〈明治の長男〉として末弟の進路に灯をかかげ、作家は、幼年時から他家《よそ》では見られないような父親へ向って抱く敬慕をもって、父親が我が子に託した理想の実現への道を素直に何の惑いもなく歩むこととなった。

一中・一高・東大法学部の学歴と、生まれつきの読書と集書好きの履歴を持ちながら、青年時代の演劇趣味がきっかけで、当時有名な映画女優に惚れこんでしまった。その結果が父親や兄の許さぬ同棲婚生活に追い詰められ、偶然の関東大震災と書籍代支払いに退路を断たれた結果、後先《あとさき》も考えずに生み出した時代小説のヒーロー「鞍馬天狗」が誕生した。ここで読者が待ち望んだ〈大衆小説作者〉大佛次郎が博文館を背景に生まれることになったのである。

黒船来航後の近代史を、極めて自由な書き方で、時代小説・現代小説にこだわらずに発表。登場人物と非情なまでの時の流れに焦点をあてる書き方は、まさに他作家の及ばない独自の創作であった。

他方、異なった面から生涯をふり返ると、東大政治学科卒と映画女優との結婚を結ぶ大正十年前後が、一番活気があって次々と着想が浮かび、構想も大きく広がり、自分の人生でこの頃ほど充実感を味わったことはなかった。逆に、昭和十年前後の流行作家と言われた時期こそ振り返ってみると恥ずかしい頃であった。次から次へと作品は生まれていくのだが、進歩・革新的なものは一つもなく、古いものの繰り返しばかりで、出口がちっとも見えてこない。数こそこなしているが、心の満足は全くなく、自殺さえ考えた。ただ、七十五年の生涯で最も印象的なのは昭和二十年の敗戦前後のことである。限られた自記資料として昭和十九・二十年の日記が残っている。

また生活は極めて常識的で、曲がったことには決して手を着けない正義感は生得の性格であった。

六十一篇の新聞小説を執筆、他の作家と違った閲歴と、家の床が抜けるほどの蔵書を持ち、日米戦争中も時の勢いに媚びることがなく、本人は「鞍馬天狗」に身をやつし、自由な発言の場を持ち、混乱期を切り抜け、敗戦後は戦争処理内閣で首相参与を務めた。政治面から身を引いた後は伝統美の復活を目指して雑誌「苦楽」を発行した。出版界まで活躍の場を広げ、名作「歸郷」によって大衆作家と呼ばれながら最初の芸術院賞を受賞。以後〈日本近代史〉の原点となった明治維新史執筆を終生の目途と定め、――偶然それは父・政助が郷里を離れる時代背景と軌を一にするわけだが――準備作に近代フランス史の原点〈パリコミューン〉を芸術の美をも兼ね備えた「パリ燃ゆ」の形で完成。その実績が明治百年の節目となる昭和四十二年から畢生《ひっせい》の大作「天皇の世紀」の執筆となって開花したのであった。

新聞小説でありながら読者へのサーヴィスを顧慮することなく、執筆期限を限定されることもなく、「朝日新聞」は全社の能力を全て傾注して協力、その完成を熟望した。

明治天皇の生誕、黒船の来航に始まる明治維新十五年の歴史を時の流れと人物形象の両面から綴ったが、開始から六年有余、千五百余枚の原稿用紙を使い切りながら無念にも昭和四十八年四月三十日をもって中断。明治元年のやがて開け行く維新の夜明けを目前に期待しつつ七十五年の生涯は燃え尽きたのである。

執筆開始から六年有余、その間、病気の苦しみを全く外へもらさず、周囲の人びとへの思いは限りなく優しく明るかった。昭和四十八年四月二十五日、がんセンターのベッドの上で書いた最後の言葉は、

みんなしんせつにしてくれてありがとう。皆さんの幸福を祈ります

という乱れた文字であった。

この評伝は、この空前絶後の大作家が和歌山県道成寺の地に明治維新時に生まれた父・政助の跡を求めて、謎の痕跡を辿るところから始まる。

〈国民の文学〉と呼ばれる大作「天皇の世紀」を生み出す六年有余の年月と、壮絶な死に至る七十五年の生涯を、色んな面で重ねることの出来る今こそ、本書を若い読者の手に届けたい思いが切々とするのである。

大佛次郎——一代初心　目次

はしがき

図版一覧

本書で多数の図版を掲載させていただいた公益財団法人横浜市芸術文化振興財団大佛次郎記念館は、大佛次郎の資料収集、研究に従事し、収蔵する資料を展示している（http://osaragi.yafjp.org/）。

第一章　父・野尻政助と明治維新

1　戊辰の役と紀州和歌山藩の動向

暴れ馬で始まった戦争

慶応四年一月三日の夕刻、それまで京で朝廷守護が中心の薩摩軍は銃砲で武装し大坂を目指して南下を開始した。

一方、大坂城の幕軍は、薩長へ難詰の質問状をふところに、京へ向かうべく鳥羽伏見の辺まで進んだ。まさに撃突、一触即発の状態であった。

夕方五時頃、暮れ方であった。幕軍の中心で幕府大目付・滝川具知が難詰の「討薩の表」を持参、部隊の先頭が薩州兵と遭遇、京への前進を求めて、鳥羽赤池付近で談合に入った。

薩側の壁の如き情勢に、ここまで縦隊を組んで進軍してきた、先頭の滝川具知が乗った馬が薩軍の進軍ラッパによる発砲音に驚き、仰天して鳥羽街道を一目散に疾駆、狂奔した。

突然の騒動、奔馬の動きに、細く長い縦隊の形で進んだ幕軍は大混乱となり、かねて下坂中の薩軍砲銃隊によって集中射撃を浴び、これが戊辰戦争の幕開けとなった。

翌四日、薩摩方に錦旗が登場することにより、また彼我の間の銃砲の性能の差異によって形勢は一方的となった。

大坂城に居残って自軍の勝利を信じ、一旦は幕軍の再征を促した徳川慶喜であったが、六日の深夜、ひそかに大坂城をぬけ出し、小舟で海上を移動した上、大坂湾内に停泊中の米艦に移乗、さらに開陽丸に乗り移った上、八日出航、東帰を急いで十一日夜半、品川沖に到着した。

大坂城を中心に居残った一万数千の旧幕府軍は、ここまで来て、中心存在で全軍の総指揮官を見失ってしまったのである。

そして、大勢は江戸のある東方へと、一部は南方の和歌山へと転出せざるを得なかった。

敗戦は、旧幕府軍の巨大な崩壊であった。

和歌山紀州藩は親藩ゆえ、鳥羽伏見で敗れた会津、桑名をはじめ旧幕諸藩の多数は紀州藩領内に逃げ込んだ。

紀州藩は、これら敗残の将士を数百艘の船に分乗させ、五、六カ月かけて江戸へ送還した。和歌山をはじめ、沿岸の村々では海上輸送を待つ残兵でごったがえした。

日高川河口の御坊をはじめ、道成寺のある藤田の村々では、幕軍の動向を知って、時代の転回を覚悟することとなる。

一方、薩摩中心の維新政府協力に藩政を切り変えた紀州藩では、陸奥宗光と再度、津田出《いずる》を登用、明治の新政策を迎えることとなった。

採用された諸策のうち、大佛次郎の父・野尻政助が直接関係をもつこととなる事項について、簡略に説明したい。

第一に、陸奥宗光、津田出が提案した藩政改革の動向は〈徴兵〉制度の実施である。今迄、武士の専任制度であった軍制を、適合する四民にまで拡大する、――この軍制改革の実施は丁度年齢的に該当していたことで、政助は新規募集された紀州藩兵の一員として採用。直ちに訓練を受けることとなった。

改革によって起った第二の動向は学制改革であった。野尻政助は和歌山へ出て、倉田塾、清風書院への入塾、従来の小間物商いを嫌って、新しく学問を自分のものにしようとした。この野尻政助の向学心、好奇心の強さをまず指摘したい。

そして、政助のこの性向が、やがて郷里を出奔の上、神戸から江戸の三菱商会入社、横浜での日本郵船社員として自覚を促すこととなる。

と同時に、今迄の資格や勉学の不足を強く考えさせる反省の境地に落ち込むことになり、それがやがて我が子への期待の強さに成長したのである。

親藩・紀州藩の藩政改革

偶然であるが、藩政改革実施の年、明治二年といえば、大佛次郎の実父・野尻政助が丁度二十歳の時であった。むろん妻はない。

この兵制改革の一つ交代兵は彼にとって、逃れる手段のない新制度の公布であった。さらに翌三年正月、「兵賦略則」を加えて、管内諸地を見逃さず徴募する細則を定め、徴兵使を各郡民政局に派遣している。それは、たとえ長男であっても父や兄弟のある者は全て兵役に服させたのである。

この時、徴兵にとられた時のことを、昭和五十二年五月、大佛次郎の甥にあたる野尻知三郎さんを仲介にして、また従兄弟にあたる野尻勢吉さんから聞くことができた。

家の奥から位牌を持ち出して、知三郎さんは私と一緒に先祖探しにあたってくれた。

野尻家は道成寺の宮大工ということによるからか、故人の戒名には院号をつけていなかった。男なら某信士、女は某信女という具合である。

ただ野尻政助の両親だけは例外で、父は保寿院観応道節居士、母は松寿院静観妙節禅尼という院号の入った戒名がついている。知三郎さんが語るには、政助が東京で結婚する時、家柄を示すために付けたのではなかったかと補足しておっしゃっておられた。

ただ政助の父の源兵衛は明治三十一年、母は三十八年に亡くなっており、政助の結婚はそれ以前の明治十五年前後かと思われるので、時間的にはズレがある。

2　紀州道成寺につながる野尻家と政助

大佛次郎と野尻家の系譜

「熊野古道」の名称で世界遺産に登録されてから十年余。この古道沿いには中世からの熊野詣でにともなって、説教師や絵とき説法など、多彩な語り物が伝わってきた。「安珍・清姫伝説」や「小栗判官物語」などで、それらの多くは女性にまつわる語り物の数々なのである。

私は今から幾十年の昔、奈良の都・東大寺門前発、国道一六八号線、十津川越えの本宮を通って、終点新宮行きのバスに乗って和歌山を訪れたことがあった。道路の舗装が完成していなかったため、バスの最後部に坐っていると、跳ね上がり方によっては頭がバスの天井まで届いたことを覚えている。この思いにこりたわけではなかったと思うが、次の紀州巡りは、天王寺発、紀勢本線のゆったりした旅行であった。

県都の和歌山を過ぎ、次の大きな駅が御坊《ごぼう》である。各駅停車で行けばその次が道成寺駅。駅前の道を百メートルばかり行くと道は左右に分かれる。そこを左に折れて北行し、門前町を通り六十二段の石段を登りつめた所が道成寺である。反対に右に折れると小部落が続き、行き着くのが日高川の堤防である。

この日高川に突き当たるまでの小部落が御坊市藤田町藤井の集落で、大佛次郎の父・野尻政助誕生

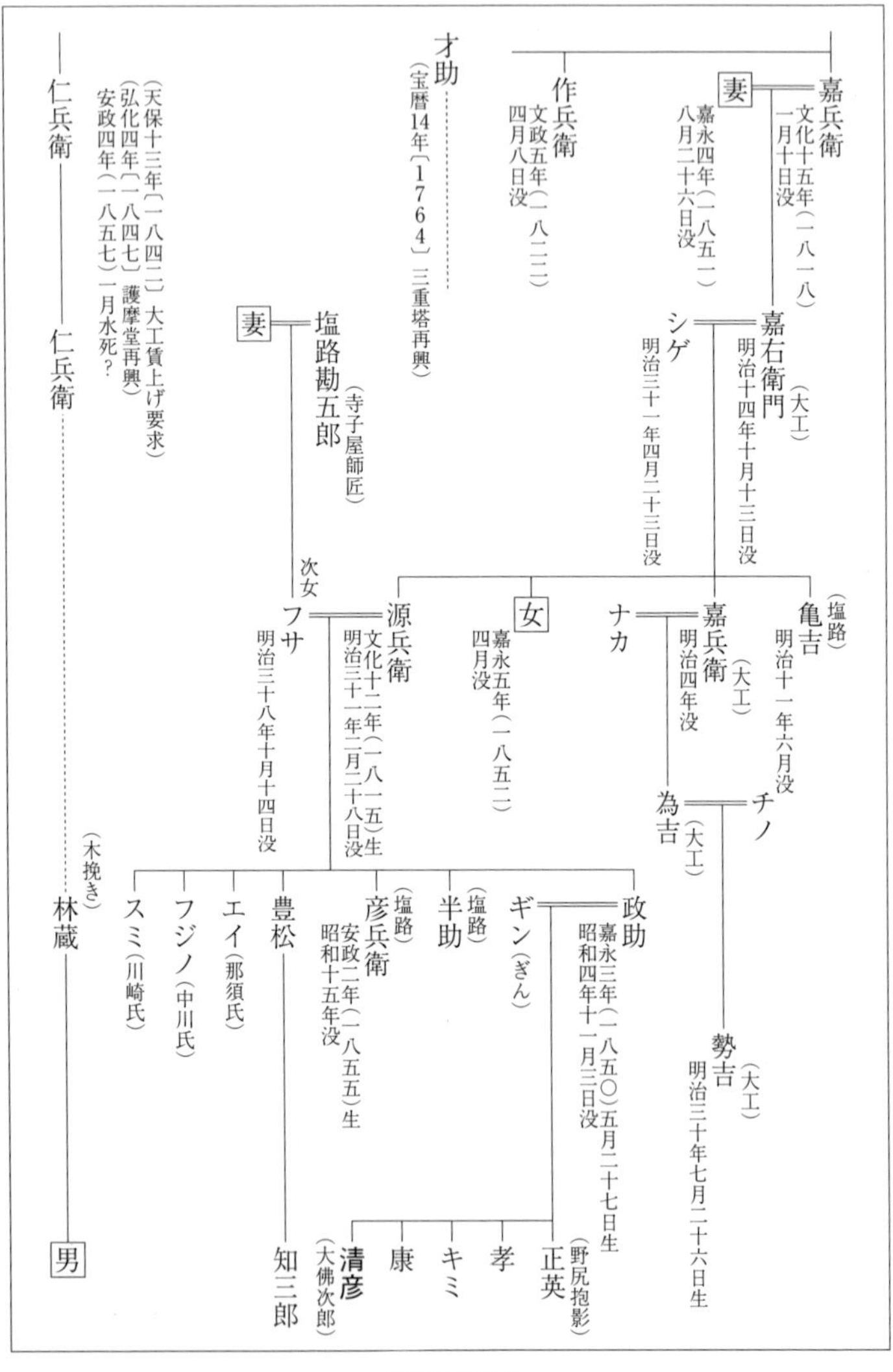

嘉兵衛 文化十五年（一八一八）一月十日没
妻 嘉永四年（一八五一）八月二十六日没
作兵衛 文政五年（一八二二）四月八日没
才助（宝暦14年〔1764〕三重塔再興）
仁兵衛（天保十三年〔一八四二〕大工賃上げ要求）（弘化四年〔一八四七〕護摩堂再興）安政四年（一八五七）一月水死？
仁兵衛
嘉右衛門（大工）明治十四年十月十三日没
シゲ 明治三十一年四月二十三日没
塩路勘五郎（寺子屋師匠）
妻
亀吉（塩路）明治十一年六月没
嘉兵衛（大工）明治四年没
ナカ
女 嘉永五年（一八五二）四月没
源兵衛 文化十二年（一八一五）生 明治三十一年二月二十八日没
次女 フサ 明治三十八年十月十四日没
チノ
為吉（大工）
勢吉（大工）明治三十年七月二十六日生
政助 嘉永三年（一八五〇）五月二十七日生 昭和四年十一月三日没
ギン（ぎん）
半助（塩路）
彦兵衛（塩路）安政二年（一八五五）生 昭和十五年没
豊松
エイ（那須氏）
フジノ（中川氏）
スミ（川崎氏）
林蔵（木挽き）
正英（野尻抱影）
孝
キミ
康
清彦（大佛次郎）
知三郎
男

野尻家系図

の地であった。

昭和二十八年の日高川の洪水の時には柱の中ほどまで濁水が屋内に入って、あとの掃除に苦労したと川沿いの人々は語り継いだことだった。

大佛次郎の従兄弟にあたり、今でも野尻家を守っている野尻知三郎さんに父・政助が生まれ育った家を案内された。村の寺とのみ聞いた身近な寺が、駅名にも付いている紀州の道成寺である。

大佛次郎自身は、横浜の生まれ育ちであり、戦後になってから始めて道成寺を尋ねている。

私は昭和四十七年八月以降、四、五回に亘って藤井の野尻家を訪れ、知三郎さんはもちろん、そのまた従兄弟にあたって明治三十年生まれの野尻勢吉さんにもお会いして、和歌山のお酒を飲み交わした。

その間、藤井の町では野尻政助さんをはじめ、野尻家の人々をよく知る八十歳を越したお婆さんに話を伺うことも出来た。

ところで、道成寺である。

野尻家は、北信（長野県）野尻の出身だったが、この道成寺修復のため、宮大工を目指して京都に移住後、飛驒で寺院修復の修業を積んだ上、宮大工としてお抱えの関係が続いたというわけである。

政助の出奔離郷

何度も述べるようだが、明治元年は大佛次郎の父・野尻政助が十九歳で迎えた。

この時期にも父が生地の名家小池家の番頭を続けていたしても、長男の政助が無職である筈はない。

勢吉さんが思い出しながら語ってくれたところによれば、政助は若い頃は小間物の商いをしていた。父が上方との間で綛糸の交易に携わっていた関係から日高川の河口に入る千石船には農山村の子供や娘たちが喜びそうな品々をはじめ、多くの生活必需品も運ばれて来ており、政助自身はそれらを背に担って、日高川の上流地方に、あるいは海沿いの道を売り歩いていたらしい。そして、行商人は経済を動かすと同時に、噂の伝播者でもあった。彼等の行動半径がいかに広かったかは『日本の民族　和歌山』（昭和四十九年、第一法規刊）で野田三郎氏が触れている。藤井などの沿海平坦路をたどる行商路では、肩ひき、手押し車なども利用され、次第に販路は延びていった。

御坊町の障子紙は南部町、田辺町にはいり、南部町岩代の柴は天秤棒や大八車で、南部町、田辺町へ運ばれた。

明治維新ごろまで最も盛んであった風景といわれる。政助も、あるいは小池家の綿屋が綛糸を紡がせていた村民たちの家々を、小間物を背負いながら廻り歩いていたのかもしれない。

政助が「故郷を脱走的に飛び出した背景」（明治十一年）には、以前、私は藤井に近い和歌山県三尾村の人達が抱いた海外移住への憧れを重ねて考えたことがあった。

大佛次郎が、戦後に〈アメリカ村〉と言われた三尾村を訪れ、父を一世に、自分を二世の身分に置いていることから思いついたのであった。しかし、その後、三尾村が〈アメリカ村〉と呼ばれる変貌の歴史を読んで、私の考えが誤りであることがわかった。

三尾村で大工を家業としていた工藤儀兵衛が、最初にカナダに渡ったのは明治二十年のことであった。政助の離郷より時期が相当遅れている。大佛次郎が精神的な背景として、アメリカ出稼ぎの一世とその子供たちに、自分たち親子を重ねて考えてみたのは的を射たこととしても、実際の背景は違うとみるほかはない。

ただ、多くの移民を生んだ三尾村を含めた日高地方の進取の気性にとんだ風土性が、政助の心情にも流れていたことだけは間違いなく指摘できることだろう。

上京後の生活

東京での落着き先が決まってみれば、残るのは上京後の勉学と将来の進路である。それを推察する前に、政助の性格などを押さえておいたほうが今後の行動を予測する場合も便利なように思われる。

彼の性格については「手記」から類推することもできるが、それよりも大佛次郎が「日本経済新聞」掲載の自記「私の履歴書」の中で描いている父親像を引用するのが適当だろう。

政助は日本郵船社員として、その晩年の十年間を家族と離れ三重県の四日市で過ごした。子供達は学校が休みになると、父の居る四日市を訪れることが多かった。この子供達を四日市に呼び寄せるのに列車事故を心配した政助は、長男と次男とを同じ列車に乗せず、別れて別々に乗って来るように妻へ指図して来たというのである。

この父の指図から窺える父の性格を大佛次郎は「律義《りちぎ》な性質で、こまかすぎるほど神経が働いた」とも「気弱いまでに用心深い気性」とも書き、その性格は自分の中にも遺伝として流れているのを感じとっている。

政助の四日市時代は、彼が五十歳代にあたるから、この性格が直ちに青年時代の政助の人間像にあてはまるものとは思えない。

故郷を脱走的に飛び出させているのは、陽気に明るく動く南国の気性であったろうし、「手記」から窺える向上・向学心は、生前の政助を知っている郷里・藤田の老婆が私に語った社交性とともに、彼の性格のもう一面を伝えるものであろう。

ただこの老婆が「お酒が好きで、いくら飲んでも乱れなかったし、ソロバンの玉を間違えたりするようなことはなかった」ときっぱり語っていたのを考えあわせると、やはり用心深く律義な性質は若い時代からのものだったといえるようだ。

父・政助と母・ギン
(大正15年5月27日, 喜寿古希記念)

政助が、自分の子供達に望んだ職業は、〈官吏か銀行員〉であったと大佛次郎は書き残している。また、政助の最晩年に属する大正十一年から十四年まで、彼が書き残した手帳から窺われるものも、律義で几帳面な性格であった。

その上、政助の父が綿屋である小池家の番頭を五十年も勤めあげた歴史を重ね合わせて考えるならば、大佛次郎に至るまでの三代の血脈には同一の性格が間違いなく流れていたことが理解できるのである。そして、政助の離郷と上京は、彼の八十年の生涯における唯一度の冒険だったので、このことでも大佛次郎が父の閲歴を類似の形で、ドラマティックに受けついだのを私は興味深く覚えるのである。

ともかく、政助の人間像をそんな具合に押さえた上で、彼が吉川某の従僕として働くかたわら、自分の勉学と将来像を、どのように描いていったかを次に考えてみたい。

と同時に、このへんで何故私が、これほど父の政助伝にこだわって来たかを、その理由や背景を納得できるように書いておかねばなるまい。

3　明治新政府と新世代の理想像

新しい門

ともかく、野尻政助が日本郵船会社に入社したのは、倉田塾の世話によるといわれるが、現在の日本郵船株式会社の創立は明治十八年のことで、それ以前に岩崎弥太郎の事業としては、土佐開成商会、九十九商会、三川商会、三菱商会、三菱汽船会社、郵便汽船三菱会社などの社名変更と新会社経営の経緯があった。十八年に共同運輸会社と三菱会社とが合併して日本郵船会社が創立されているうち、政助の入社が、以上の社史の中の何れの時期であったかは確認できぬが、倉田塾で学んだ〈知行合一、社会実践〉を重んじた学風と、郷里の風土が育てた進取の気性は、後に明治初年の海運界に身を投じさせたといえるのである。

野尻政助が横浜に住むようになったのは、明治十三年前後のことで、彼は川崎の田辺彦右衛門の次女・ギンと結婚し、十八年には長男の野尻正英《まさふさ》（抱影）が誕生している。

抱影の随筆集「鶴の舞」（光風社書店、昭和四十七年三月刊）によれば、

父は和歌山県の出身、たぶん志を立て横浜に出てきて、郵船会社の〝手代〟となった。それでも毎朝、人力車で遠い関内まで通勤した。母の話では、車賃は片道五銭ということだった。


とある。日本郵船会社は創立当時、支店が横浜、大阪、神戸、四日市など十八店あり、翌十九年の調査で社員は陸上員として副支配人格以上が四十名、手代が二八七名、その他三十一名で、船員と合わせて九六四名と記録されている。

この横浜支店より石巻の支店に転勤になったのは何時であろうか。

大佛次郎の生まれたのは明治三十年であるが抱影が誕生後、同じ英町の中で二、三ヶ所の転居があり、末弟の大佛次郎生誕の地は、英町十番地であった。

先にも触れたが、昭和三十九（一九六四）年、文化勲章受賞後に記された「私の履歴書」には、父が、仙台の石巻支店に勤務中だったので、横浜は留守宅で、私の命名は石巻の父から電報で行

なわれた。

と記録がある。横浜から石巻支店への転勤は明治二十九年であったという抱影の回想による。かんじんの石巻支店は、翌三十一年六月に閉鎖され、政助は四日市支店勤務に異動する。この前後、政助の異動を示す辞令が数通、大佛次郎記念館には保管されていて、政助の足跡を辿ることができる。

政助が勤めた日本郵船横浜支店
（明治27年）

明治十一年十一月に神戸より上京
明治十三年八月十日、月給七円で横浜支店に傭入らる。三菱会社と弥太郎の印。
同じ十三年十二月二十四日、等外二等級で、横浜支社、雑掌で、月給十一円支給。
明治十四年十二月二十七日、第二十等級、横浜支社事務。月給十五円。
明治十五年五月二十七日、第十九等下級、職務如故。月給十七円五十銭。
明治十七年十二月、本年皆勤に付、金千匹賞與。

明治十八年、日本郵船会社創立。

明治三十二年十二月二十日、四日市支店手代、月給五十五円。日本郵船株式会社。

その後、四十一年八月に四日市支店が閉鎖されるが、その残務処理を終え、翌四十二年の春、退職して家族と一緒に住む。

野尻政助はすでに六十歳であった。海外雄飛の夢は、日本郵船勤務の生活とは食い違い、志を得ぬものだった。

この気持が、晩年における〈趣味人〉としての生活となり、それだけでは満たされぬ望みが子供達への期待ともなったのではないか。

政助の晩年と文芸趣味

四日市時代の父・政助について、大佛次郎は「私の履歴書」に次のように書き残している。

父はもともと読書好きで、四日市時代には狂歌を作って、『文芸倶楽部』に投書して、よく入選して、四日市、玉の家主人と言うと、一応その道のジィレッタントに知られていた。

と、父の文芸趣味を書き、長兄の抱影も同じように、文芸倶楽部などの投書欄で天位を取ってほくほくしていた。あるいはこの血が私や、とくに末弟に伝わって、文学へ走らせたかと思うこともある。
（「鶴の舞」）

と野尻家に伝わった文芸趣味の遺伝を語っていて面白い。

「文芸倶楽部」を調べると、「四日市　玉の家」の名前が初めて出てくるのは、明治三十六年十二月号である。

「文芸倶楽部」には、毎号巻末に「詞苑」、のちに「百花園」という投書欄があった。俳句、狂歌、狂句、都々逸、端唄などの各欄があり、それぞれ課題による入選作品が発表されている。

玉の家の作品が最も多く掲載されているのは狂歌の欄で、これは課題によって五首以内の歌を葉書に書いて出し、散木山風などの選者によって、天地人の三位と入選歌が選ばれることになっていた。

例えば明治四十一年二月号をみると、課題は「忠臣蔵の事」とあり、その人位に「四日市　玉の家」の作品として

「討入の役さへおもき大石はちから任せに破るからめ手」の作品が掲載され、その上、単なる入選歌として、

義理合にからんだ槍を身に受けて恨みも解くる雪の山科

年もまた若狭之助の短慮をば押へて矯《た》めし老の松きり

角兵衛のかつき込んだは猪でなしひと騒動を蒔く種が島
の三首が発表され、投稿五首のうち四首までが入選している。政助の得意の顔が偲ばれる。なお同号には都々逸一篇も入選している。
このように入選歌を数えれば、ほとんど毎号に見え、玉の家の活躍が著しいのは、三十八年から四十二年までで、天位五回、地位十一回、人位五回の入賞を飾っている。
天位入賞作のいくつかを次にあげてみる。

初なりのいかづち聞て臆病鍛冶とんちんかんとうち乱れつつ　（三十七年四月号、初雷）
古屋根に時を得顔の鬼瓦みほとけさへも住まぬ古寺　（三十九年十月号、鬼瓦）
をさまれる世はふる雪の白洲にもしらべ優しき琴のうら松　（四十二年一月号、雪中松）

最後の一首は、退職を前に新年を迎える政助の老境がしみじみした淋しさを籠めて詠まれている。
また、四日市には「柿の本へた丸」という作者名がよくみえ、同地在勤中の同好者と思われる、と書いたが、この疑問に対し、抱影先生が「大佛次郎時代小説全集の月報④」の中で
これは四日市の通人で父の俳友、伊藤豊三郎という人である。多くは〝杉葉又六〟と名乗ってい

た。（中略）狂歌の対手で父とよく旅行して弥次喜多式の奇行が多かった。

とお書きになっておられる。

「文芸倶楽部」の「四日市　玉の家」の名前は、四十二年四月号までで、五・六月号には入選がなく、一月号からは「芝　玉の家」と変っている。

政助は四十二年の春、日本郵船を退職し、芝白金に家を買って一種の隠居生活に入る。大佛次郎は初めて父と一緒に住むことになる。「文芸倶楽部」への投稿は、この後も続いているが、次第に天位入賞もなくなり、単なる入選歌が多くなって、大正元年十月号で終わっている。

大正三年三月、政助は駒沢へ地所を求め家を建て、田園生活に入る。そして昭和二年春、当時鎌倉の材木座に住んでいた大佛次郎の所へ移る。以下は抱影先生の月報の続きである。

父が昭和四年秋鎌倉の弟宅で危篤になると、四日市から駆けつけて、父はその喜びで一時元気を取りなおし、ロレツの回らぬ舌で何か話していた。

又六氏は、目が光っているから大丈夫やと東京へ出かけたが、父は望み通り旧天長節に大往生した。

通夜に棺に入れた色紙には、「私もいづれ後から参じます……」と書いていた。

弟は父の形見として絹羅紗の海軍マントを又六氏に進上したが、翌年、果して大往生を遂げた。

野尻政助は、抱影先生もお書きのように、昭和四年四月、大佛次郎が鎌倉雪ノ下の新居に移って間もなく、同年十一月三日、その大佛邸において歿している。数え年八十歳であった。墓は大佛次郎も眠る鎌倉の寿福寺にある。

第二章　誕生と横浜時代その後

1　赤門と住居表示の変更

明治初年の横浜

これまで大佛次郎の年譜で纏まったものとしては、「日本経済新聞」に掲載された「私の履歴書」の自伝（内容は誕生より大正十年の学生結婚と東大法卒まで）と、「三友」掲載の「年譜」（生誕より昭和三十九年まで）の二つだけである（文学全集記載年譜を除く）。ともに昭和三十九年に発表されたもので、特に後者は、沢寿郎、渾大防五郎、豊島清史、谷村錦一、野尻抱影各氏の御協力を得た資料をもとに、大佛次郎の加筆を戴いた上で、「三友」編集部が編集・作成したものであった。従って、その内容には過不足があり、確認の必要があった。

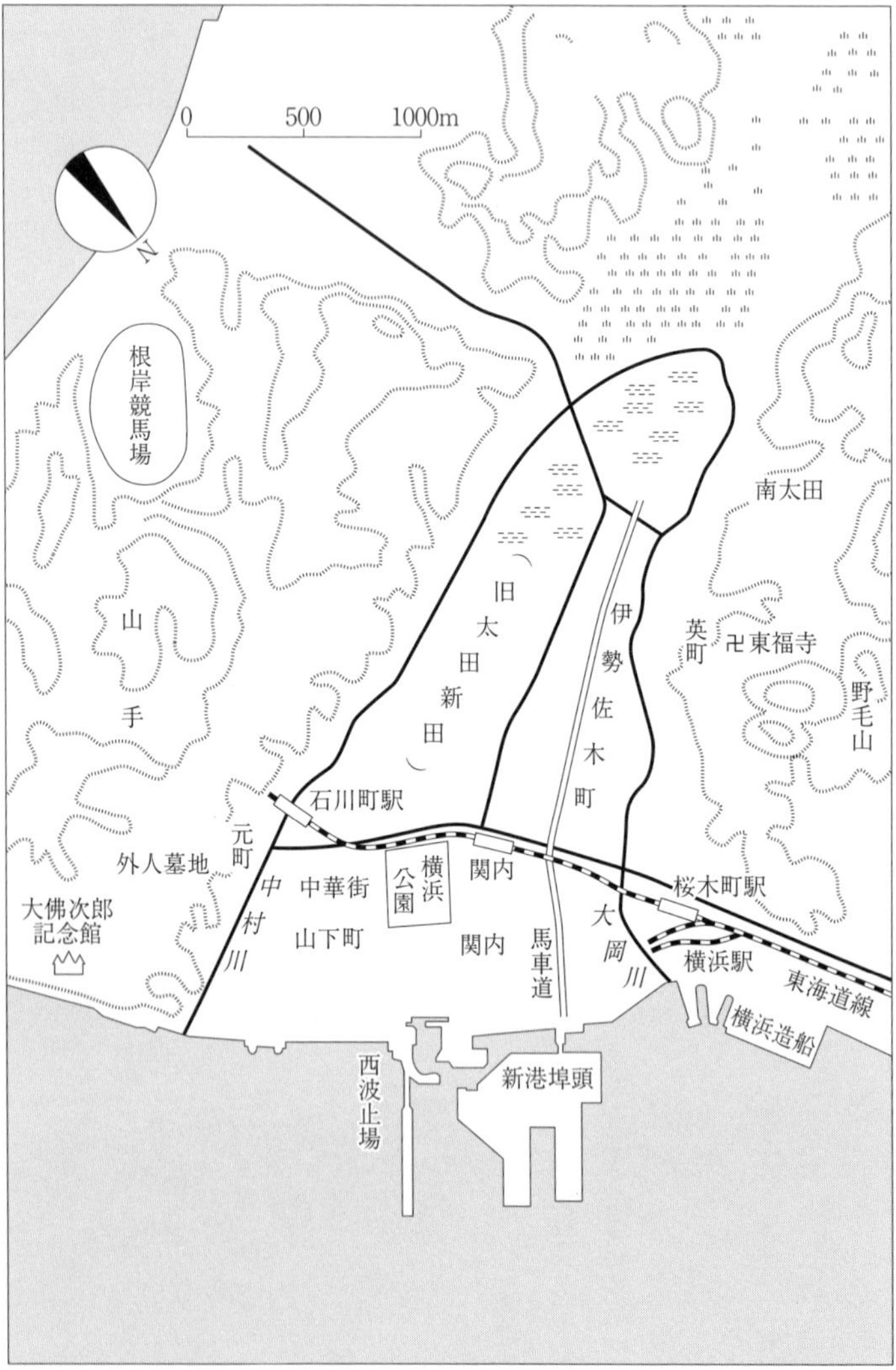

明治39年頃の横浜の地図（現在の大佛次郎記念館及び，線路などを重ねてある）

生誕の地である横浜の英町には小学校一年の春まで住んでいたのであるから、〈横浜生まれ〉であることには違いないけれども、小学校一年の途中から、それ以後大学卒業までは東京在住であり、その間に、結婚生活を始め、いわゆる〈大衆作家〉として目ざましく活躍し始めたわけで、誕生から作家としてまでを纏めて考えるなら、まず「作家以前の大佛次郎」として〈評伝〉は書き始めるのが、さしあたって適当な書き出しではないだろうか。

和歌山の道成寺生まれの父親が上京後、日本郵船に入り、横浜に居を定めて、妻を迎え、三男二女の家族生活を送った中で、その末子の大佛次郎が「天皇の世紀」によって時代を劃する作家として生涯を終えたということになった。何はともあれ、その生涯は大佛次郎が生まれた横浜の英町から始まることになる。

父親の野尻政助自身は日本郵船の石巻支店の統括主任のような生活であったらしい。その留守宅で二人の男子の後、次に生まれた長女は一年半ぐらいの短かい生涯であった。同じ英町の中で三回ぐらい転居して、長男の正英《まさふさ》（抱影）は、その居住地名によって名付けられ、長女キミは、同じ英町二丁目で亡くなった後、二女の康に続いて、のちに大佛次郎となる野尻清彦は三男末子として英町一丁目十番地で生まれたわけである。

ただ、この横浜市の地名・地番については、丁名の廃止、また区名の変更などに注意しないと、年譜として確かなものにならないので気をつけたい。

私が大佛次郎研究を始めたのが昭和四十二（一九六七）年で、その後、間もなく既刊の「年譜」をたよりに〈生誕地〉を尋ね歩いたことがある。

目印は手近なところで作家本人の「私の履歴書」に書かれた「横浜市英町十番地」という地番の地であった。

京浜急行の電車で、横浜から二つ目の駅が黄金《こがね》町の駅。駅を降りて出口から左手に曲がってすぐ、わりと広い道にぶつかる。そこが市電が走っていた時は初音《はつね》町の交差点だった。無論、現在は市電の運行は無く、その初音町の交差点を、そのまま北へ進んで行って町名が英《はなぶさ》町に変わって二本目の通りを東方向、右へ曲がって百メートルぐらい歩くと、電柱の標示が変って十番地の十字路があり、角に小田原屋の屋号の書かれた商人宿を見付けることになる。

昭和四十年代の話である。このあたりは、港から少し離れて「野毛地区」と総称された。

大佛次郎は、明治期の野毛について次のように語っている。


生家は赤門寺のすぐそばにあった。静かな住宅がならんでいてね、父はそこから日本郵船の横浜支店に勤めていたが、なんでも父が出張中にぼくが生れたんだそうだ。なにしろ明治三十年代のことだから当時の風俗ものんびりしたものだったが、旧士族で巡査になった人とか、アメリカ帰りのモダンな医者とかいう、ちょっと変った人たちが家の近所に住んでいて、子供心になんとなく興味をひかれたね。外へ遊びに出ることもあまりしなかったが、太田小学校へ十日ぐらい通ってすぐ東京へ引越してしまった。

抱影が赤門寺の東福寺での幼少時の思い出を詳しく書いている。昭和四十七年三月に光風社書店から出た「随筆集　鶴の舞」の第一章が「浜に生れて」で、小見出しの最初が「浜っ子」の自分史である。もっとも弟の大佛次郎は翌四十八年四月末に逝去されたから、「鶴の舞」の随筆は最晩年の随筆集ということになる。

従って、この後五十一年六月発表の「大佛次郎時代小説全集」付録の「月報⑯」「思い出のままに②　さんさ時雨」で書かれた家族の話を引用する方が、まず理解しやすいように思えるので、こちらから取り上げることにする。

大佛次郎の家族

古い写真である。明治三十三年四月の撮影とは、母が裏に記しておいたので、中央の末弟・清彦（大佛次郎）には四歳の春である。

これは、向かって右端で袖をかき合わせている大女の女中が暇を取って仙台へ帰る記念に、横浜の英町一丁目十番地の奥庭に面した縁側で、出張の写真屋が黒布をかぶって撮したものである。以下、左から順次に解説してみる。

この解説が、石巻に単身赴任で不在だった父・政助を除き、大佛次郎の写った一家中の一番古い写真の説明である。ただ古い写真の説明文である点は読み手の方が補っていく必要がある。

家族での写真（明治33年４月）
（左より田辺ツネ，次男孝，長男正英（抱影），清彦（４歳），次女康，母ギン，女中）

○田辺ツネ　母の郷里・川崎の生まれで、母の従姉の娘、家族兼女中として幼児たちの世話もしていた。筆者より二つ年上、後に渋沢栄一邸の奥女中を務めてから、横浜の商家の妻となり、関東大震災で死んだ。

○野尻孝《たかし》　次男、筆者より二つ年下。写真当時は横浜、神中の二年生、兄弟では一番デキが良く、中学では首席、一ッ橋の高商で十位以内にいた。大学昇格運動のリーダーで、本部の牛込の家へは後の実家界の大物が集まっていた。古河の社員から大毎に入り、転じて綿糸商業会議所の主任、私を宗右ヱ門へ連れて行ってくれたりした。しかし、事業欲が禍いして収拾がつかなくなり、満州へ渡ったが志が成らず、晩年は横浜で英文関係の仕事をしていた。自然、大佛次郎の厄介になったが、しかし、「あの兄貴は惜しい人物だ」といっていた。一昨年亡くなった。

この次男の孝さんは高商卒業後、新聞社勤務の後、関西へ移住、神戸の打出の浜の別荘地に住み、父の政助が郷里の和歌山へ墓詣りに訪れる時は、必ず立ち寄った。

○野尻正英（筆者）　神中四年生、英町生まれなので、「正英《まさふさ》」である。父が地方在勤だったので、小生意気な文学少年になっていた。

○野尻清彦　当時四歳、愛称「キヨッコ」、頭が大きくヨチヨチして、虚弱で、無事に育つかどうか心配されていた。この頭に鞍馬天狗や赤穂浪士が伏在していようとは夢想もされなかった。写真の獅子頭は、私が持ってきて渡したものである。

問題は、地番の変更であった。

前述した通り、京浜急行の黄金町駅を出て、生誕の地を探し求め、電柱に書かれた〈英町一丁目十番地〉に行き着き、小田原屋を名乗った商人宿に確定できた。

私は庭に木犀、梅の木のある、明治三十三年四月撮影とある大佛次郎四歳時の古い写真を手に、旧跡を尋ねあてて、大胆にもこの昭和四十年代に宿泊の案内を求めたのである。

無論、関東大震災と太平洋戦争での変化を考えた上での依頼であった。

東福寺をはじめ、近くの桜木町駅や伊勢佐木町の繁華街を、幾度も訪れ、旧地への想いを抱いての訪問であった。

年月の経過による変化は、それとして、自分なりの感慨を味わった。

その後、幾年後の頃であったか。横浜の歴史と地理を学ぶにつれ、自分の思い込みに、大変な間違いがあるのに気付いたのである。それが地番の十番地から八番地への移動であった。

全く入れ換わったのである。

さすがに、その地にお住みの方は御存知であった。小田原屋の同じ十字路の道路一本隔てた反対側には「赤門病院」の名前で、堂々たる病院があり、丁度、生誕百年を機に、「神奈川新聞」へ半年間、「大佛次郎の横浜物語」の表題で連載が決まった時、同社編集主幹の加藤さんと大佛次郎記念館の益川さんと同道、市内の関連地を巡り、その途中で生誕地の英町八番地の赤門病院を回った時であった。

丁度、住居の玄関口から奥様と覚しき方が顔をお出しになったのと行き合わせた。

行く先をお話ししたところ、はっきり、この場所が大佛次郎生誕の地であるというお答えが返ってきたのである。以上が、私自身は隠しておきたい思いの出来事としたい。

また、大佛次郎の中の横浜らしい記憶として、まず挙げられるのは桟橋の想い出だろう。


母親たちに連れられて港の桟橋へ行ったことがある。その時分の桟橋は、隙間を作って板を打ちつけて海中に突出しただけの木の橋であった。歩いている下に汐が揺れ動きごぼごぼ鳴って橋脚を洗っているのがのぞいて見えた。桟橋から海の彼方に陸地があるのが見えた。海の向こうがアメリカと聞かされていたので、アメリカが見えたのかと信じた。今の鶴見の土地である。工場などない緑の丘の上であった。

「私の履歴書」所収の一文であるが、いかにも横浜で生まれた大佛次郎の文章らしく美しく印象的であった。

2　小学一年時の横浜から東京移住

転校と津久戸小学校

明治三十七年（一九〇四）の初夏、長兄・抱影の早稲田大学通学と、次兄・孝の一橋の東京高等商業学校への入学を機に、一家は、東京市牛込区東五軒町十番地（現、新宿区東五軒町十番地）に移転した。

当然、清彦も東京市津久戸尋常小学校に転校。同校は同年四月開校したばかりの新設校であった。母をはじめ兄姉ともに一家の移転や転学も、ことごとく子供たちの勉学のために四日市にいる父からの指図に従ったものであった。

特に長男の抱影については、道成寺生まれの父・政助から前章で述べた如く――〈士族・紀州藩士〉に外れ、とりたてて背景となる後援者もない、僅かに維新の変革によって得た兵役、家塾などの経歴が紀藩の人士につながりを持つことが出来、飛び出す如く故里を捨てた体験——男の子供への期待の強いものであった。それが幸いに日本郵船入社後も、出来れば自分が辿れなかった役人か実業家の道へ進んで欲しいという希望になっていたので、抱影の望む〝文学〟への道はどうしても納得出来ないものであった。それだけに抱影の早稲田大学の英文科進学を了承することは難しかったのである。

この長男への期待は、次男・孝の高商入学で何とか繋がりそうではあったが、それも未確定な、希望実現が可能かどうかは分らぬものであった。

そして残されたのが、健康のあまり充分とは言えぬ、頭だけが大きくて、体力のない三男で末弟の清彦の将来性だったのである。

黒船の来航によって市街化した横浜から、新しく日露戦争によって都会の仲間入りした牛込近辺は、何より士官学校が出来、急速に人家が密集し始めたところだった。

横浜の時と同じように年齢の近いすぐ上の姉・康《やす》と一緒に通い出した清彦（大佛次郎）は、これから小学校卒業まで新しい環境に溶けこんでいったのである。

難しかった父の意見を何とか説得して早稲田の英文科に通学して牛込の矢来で自炊していた長兄の抱影も、新しく親しくなった越後糸魚川出身の相馬御風（昌治）たちと、いわゆる〈文学〉を中心とした活動を始めるようになった。ただ横浜時代から本好きであった大佛次郎も、自分が好きな「少年世界」や「少年」とは違った、相馬御風や兄たちが勉強している〈文学〉というもの、——何であるかの正体は不明であったが——文芸だの小説だのという言葉だけが混じった雰囲気に包まれる生活に変っていったのである。

そして、生涯に亘って緊密につながりを持つようになる〈新聞・新聞小説〉を、具体的には講談の連載が家の中で話題になり、大佛次郎自身も興味をもって読むようになっていた。

同時に「少年世界」を通じて巌谷小波への憧れの気持ちを抱き、横浜時代と違って遊ぶ範囲が広がっていった。「少年世界」の編集記者にあてて、友だちと一緒にファンレターなどを書いたのもこの頃ではなかったろうか。

本好きの少年、大佛次郎が西五軒町の通りを歩いていて、格子戸をしめたしもた家に「少年図書館」と書かれた小さい木札を発見し、小波が主宰していた木曜会の会員で、後に名古屋の徳川氏のお気に入りになって出版などにも係った美添紫気《よしぞえしき》のところに出入りするようになった。その私設図書館で読みたいと思っていた「世界お伽話、全百編」などに熱中して、美添の話し相手になったのも、津久戸時代だったのである。

「私の履歴書」で思い出した話に、「将来、自分も少年小説を書きたいとも言い出し、自分の作文を持って行って見せて、賞めて頂いたような気がする。私もその時、作家になれそうな気がしてきた。」と書き残したのも、この小学生時代のことだった。

「津久戸小学校と大佛次郎のこと」で書き記したい件が少なくとも二つだけは残っている。まず一つ目は父との関係である。紀州藩の藩学を書いた箇所の延長に、紀藩が他と違って特筆すべき教育の根本理念として、武士はいうまでもなく農民に至るまでその思想の徹底をはかったものとして、所謂

「父母状」普及と実行が指摘できる。

そして大佛次郎自身の体験として後年まで記憶していた次の逸話を紹介せねばなるまい。「私の履歴書」に書き記した少年時代のことであった。

（津久戸）小学六年生の時に大きな変動があった。その時まで、勤務先の四日市にいた父親が、会社を退く年齢が来て、家に帰って来て一緒に住むことに成ったのである。私は父が帰って来るのを悦んだが、とにかく生まれた時から離れて暮らしたので、親しみがない。母と姉との、女ばかりの中で育って来たので男のおとなで、もう老年に達している存在が、厳格で、こわいものに見えた。父は、芝白金三光町十三番地に、家を買って私どもと住んだ。会社員の生活を一代送って来たことだが、その時代の風潮のせいだったろうか、父は優しい気性なのに家の中で家長の威厳を保って、食事も自分のを居間に運ばせ、母や子供たちとは別にする。その為の、小さい膳があった。そして用事で呼ばれると、母がそうしたのを見習って、私たちも敷居の外まで行って父の居間に入らず、行儀よく坐って用を聞いた。中流のどこの町の家庭でも、そうした古いしつけがあったとは私も信じないが、私の父はそうであった。

町育ちの東京の子供の文章

「私の履歴書」から、父と子の思いが重なる部分を確認しておくことが必要だろう。父・政助は末っ子の大佛次郎にどの程度の自分の過去を語っていたのだろうか。

〈明治の長男〉としての生涯を貫き通した長兄の抱影と、同じ系譜に属しながらも末弟・大佛次郎では、その先祖への受け取り方に違いがある。

からだの割にばか大きな頭を持つ大佛次郎も、見方を変えれば頭でっかちで福助のようで、男の子にしては気が弱かった。自分から進んで他人の頭になるより、素直で病弱ではないが青年時代までは身長・体重ともに下の方から数えた方が早く、中学時代には体育の教師から「君は上の学校へ行ったら、死ぬぜ。やめた方がいい」とまで言われておったのを長く覚えていた。好き嫌いの区別がはっきりしており、そこで嫌いなものを克服して見せる根気と辛抱がないと思っていた。

ただ記憶と想像力は抜群だった。大学に入ってから通学と勉学力には余り目立つ方ではなかったが、教室に出席しない大佛次郎も、試験になると学友から授業の内容だけはノートを借り、プリントを買ったりして、進級だけは気にせずに済ますことが出来た。

長兄の周囲から聞こえていた〈文学〉もあり、大学へ入る時には、「父が期待していた役人になり、天皇の官僚として威張っていく」ことだけは自分の性格に向くものではないと思うようになっていた。ただ白金小学校から府立一中へ、そして一高の仏法科から東大法学部へのコースだけは父の望み通りに特に無理をしないで進級できた。通学はしなかったが、本を買い込んで読むだけは好きで、授業と関係なく好みの雑誌や書籍だけは手近なところに置き、試験が迫っては、俄か勉強だけは集中して、科目だけは暗記して、「一科目の試験を終えると、銭湯に行き熱い湯に入って頭に詰めてあるプリント（授業内容）の記憶を湯気にして蒸発させて了い」それから次の日の試験科目の勉強にかかるのであった。「済んだものは、すぐ忘れて行くので、覚える意思はない。」と書いたのは、いかにも秀才、大佛次郎の青年時を現わしている。従って「私は大学に三カ年籍をおいていて、教室に入ったのは、三十日ぐらいであろう。」というのも実感のこもった思い出である。

好きな学科は〈歴史〉だけであり、ただ兄・抱影の回想にもある如く〈文芸趣味と筆力〉だけは遺伝として父から受け継いだものと言えそうである。

また所謂〈文学〉そのものに打ち込み、父の反対を押し切って自由に好きな道を歩む抱影の強さと違い、父の期待通りに、そう無理もせず白金小学校から始まり府立一中、一高、東大法学部へのコースを奇麗に進んだのだった。

従って「私の履歴書」で回想した如く、「私の文章の上の素養は、文壇的や文学的なものでなく、町育ちの東京の子供のものである。若い頃に文学青年だった時期が私には無い。文学は難しいものだと思い、敬遠し、自分にものを書く素質があるなどとは決して認めなかったのが事実である。」と念を押して書いたことも間違いない。

〈誇り〉は身についたものであったように感じられるが、「私は小市民の家に生まれて育ちも町の人間である。奮励努力して立志伝中の人間になり出世して見せようとする自信など更に持たない。」と書いたのも同感できる閲歴の一頁である。

さらに「アルバイトで書いて売る習慣だけはいつの間にか覚えたが、作家となるには、もっと大きな、生命の根元から揺るがすほどの熱情がなければならぬと、いつからか知っていた。文科にいる学生のように、いつか小説を書かねばならぬ、などと考えたことはない。」と一高仏法科時代に考えていたのも確かなことで、その前後を通して実感出来たことだった。

親元を離れて、自分達だけの生活を立てるようになった一高後半の頃から始まり、父親が言うような、社会的にその柱となる一般社会人のコースから自然に離れた位置に立つようになったのは、その後の作家生活を送る上で、一つの苦難の道になったのは事実であった。考えてみればこれこそ社会人としての大人の文学者の道だった。そのことは忘れてはならぬように思うのである。

「二つの種子」

そして、津久戸小学校時代を書くのに、落としてはならぬもう一つのことは、明治四十一年十月、少年図書館発行の「少年傑作集」のことであり、この処女作掲載集と言ってよい単行本に発表した「二つの種子」と題する〈作文〉の収録発表事件である。

このことについては、前述した「大佛次郎時代小説全集」の「月報④」（昭和五十年六月、朝日新聞社刊）の「大佛次郎の少年時代②『少年世界』と大佛次郎」の中で詳述し、その背景も述べたところではあるが、大佛次郎の評伝を残すには落してはならぬことだけに「二つの種子」の原文引用を含めて摘記しておきたい。

それにしても、この〈作文〉を発表しているのは津久戸小学校五年の時であるから、大佛次郎の作品で一番最初に活字になった記念すべき意義をも含めて、記録し、忘れてはならない事件なのである。

ここで東京都津久戸尋常小学校の名前と共に記しておかねばならぬことがもう一つある。

大佛次郎の閲歴を書く場合、大抵、横浜生誕と、太田小学校入学、そして白金小学校卒業から府立一中入学へと辿るコースについては必ず触れられるが、小学校在学六年間の中で一番長く、今述べたように作品発表の最初となった津久戸小学校時代とその校名は、入学、卒業の二つに挟まれ、見えなくなっているのが普通になった。しかし考えてみれば、津久戸小学校時代は、全く忘れてはならぬ五年間なのである。

そして、蔭に隠れてしまったわけは、それだけの背景があった。この〈ツクド〉の名称は言ってみれば誠に複雑怪奇な面を持っている。一番知れているのは「筑土八幡」の名前が示す神社名である。古説によれば、八幡社は他より一段高く眺望のよい所に建つ。戦国時代、管領上杉氏の城跡で、八幡宮はその城主の弓矢を祭ったものという。

昭和四十八年七月に三交社から刊行された芳賀善次郎の「新宿の散歩道――その歴史を訪ねて」によれば、近くにある赤城神社の境内にある明治文学史上ゆかりの清風亭跡は、近松秋江が住んでいただけでなく、坪内逍遙、尾崎紅葉終焉の地、さらに島村抱月、松井須磨子ゆかりの地に隣接していた。

JR飯田橋駅の水道橋寄りの出口から降り、道路側に立つ近辺の地名案内図を見つけて、津久戸小学校を尋ねたことがある。二度の災害にあって、全く戦前の資料は焼失してしまい、残念な思いをしたのは、どれほど以前の頃だったたであろうか。ただ、この案内図に津久戸小学校と並んで記憶に残ったのは、地名としての津久土町である。そして小学校在学五年間をすごした東五軒町もすぐ近所なのである。「私の履歴書」に記憶の一端として挙げられた陸軍士官学校の校舎があった尾州徳川家の上屋敷跡（現、防衛省所在地）こそ日本近代文学史の夜明けを告げた二葉亭四迷生誕の地であると同時に三島由紀夫自決の地でもあった。

地名にまつわる脇道ばかりを回っていて、かんじんなのは大佛次郎の処女作誕生のことであった。

博文館との結びつきから振り返って述べよう。大佛次郎が幼年時代に継続して読んでいた雑誌は、「少年世界」（博文館）と「少年」（時事新報社）の二誌で、少年読者の多くは、雑誌編集記者に憧れ、ハガキを書くのが当時の通例であった。後々まで関係を持つ木村毅が「私の文学回顧録」（昭和五十四年九月、青蛙房刊）の中で、「私は投書家あがりの文士」という有名な自称を語り、大佛次郎が世に出た頃は、岡山の片田舎で生まれた文士志願の一人であった。

この「少年世界」愛読者の面々については、「木村小舟と『少年世界』」（飯干陽、平成四年十月　あずさ書店刊）が巌谷小波の仕事を継続発展させた編集者として詳しく述べられている。同書に書かれた関係者の一人こそ竹貫佳水であり、千駄ヶ谷穏田に「竹貫少年図書館」を経営して明治から大正にかけて多くの少年たちの熱血を沸き立てた有様が生々しく書かれている。後年、「ポケット」誌上で「鞍馬天狗」を発掘し、憧れのヒーローを産み出した鈴木徳太郎も同室で机を並べた一員であった。

この木村小舟、武田桜桃、竹貫佳水の三人が選者となって全国の「少年世界」愛読者に投稿を呼びかけた誘文が「少年世界」明治四十一年五月号の本誌広告に出ている。

この呼びかけに応えた一文こそ大佛次郎（本名、野尻清彦）が活字の上で今に残る最初の記念文となったのである。

同年十月、少年図書館発行の「少年傑作集」という形で発売され、その中に大佛次郎の処女作が収録されたのである。引用する。

記事部　七〇八　「二つの種子」　東京　野尻清彦

机上に二つの種子あり此れ桜茶の二種の種子なり此れを地中にうめてこやしをやらばつひには一つの木になりうべしまた美なる花もさきあぢうまき果実もみのらんもしこやしをやらざれば成長すべき木も土になりて地中に一生をおくるなるべし人も木も同様にしてきんべん誠実の二種のこやしをやらねばこやしなき木と同様つらき目にあふならんせい出してきんべん誠実を持つてはたらかばかならず一人前のりつぱなる人間となるべしされば諸子よ小さき時より誠実にせよきんべんにせよ。

以上が「少年傑作集」を改題、明治四十五年四月五日十版印刷発行された木村定次郎（小舟）編「少年千人文集」収録の大佛次郎（野尻清彦）の処女作である。

ちなみに同書所収の著名人には、番匠谷英一（大阪）、片岡鉄兵（岡山）、小島政二郎（東京）、浜田広介（山形）、中川一政（東京）そして木村毅（美作国）の名前を拾うことが出来、記念館所蔵のものと同じく、架蔵本の一冊として珍本であることは間違いない。

この作品こそ本書でも繰返し述べ、父・政助の血脈を通じ、敬愛する長兄の囲りに漂い始めた〈文学〉とまでは言えなくとも、父の希望を受け、と同時に自然と原稿用紙に向っては筆を執る習慣として、これが初めてとして生まれたものだったことは間違いないだろう。

「少年傑作集」の表紙と「二つの種子」の掲載ページ

「おさらぎ選書」第五集（平成三年三月、大佛次郎記念会刊）に「大佛次郎初期作品集」として、「二つの種子」から「一高ロマンス」「鼻」までと題し、編集、解題を認《したた》めたが、あくまでも本人自身は、父・政助が果せなかった社会人としての成長を、特に疑いもせず素直に受け入れ、それを実現していった、この人間形成中に幼い大佛次郎の芽生えを読んでもよいのではなかろうか。

　ともかく明治四十三年三月、「日に月に品位を修養し、学術を研究して吾等の本分を全する」ことが出来、「益々勉め、愈々励み成長の後、花咲き実のる身とな」ることを期し、自分らが戴いた「御恩徳」にむくいようと心に刻んで〈答辞〉とした白金小学校卒業生総代となるのが大佛次郎の現実の姿だったのである。

　このようにして明治四十三（一九一〇）年三月、白金小学校を卒業した大佛次郎が辿る道は、間違いなく東京府立第一中学校への入学であった。「私の履歴書」には、次のようにある。

私の小学校から私一人が及第した。そう難関とも知らずにいたが、一中はその時分から競争が烈しく、その時は九人に一人の率でふるい落した。その時の私の成績もよく、第一学期には級長になったが、すぐに悪い癖を出して怠けたので、次の学期から級長でなくなった。

（中略）

私はチビで腕力はないが、中学に入ると、明るい気性になった。目の色のせいもあったろうが、「茶目」とあだ名がついた。

（中略）

甲府中学で英語を教えていた長兄が、校長の娘さんと結婚した。その前から暑中休暇になると私は甲府に遊びに行き、校長の家に泊って同年の男の子がいると、遊び友達になった。校長は音韻学者の大島正健で、内村鑑三などと一緒に札幌の農学校に学び、例のボーイズ・ビー・アンビシャスを生の声で聞いた一人である。この家と縁を結んでから、私にもまた別の新しい世界がひらけた。

3　中学生時代から一高へ進んだ野尻清彦

中学時代に芽生えた歴史好き

長兄・野尻抱影の結婚、これによって新しく開けた中学生の世界について、以下、三カ条に分けて記述したい。中学五年間の生活こそ、人生の青春時代であり、同時に、後年の作家大佛次郎の基礎を確かなものにしたのである。

大佛次郎の歴史好きはよく知られた嗜好である。残されたエッセイの中から、特に「私の履歴書」は丹念に該当する事項を探す必要がある。

もの書きが好きな性癖は、今までの叙述にも触れてきたが、特に父・政助の狂歌を含む投書好きが、兄弟何れも述べている如く遺伝と指摘してよい性質のものである。

ただ、この嗜好は本人も書いているように、それが直接「文芸趣味」つまり作家志望に結び付く性質のものではなかった。

「作家になるには生命の根元を揺するような深く持続的な作業が必要である」ことを知っていた。自分の性格の発展とは異なったコースなのである。

小学生の時から物書きが好きで、作家でなく、歴史につながった道が自分には似合った進路であり、とり立てて辛抱したり、我慢したりせずに、言ってみれば取り付き易い選択だったのである。

実際、歴史は得意なコースだった。中学の歴史の時間で、まず挙げているのは、東洋史の亀井高孝、

府立一中４年17歳の清彦（左）（大正３年）

西洋史の河野元三の両先生である。「このふたりの先生の揃って自由でゆたかな人柄に惹かれた、私はいよいよ歴史を好むように成った」。

背景に小学校時代での学業の好き嫌いがある。「嫌いなものを克服して見せる根気と勇気がなかった。町育ちの意志の弱い我儘な少年で、好きなものと嫌いなものを、すぐ分けて了う感傷的な潔癖さである」。

芝居好きも重なって、同居の兄が買った本でシェイクスピアを読み、メレジュコウスキーの「神々の死」には「煩雑さが整理されながら表面だけでない深い世界」を発見し、「面白いだけの、手のこんだ物語」を感得し、これが契機となり古代ギリシャに始まる西洋の世界を「わからない節も多いのに夢中になって読んだ」。

後に至るまで、単に知識を得ようとするのでなく、「好きで好きで読んだ」。「『ドレフュス事件』から始めて、『パリ燃ゆ』まで、フランスの第三共和政下の事件を数冊の本に書くという、日本の文壇の小説作家なら場違いの仕事と見て、やらない筈のことに進んで手を出したのも、他にも動機はあったがこの中学時代からの歴史への愛情がさせたことなのである。」と回想している。

中学から旧制高等学校に進む受験準備が「目的」で、学校に近かった日比谷図書館にはよく通った。それも塚原渋柿園《じゅうしえん》の歴史小説を順に読みふけり、「その間に中里介山の『高野の義人』を読み、いいなあと思った。島崎藤村、田山花袋などが書いていた時代だが文壇の新しい仕事より、古い歴史物を読むのが好きで（中略）渡辺霞亭などが書くものと違って、間に合わせでない厳格さがあった」。

また一方、一高入学に際しても「特別に努力したわけでなく、それでよいのである。父の期待が子供を役人にすることだったので、私は外交官になるつもりで一高の仏法科に入った」。「ここで自慢を許して貰うと、この箭内先生（注・東洋史）が学期試験のあとで、必ず講評をする。その時いつも第一に賞めてくださるのが、私の答案であった。」と「私の履歴書」でも、極端を避けて自慢話をしない大佛次郎が、珍しく自分の顔を出した一文もあった。

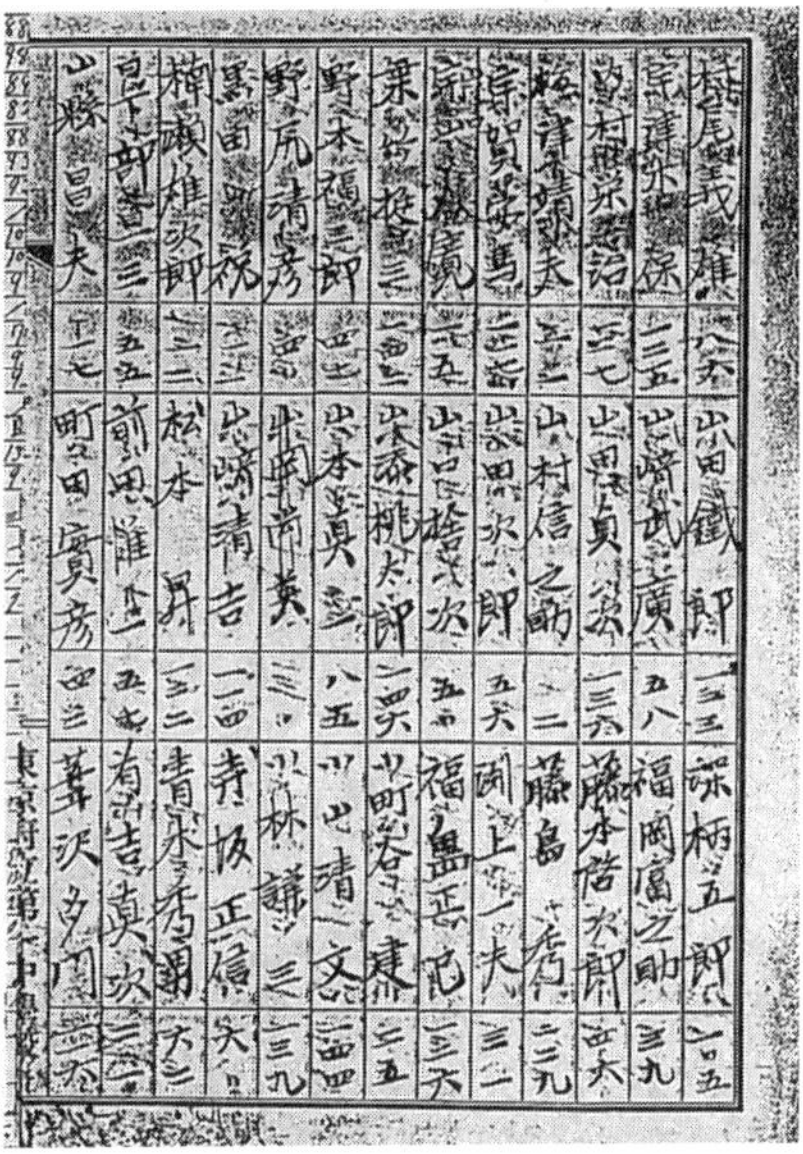

府立一中の名簿
（上段に清彦の名前が見える）

中学から一高へ、その間「今のよ

うに試験から試験に追い立てられることもなく、成長期に勝手気儘なことを暮らしていられる三年間の年月を、恵まれたことは、どれほど幸福なことだっただろう。休息でもあり、〈自分から選択する猶予の時間〉でもあった。」とふり返っている。

兄嫁の縁で知る伊藤一隆の生き方

大佛次郎の中学生時代をふり返って考えた時、精神的・肉体的な両面に亘って忘れてはならぬ人物との出会いがある。伊藤一隆である。

もう一度既述の文を繰り返すと、「甲府中学で英語を教えていた長兄が、校長の娘さんと結婚した」。明治四十五年七月のことであり、「その前から暑中休暇になると私は甲府に遊びに行き、校長の家に泊って同年の男の子がいると、遊び友達になった。校長は音韻学者の大島正健で、内村鑑三などと一緒に札幌の農学校に学び、例のボーイズ・ビー・アンビシャスを生の声で聞いた一人である。」と書いた。「この家と縁を結んでから、私にもまた別の新しい世界が開けた。兄嫁の弟の力ちゃんと言うのが、休暇に私の家に遊びに来て大島の親類や知人の家に私を連れて行った。日本石油にいた伊藤一隆や、鉄道院にいた長尾半平の家などが、それで、そのどちらにも同じ年頃の中学生がいたので、すぐ仲善くなった。」と、その関係を「履歴書」に書いている。

系図を示して、その関係を図示する。これらの人物群の中心にいたのが伊藤一隆である。

北海道大学図書刊行会より平成十二年二月に刊行された「平野弥十郎幕末・維新日記」の表題を持つ大著がある。桑原真人、田中彰が編著者となり、内容は函帯に記した文には「詳細な工事記録から庶民の日々の生活まで、激動期を生き抜いた一民間人＝商人・土木工事請負業者の六〇年にわたる日

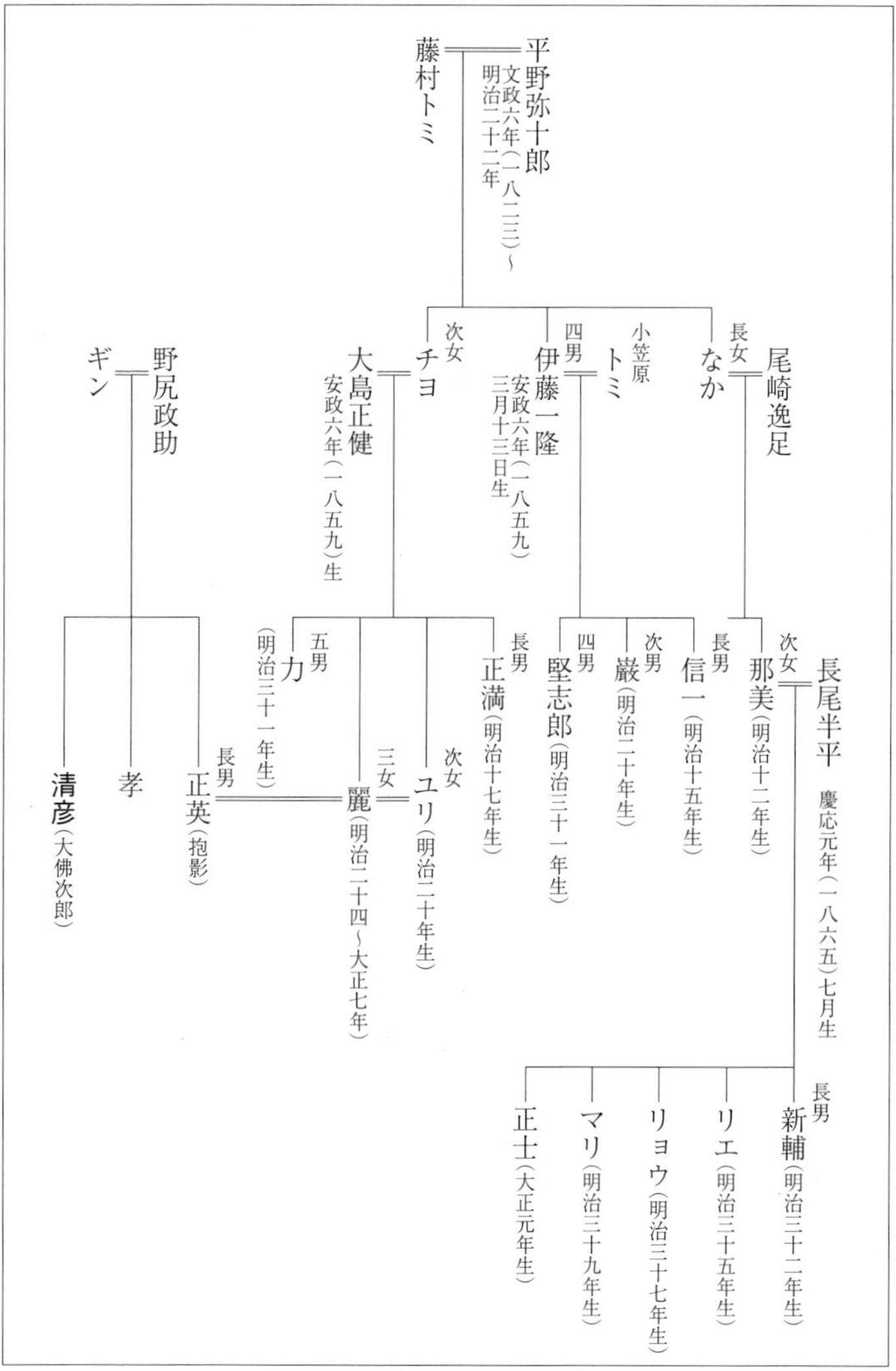
平野弥十郎
文政六年（一八二三）～明治二十二年
藤村トミ
長女
なか
尾崎逸足
小笠原
トミ
四男
伊藤一隆
安政六年（一八五九）三月十三日生
次女
チヨ
大島正健
安政六年（一八五九）生
野尻政助
ギン
次女
那美（明治十二年生）
長尾半平
慶応元年（一八六五）七月生
長男
信一（明治十五年生）
次男
巌（明治二十年生）
四男
堅志郎（明治三十一年生）
長男
正満（明治十七年生）
次女
ユリ（明治二十年生）
三女
麗（明治二十四～大正七年）
五男
力（明治三十一年生）
長男
正英（抱影）
孝
清彦（大佛次郎）
長男
新輔（明治三十二年生）
リエ（明治三十五年生）
リョウ（明治三十七年生）
マリ（明治三十九年生）
正士（大正元年生）

平野家系図

記」と要約され、ただ今の主人公、伊藤一隆誕生の記述が一六〇頁に記されている。

安政六年（一八五九）三月十三日、男子安産の由、江戸宿許より使来りしに付帰宅する。母子共に安全を悦び名は大太郎（長男）が附けて徳松と言う。

平野徳松が改称、伊藤一隆になるが、父・平野弥十郎が薩摩藩士木請負人として横浜開港工事中、徳松誕生を聞くこととなった。

明治五年、十四歳の時、外務省に勤める子安峻に英語を学び、その縁で芝増上寺内の開拓使仮学校へ入学することとなった。同学年に前述した大島正健をはじめ、後の北海道大学総長に就いた佐藤昌介などがおり、内村鑑三、新渡戸稲造は一年下の二回生であった。

クリスチャンへの入信は明治七年のことで、弟・松之助と妹・千代とを連れて築地女学校のクリスマスに行った時のことで、父・弥十郎は「昔語」に「我が家にキリスト教の種はじめて此時に蒔かれたり」と記している。

明治六年、開拓使仮学校が北海道の札幌に新天地を求めて開校、その指導者にアメリカ、マサチューセッツ農学校の校長、ウィリアム・クラークを一年の契約で迎えることになった。

来朝時、開拓使次官、黒田清隆の下、新設学校の精神の基幹を尋ね、苦悩の裡、汽船に同乗した清隆が船中で「どうか高尚な道徳を授けてもらいたい」と依頼したのに対し、クラークは「キリスト教以外に道徳のあるを知らぬ」と答え、それを学校教育の基幹にすることを絶対に譲らなかった。

明治九年、札幌農学校開校にあたり、この時に従来設けてあった沢山の校則をクラークは全部抹消して、ただ一つ「紳士たれ（ビー・ジェントルマン）」の一条をもって校風として、自身も道徳の授業を担当して生徒を引率して、その模範となり、山野を跋渉して剛健の気風を養成した。

伊藤一隆の人格は、このクラークの陶冶《とうや》によって形成されたものであり、全ての学科はこのピューリタンの精神を修身として涵養されたのであった。

伊藤一隆は、最初にクリスチャンとして、クラークの部屋で洗礼を受け、クラークその人はわずか八カ月の滞道にすぎなかったが、このクラークによって農学校の基礎はかためられ、明治十三年、第一回の卒業生を送り出すにあたって十三人の卒業生中、第一の開拓事業にあたっての優秀な人材に成長したのである。

卒業の前年、明治十二年に父・平野弥十郎は一家を挙げて札幌に移住した。伊藤一隆の勧誘によるものである。

農学校を卒業した一隆は、すぐ開拓使御用係を申付けられ、間もなく水産課御用係として、明治十九年、アメリカに漁業取調のため渡り、漁夫にまじって実地に漁業を試み、遠洋漁業にも出かけて、翌二十年帰朝した。

その後に伊藤が水産課勤務中、上げた功績については江原小弥太が編纂、著述し、昭和五年一月に木人社より刊行した好友内村鑑三が友人を代表して述べた追悼文や本人の想い出、閲歴を含んだ「伊藤一隆」に要約記述されている。

同書によれば、伊藤の三大功績の第一は、鮭の孵化場を創設したことである。アメリカから帰国後、伊藤は北海道中の湖川にわたって実地踏査を行った。幼魚を放流して、それが海へ出た後、再びその川へ戻って遡上して来るか否か、また戻って来た鮭の卵を取り出し養育、幼魚とした上、捕獲の目的で入手可能かどうかを実際に自分で体験した。その確信と熱心努力の結果、千歳川の水源、支笏湖が最も適所と認めて孵化場を選定し、実験したところ見事に成功したのであった。第二は、寒中氷結した海面から鱒を釣ることを漁夫に教えたことである。

そして功績の第三で、最も困難な事業であったのは、漁区の整理に成功したことであった。これは漁区の区別を明確に把握した上、それを受け入れてもらうため、伊藤一隆一身の人徳あってはじめて可能となるものであった。その技術、識見、そして勇気と果断と、実際の清廉潔白が、漁夫の首肯を誘ったもので、伊藤の吐く一言一言は、クラーク直伝のキリスト教精神に依るものであった。

しかも道庁技師としての任務を勤めると共に、北海道水産試験事業繁栄のため、北海道の水産業界をリードすべく明治十七年十月、伊藤一隆を中心として道内職員で、財団法人「北水協会」を創設、官民それぞれの役割を発揮した。道庁水産事業とともに北水協会はまた平成二十一年十月、継続発展、百二十五年を迎え、記念誌を発刊、さらに平成二十三年（二〇一一）「公益財団法人北水協会移行認定記念誌」を発刊するまでに至った。

開拓使御用係の勤務に従事するかたわら、明治二十七年、自らが成長発展させた道庁水産技師の職を辞し、帝国水産会社技師長として水産業に尽力し続けたが、二十九年、社用のため渡米中、かねて伊藤の行為に不満を抱いていた株主の中山勘三、西川貞三郎が中心となって、伊藤の追い出しにかかった。

これを見て驚いた伊藤の女房役たる松下五等支配人は、早速アメリカの伊藤にその経緯を通知したところ、寸隙も与えず、伊藤より退社の電報、ここに伊藤のもとで仕事に励んでいた者みな、退社。翌年（三十年）伊藤は帰朝したが、北海道へは帰らず、東京に居を構えて、自分の天職たる〈禁酒運動〉に専念する方向に切りかえたのである。

その伊藤の動静にかねて好意を持ち、自分が手がけた新事業に協力が欲しいと思い、ねらっていたアメリカ人、エドウィン・ダンは早速、伊藤の許を訪れ、強力に事業参加を要望するところとなった。かねて皮膚病に悩まされていた伊藤は、ようやく休めるとひと安心したところに、このダンよりの懇望にあい、その結果、やむを得ず伊藤はダンの誘いを受け、越後柏崎のインター石油会社、ついで同社が日本石油に買収されると共に、伊藤も同社へ移ることとなった。

明治三十三年、このような事情があって、伊藤一隆の第二の事業たる日本石油会社への移籍となり、同社においては、初めてロータリー鑿井事業が新たに開設されることとなったのである。

伊藤のロータリーに賭けた情熱はいうまでもない。明治の末年より大正初年にかけ、日本石油の名実ともに飛躍するところとなって、伊藤の石油事業への打ち込みは、誠に見事なものであったが、ここに伊藤は自分の晩年を天職にゆだねるべく大正十年、日本石油が宝田石油と合併したのを機会に、職を退いたのであった。

江原小弥太「伊藤一隆」の筆が行きつくところは、彼が精神上の恩師として敬愛したクラークの説く、いわゆるキリスト教青年会と禁酒会の二事業であった。これこそ伊藤が待ち望んだ天職であり、青年時代に手を携えた内村鑑三と並んで尽力したものだったのである。

その伊藤一隆、晩年の日常生活ぶりを大佛次郎は感銘深く書きとめている。しかも、大佛次郎が若年時より書き始め、生涯の仕事となる作家の生活、さらに諸作品の登場人物像の中に、色濃く、この伊藤一隆像のあることを忘れてはならないのである。

一例を挙げるなら、大佛次郎が愛し、自分の夢を託した作品「乞食大将」「丹前屛風」の主人公の姿こそ、大佛次郎の内部で育まれた伊藤一隆像が乗り移ったものではなかったかと思えるのである。

一生のうちに、自分の敬愛する人物と邂逅できるのは非常に幸せなことと言えよう。大佛次郎七十五年の生涯のうち、この伊藤一隆と遇い、その人物像に親しく接触できたのは、誠に幸せな出来事であった。

無論、大佛作品は、今挙げたような時代小説だけではない。数多くの現代小説、さらに彼が書いた無数のエッセイや戯曲の背後にも、伊藤一隆像の数々が潜み、その原型を形造っている。こう考えて大佛作品を読むことは無上に楽しく、作者・読者共有の喜びとして感じ得るのではなかろうか。

その晩年の生活ぶりを「私の履歴書」に書き残したエピソードの中から、次いで今挙げた二つの時代小説の中から、その実際の例として引用したい。

彼が書き残した兄嫁の関係を通して肌に感じた伊藤一隆像である。

伊藤一隆なぞは、その当時まででもアメリカに十幾度か往復し、長尾（半平）の父さんも夏目漱石のロンドンの下宿で隣合せで暮らしたひとで、海外の風に吹かれている。家庭内の生活も私がそこまでに数はすくないが見て来た日本の家庭とは違う明るい空気があった。食事の前に主人も子供も、神に感謝のお祈りをすることだけでも、私には初めての発見がある。どちらの書斎にも英語の本が一杯あるし、その頃、珍しい西洋花の鉢がいつも何かあり、大きなオルゴールがありピアノがあった。伊藤一隆は大日本禁酒会の創設者で会長であった。二代目の会長は、一隆の長男の信一である。鉄道の役人だった長尾の小父さんも、どんな式や宴会に出ても酒に手をつけない。

当時の日本の社会、それも官吏の生活では、これは確かに実行に勇気の要ることに違いなかったのに、極めて自然に、このルールが家の内外で行なわれていた。伊藤の小父さんなどはその上に、日本人ばなれして声が大きく快活で、何かの集りがあると、自分から真先に立ってホーム・ソングのマイ・オールド・ケンタキーや、オールド・ブラックジョー、スワニー・リヴァなど、合衆国の開拓期の歌を、歌い出すような家風である。江戸の生まれで、電車の中などで他人に迷惑をかける酔漢などあると、べらんめい口調でどなりつけ、徹底的にやっつけて、外につまみ出すことまで辞さない勢いを見せる。娘たち、（松本泰夫人の恵子、大東愛子、山本徳子など）が羞しいからお父さんとは一緒に出ないと、閉口しているくらい強い爽快な性格であった。クリスチャンで、こんな男らしく快活で明るいひとを、私は見たことがない。説教はしなかったが、やはり同窓の内村鑑三の烈しさに共通している。他人には強いることをしないが、自分の信仰は堅固な実に見事な老紳士であった。

たしかに私はこの伊藤の小父さんから今日まで失くさなかった何か大きい感化を受けている。私は気弱かったから伊藤一隆の烈しさは持ち得なかったが、正しいと思わないものにどこまでも抵抗する意志や、人間的にいやしいことは自分に許すことの出来ない心持は明らかにこのハイカラな老紳士から貰ったものだ。間違って自分が羞しいことをしたら私は十年経っても二十年経っても忘れず、思い出すたびに顔を赤くし苦しむ性質である。ひょっとすると、現在のように老人になってからも背中を伸ばした姿勢も、この小父さんから受けたものなのかも知れない。文壇では私は紳士の部類だそうである。そうだとしたら、キリスト信者、伊藤一隆の幾分の感化があると考えてよい。私はこの小父さんの、凱風一過といったような性格が好きであった。

〈感化〉の二文字を二度まで繰り返して述べた大佛次郎の体内に潜んだ血液は、その生活体験に、その文学作品中に現れた人物像に著しい影響を及ぼした。

五十年に及ぶ作家生活が生み出した人物像の具体例を挙げていきたい。

昭和三年、高らかに「大衆文学の転換期」（昭和三年二月二十日付「東京日日新聞」）を宣言した大佛次郎は、この昭和初年、自由な原野に生まれたばかりの大衆文芸が、小さく日本的に固まった心境小説中心の貴族的文芸の絆から解き放たれ、デフォー、ラブレー、リラダン、アポリネールなどの天才を目標に、空想豊かな、悲壮美、哄笑、戦慄その他の、これまでの日本で認められていなかった新文芸創造に挑戦の狼煙を上げた。

自ら筆を執って書いたのが「鞍馬天狗　角兵衛獅子」（昭和二年）、「赤穂浪士」（同二年）に始まり、次いで「ごろつき船」（同三年）を「大阪毎日新聞」に連載した。史実に拘束されない海洋冒険小説で、この中では政治と結託した悪徳商人に立ち向かう旗本、本多主水正、怪僧覚円の活躍ぶりに、正義を貫くため不正を許せぬ爽快な人物の活躍ぶりに伊藤一隆から受けたイメージを縦横にだぶらせた。颯爽たる若武者作家のデビューだった。

そして、この系列の作品群は以後、作品の内部に見え隠れしながら戦後の作品まで続くのである。ところで、伊藤一隆の〈人と業績〉については、江原小弥太の編著を始め、近年刊行された「伊藤一隆とつながる人々」（昭六十二年、一隆会刊）まで数多くの著書が触れており、北水協会からも創基八十年記念出版として大島正満氏が「水産界の先駆　伊藤一隆と内村鑑三」の名著を昭和三十九年十月に出版されている。

ただ、私はここで、その内村鑑三が述べた伊藤一隆への弔文「伊藤一隆を葬るの辞」（昭四）に触れないわけにはいかない。全文は「内村鑑三全集」第三十二巻四十二頁より四十九頁にわたり引用されている（昭和五十八年、岩波書店刊）

右より新渡戸稲造，大島正健，内村鑑三，伊藤一隆，広井勇

友として

○我等の愛する伊藤一隆は永き眠に就きました。彼は何れの方面より見るも著るしい人物でありました。勿論何人にもあるやうに彼にも短所がありました。彼は所謂學究の人ではありませんでした。神學や哲學の廻り遠い道は彼の堪へ得ざる所でありました。彼は又繁文縟禮の役人風に堪へませんでした。然し乍ら世に若し常識の人がありますならば、彼はその典型でありました。彼は一見して事物の理非、善悪を識別するの驚くべき能力を有しました。私共彼の友人は多くの六ヶ敷き場合を彼の判断に委ねました。そして彼の判断は大抵誤まりませんでした。そして判断の事項は人生日常の實際問題に限りませんでした。或る場合に於ては教理の六ヶ敷い問題に於て伊藤の判断を求むるが解決の捷徑でありました。彼は真理を直観するの非凡の才能を存しました。彼の賛成を博するは自己の信念を確保するの有力なる途でありました。

○此能力を以てして彼は事に當りて成功は確實でありました。北海道に於ける水産事業、越後に於ける石油事業、凡てが成功でありました。伊藤一隆を知る者の常に不思議に思ふ事は、彼が何故に此世の所謂「成功者」として其一生を終らなかつた乎、其事であります。彼は能く成功の秘訣を知りました。そして彼はその驚くべき才能を以つて多くの人を富ましました。然るに彼自身は貧しき人として終りました。明治大正の世に在りて、其點に於て彼は一の大なるエニグマ（謎）でありました。彼は富を作るの途に精通して自身は富を作り得ず、又作らんと欲しなかつたのであります。彼に若し富者たらんとの慾がありましたならば、彼は廣大なる漁場の持主でありましたらう或は日本石油會社其他の有利會社の大株主の一人でありましたらう。然るに彼には富を作るの技術があつて、その慾がなかつたのであります。

（中略）

○前にも述べました通り見やうに由つては伊藤一隆は人生の一のエニグマ（謎）であります。東京は芝神明前の土木請負業者の家に生れ、純江戸ッ兒の性を受け、然かも野卑ならず輕薄ならず、惡しき事には悉く反對し、善き事には悉く賛成し、富を作るの技倆を有しながら之を己が爲に使はざりしと云ふのであります。彼は如何なる地位に置いても有用の人物でありました。死に至るまで人の爲に盡しました。彼は日本人として最も有利に其一生を使うた者の一人でありました。何が彼をして斯かる人たらしめたのでありませう乎。彼の遺傳性でありませう乎。彼の受けた教育でありませう乎。彼が交はりし友人でありませう乎。否な否なと彼れ自身が答へます。否な否なと私供彼の舊い友人が答へます。神の恩恵が彼をして斯くあらしめたのであります。彼は事業家活動家でありし以上に基督信者でありました。基督信者たる以上にキリストの囚徒でありました。キリストは明治九年、北海道に於て英人デニング、米人クラークを以つて青年の彼を捕へ給ひました。そして終生彼を手放し給はず彼を以つて其御榮を顯はし給ひました。私は伊藤自身が度々言ふを聞きました。

僕は何故神が僕如き者を此んなに惠み給ふか其事が解らない

と。そして是れ彼が既に病に罹り、萬事が凡て不如意の時でありました。生氣潑溂たる江戸ッ兒がキリストの捕ふる所と成る時に伊藤一隆の如き人物が起るのであります。

○私は茲に私の舊友を葬るの役目に當りまして實に感慨無量であります。彼と共に共同の友人廣井勇の葬儀を行ひてより未だ半歳に成りません。今又茲に大嶋新渡戸の舊友と共に彼れ伊藤を葬らねばならぬ場合に立至りました。何れも五十年來の信仰の友であります。歩みし途は異なりましたが、目指す目的は違ゐませんでした。そして私供人生の終りに於て人生最大の獲物は富でもなく、名譽でもなく事業でもなく成功でもなく、神を知るの知識である事を知ります。そして若し私供の生涯に少しなりと此世の進歩幸福に貢敢する所があつたとすれば、其れは此貴き知識の結果でありしことを認めます。廣井勇の工學の獨持なりしも、伊藤一隆の社會事業の一頭地を抜出しも、此知識の賜物であります。私供は信じて疑ひません、伊藤一隆を其青年時代に捕へし者即ち昇天せるナザレのイエスが、日本人多數の靈を捕へ給ふまでは、日本に目覺ましき根本的の改革の起らざることを。日本の基督教會其物が伊藤一隆の信仰に立歸るの必要があります。彼は死して私供をして彼に代わりて此事を叫ばしめます。諸君彼の聲を聽いてやつて下さい。そして彼の生涯を更らに一層意味ある者と成してやつて下さい。彼は死ぬるまで日本國の爲を思ひました。彼を弔ふの唯一の途は彼の此無私無慾の志を立て、行る事であります。私は彼に代りて偏へに諸君に願ひます。

以上が、昭和四年一月七日、東京青山会館で行われた故伊藤一隆の葬儀に際し、内村鑑三の読み上げた追悼演説の冒頭および巻末部の引用である。「聖書之研究」に所載後、岩波全集に転載された。大佛次郎の作品の質と背景を考えた時、ぜひ覚えておいて頂きたかったことでもある。

「学友会雑誌」に書いた文天祥の生き方

大佛次郎の中学生時代を纏める際、第一に歴史への傾倒ぶりを述べ、第二に伊藤一隆から受けた〈感化〉の内容を挙げ、そして最後の第三に府立一中の「学友会雑誌」発表の短文を挙げて結びとしたい。

「おさらぎ選書」第五集は、「大佛次郎初期作品集」の題名の下、「二つの種子」から「一高ロマンス」「鼻」までとして、平成三年三月に私の簡単な「解題」と一緒に収載の作品群を発表した。

この中に明治四十三年四月、府立一中入学後、同年十一月発刊の「学友会雑誌」第五十七号に発表した作文「夕立」ほか俳句三篇が含まれている。

翌四十四年十一月発行の第六十号には、二年丙組、野尻清彦の本名で、「薩摩潟」他俳句三篇を掲載している。このうち「薩摩潟」の一篇は、明治維新の混乱時、安政五年霜月十五日、前途に野望を託した西郷吉之助（隆盛）と同じく身には法衣を纏えども国家の前途に心を傾け尊王に身を托した月照上人とが、絶望の末、入水した事件を叙した作品であった。

その後、発表誌「学友会雑誌」はその後も継続され昭和四年に百号を刊行し、府立一中は後に東京都立日比谷高等学校と改称され、昭和五十三年、創立百年を迎えている。この間、同校の在校生として同誌に作品を寄せた中には、土岐善麿、谷崎潤一郎、秦豊吉などの著名人も多かった。この大部に亘る同誌の中から、再度〝野尻清彦〟(大佛次郎)の名前、あるいは作品を発掘することは至難の技と言えよう。しかるに〝幸い〟なる哉。同誌、大正四年三月五日発行の第七十号に珠玉の短編を発掘出来たのであり、以下御報告・解説を試みたい。

大正四(一九一五)年三月といえば、いうまでもなく府立一中卒業の年であり、大佛次郎(野尻清彦)が「卒業生明細表」によれば、一五四名中四十番(卒業生の人数は資料により一五一名の算え方もある)で卒業した年月なのである。

以下、同誌をもとに野尻清彦の作文を引用・解説する。

學友曾雜誌第七拾號目次

講演

The Difference between Book English and Spoken English ……………… M. Kawada

詞藻

懸賞文

卒業後の方針（第一等）　五年申　中山治三郎
同　　　　　（第二等）　五年丁　林　利弘
（後略）
　選抜文
國民道徳の基を論ず　五年申　名取顯喜
都會の青年と田舍の青年　五年乙　原田光藏
吾人の敬慕する偉人　五年丙　野尻清彦
同　五年丁　富田義正
現今の社会　四年申　三富秀夫
（後略）

小見出しだけを摘出すると、「随集文」「有志文」「歐文」「雜纂」「韻文」「校報」「部報」「附録」と並び、最後に「本校職員住所」の見出しで住所が五十音順に並び記してある。

府立一中在学中、一・二年次は真面目に雑誌投稿を行っていたが、本人流に習えば、上級生になるにつれ、他の動きに好奇心が傾いていったのか、或いは投稿は続けたが、選者（教職員か）に依り、入選が出来なかったのか、理由は分らぬが、ともかく卒業を前にして〈選抜文〉を投稿した結果なのかもしれない。

何はともあれ、中学時代の結びともいえる作文を読むことが出来た機会を喜びたい。しかも内容が、中学五年間の成果ともいえる「吾人の敬慕する偉人」の話なのである。

吾人の敬慕する偉人

五年丙　野尻　清彦

家貧にして孝子現れ、國危くして偉人出づ。宋の徳祐の時、小人相繼ぎ政に任じ、天下日に弊に向ひ、中州の耗斁眞に極まれり。

是に於て元兵機に乘じて南下し來り、鼓行郊畿を破り將に江を渡りて都城に迫らんとす。宋在朝の重臣宿將多く畏怯觀望、率ね縮頸駭汗し社稷已に危殆に瀕す。

この時に當りて獨り孤兵を發し郡中の豪傑を提げて大儀に赴く者あり。天下の忠臣義士風を聞いて奮ひ起り、賊將之を聞きて色を失ひ官軍此に由りて大に振へり。

嗚呼、是の一人を誰となす、吾人が日夜敬慕して止まざる文天祥其人なり。

その將に戰に赴かんとするや一友袖を止めて曰く「君烏合萬に足らざるの士を以て十數萬倍の強胡に當らんとす、此れ暴虎馮河、群羊を驅って猛虎を搏たんとするもの、請ふ願はくはこれを止めよ」と。

天祥の志既に定まる、身を以て國に殉ぜんとする豈兵の多寡、器の利鈍を擇ばんや以て國内の忠臣義士の蹶起を見るに至らば足れりとなし敢て大義を更へず決然として陣頭に立つ。

壯にあらずして何ぞ、快にあらずして何ぞ。

されど天この忠臣に福せず、時利あらず騅行かず、鼓衰へて力盡き、矢竭きて弦絶ゆ。愛馬先づ斃れ傅家の寶刀次いで折る。天なり。命なり。骨を砂礫に暴さんか、幼帝の前途危むべし。君國のために身を以て忠す、我が命などか惜しからざらんや。されど思へ、宋室の興復誰か之を圖る者ぞ。是に於て怨をのんで敵手に執へらる。英雄の心中、壯烈鬼神をも泣かしむべし。

厓山の既に破るゝや一旦毒を仰ぎて死せんとせしも飜然思ふ所あり之を止む。敵將弘範常にその氣節に感ず。一日勸むるに元に事ふるを以てす。

天祥泫然として流涕痛嘆し敢てその心を貳にする事無きを示し弘範をして容を改めしむ。

嗚呼亡國の士其力幾何ぞある、しかもその身執へられ、その命敵の掌中にあり。然るを毅然として義により志を變ぜず。誠に是れ斷崖石皴の間、獨り亭々として、千秋鬱蒼たる寒松の九天を摩する慨あり。

丞相孛羅の如き彼れ何する者ぞ。天祥は乃ち長揖不屈、遂に從容として刑に就く、烈なりと謂ふ可し。國家數十年材智の士無からしむべし、而かも剛毅の士は一日も欿くべからず。文天祥の如きはもと文を以て宋に事ふる者、一日勸王の詔到るや、之を奉じて涕泣し劒を提げて宋室を既墜に抉け獨立獨行命を鴻毛の輕きに比し社稷を泰山よりも重しとなす、實に天地を窮め萬世に亙り顧みざるの風ありと謂ふべし。その策は用ひられず崎嶇坎坷百挫千折志を得ざりしかど一躓に遇へば益舊勵し遂に節に死す。純忠と謂はざる可けんや、宋の滅ぶる時に當りて獨り吾人の爲に虹の如き氣を吐く。嗚呼大丈夫ならずして誰かにこれを為し得るものぞ。宜なり、百世の下吾人をして敬慕已まざらしむるや。

評　慷慨淋漓。復軒

（注・「中州の耗斁《もうと》」中州は中央のこと。暗に政府の中枢を指すか。耗斁は憎んで害を与える。憎み厭うこと。「鼓行郊畿」鼓行は太鼓を鳴らして進むこと。軍隊の進行を意味している。郊畿は天子のいる都。郊はそこに隣接する地域。「斷崖石皴《しゅん》の間、獨り亭々として、千秋鬱蒼たる寒松の九天を摩する慨あり」断崖は切り立ったがけ。石皴は石のひびわれ。また、そのような状態の所。亭々は高くそびえ立つ様。寒松は冬の寒さをものともしないで生えている松。九天は空の最も高い所。摩《こ》するの訓みで、例えば摩天楼とは天に届くほどの高い建物の意。「崎嶇坎坷《きくかんか》」崎嶇は山道の険しい様で、人生の険しさのたとえである。坎坷は行きなやむ様を意味し、不遇で志を得ないことのたとえ。「百抂千折」は何度も挫折すること。「一蹶」は一度の失敗、挫折のこと。「暴虎馮河」は、虎を素手でうち、黄河を歩いて渡る意で、無謀な命知らずの行動のたとえ。「時利あらず騅《すい》行かず」は『史記』の項羽本紀にみえ、有名な四面楚歌の状況で項羽が詠んだ詩である。「命を鴻毛の輕きに比し、社稷を泰山よりも重しとなす」は『漢書』司馬遷伝中の「報ズル二任安一書」に出典があり、人固ヨリ有リ二一死一、或イハ重ク二於泰山ヨリ一、或イハ軽シ二於鴻毛ヨリ一。これが省略されたものか。また冒頭の「家貧にして孝子現れ、國危くして偉人出づ」の出典は『宝鑑』に、さらに遡れば、『老子』にまで辿れようか。）

以上の大佛次郎の作文への注については、私が質問した勤務先での後輩が丁寧に返書してくれたもので、本人は中国哲学の専攻で王陽明の研究家である。

また、この時点で大佛次郎が文天祥を採り上げたのは、卒業を今春に控え、さらに「科挙」に比することも出来る一高受験を前にして、傑出した偉人こそ文天祥の生きざまと感じたのであろうか。

「私の履歴書」の中学時代生活に触れたものとしては、歴史好き、伊藤一隆の感化、そして「学友会雑誌」への投稿のほか、シェイクスピア観劇、父に連れられて見た歌舞伎、イプセンやトルストイなどは兄に連れられていった。神田へ雑誌を買いに行き、古本屋をのぞくほか外国書の購入、そして学校に近かったので日比谷図書館にもよく通った。図書館通いは高校受験準備が目的だったが、塚原渋柿園の歴史小説も順番に読みふけった。

ただ、この「履歴書」で繰り返すことになるが大佛次郎の読書、観劇は、

つまり私の文学の上の素養は文壇的や文学的なものではない。町育ちの東京の子供のものである。若い頃に文学青年だった時期が私にはない。文学は難しいものだと思い、敬遠し、自分にものを書く素質があるなどとは決して認めなかったのが事実である。

と書いているのは、充分納得できる言葉で、大佛次郎の以後の生活を辿っていてもうなずけることである。

ただ中学も卒業期が迫り、高校受験の準備が急務となって、友人たちが予備校に通い始めたので、

怠けているのが心配になって、神田の研数学館や正則英語学校へ通うことになった。

その為か、一高の入学試験にも上の方の成績で、一度で合格した。七人に一人という競争率だった。

いよいよ大佛次郎の一高、東大、そして結婚と道路は一本、真っすぐに伸びていたのである。

第三章　高校から大学、そして結婚へ

1　一高入学と処女出版「一高ロマンス」

中学から高校生活への変化が大きく、ある意味で子供の生活の閉じ切りの中学時代から、自由で独立生活を初めて開くことになった高校生活つまり大人の日常に成長した。

一高寮生活と親離れ

何より今迄、父母・兄姉と一緒で家庭の尾を引きずっていた生活から独立し、一変したのであった。この子供から大人への成長について「私の履歴書」では次のように振り返っている。

一高の入学試験にも上の方の成績で、一度でパスした。その頃でも七人に一人の競争率だったが、私は生まれつきののんきな気持ちで終始出来たのは倖せであった。父母も兄も一切無関心で、入学したと知らせたら、それはよかったと悦んでくれただけである。子供の方も特別に努力したわけでなく、それでよいのである。

ただこの文章に続いて、父・政助の子供たち特に大佛次郎への期待、自分のこれまでの閲歴とある意味での不満をふまえて考えねばならぬことは勿論であり、そのことは既述の内容及びすぐ続く以下の「私の履歴書」の回想文からも読み取るべきだろう。

父の期待が子供を役人にすることだったので、私は外交官になるつもりで一高の仏法科に入った。実は外交官がどんなものか知りはしない。当時のことだから天皇の官僚という風があって役人は人を見くだして威張っている。官尊民卑はまだ過去のものでない。長尾の小父さんなどが例外の存在だと解って来るほど、私は国内の役人には向く性格でないと気がついた。外交官なら外へ出られる。見たい外国を見られるし、役人風を吹かせる必要も起こるまい。無責任に、ひとり勝手に、そう思い込んだだけのことである。私は小市民の家に生まれて育ちも町の人間である。奮励努力して立志伝中の人間になり出世して見せようとする自信など更に持たない。

この回想文は大切で、特に自分について、「私は小市民の家に生まれて育ちも町の人間である」と述べているのは、作家大佛次郎の特長を考える場合、大切な自己分析である。この点は、大佛文学が当時までの日本近代文学の性格の中で、彼の文学を特にきわ立たせている点でもある。

また一高入学とその後については後述の作品「一高ロマンス」を見ると、大きな落差のある点も見逃せない。

ともかく大佛次郎の性格に〈父の期待に応えたい〉という傾向があり、同時に期待されるだけの生まれつきの才能があったのは忘れられぬことである。

次に、中学生までの制限のなかった将来への道が一高仏法科入学によって、一つだけ限定された。文科コースではなかったのである。一般社会人への道であり、同時に当時の作家とくらべ、特殊な道を選択したのである。この点を私は特筆大書したいのである。

一高入学が本人も記す如く「私の一身もまたも別の境遇」に変わることとなった。何より家庭生活から、寮生活へと、そして独立した大人への道を歩み始めたのである。この一高での生活については「私の履歴書」と「一高ロマンス」が参考になる。まず「履歴書」に回想した次の文章である。

試験だって、及第するだけのことならやさしいのである。私など、この特権（授業の三分の一は欠席可能という制度）を思い切り利用した方かも知れない。その効果は健康の上に現れた。身長順でビリから二、三番で、体重十貫となく、上の学校へ行くと死ぬぜと教師に警告されたチビが、五尺八寸で、体重は十四貫の、すこし細長いが、なかなかスマートなアマチュア・スポーツマンとなっていた。

続いて大投手内村祐之から寮の庭でやっていた投球練習に対し「おそろしく速い球だなあ、と立止まって見てくれていた」という思い出を忘れないで書いているが、誕生から長い間、「ころんで起き上がれない〝福助頭〟」と言われ、自分でも体力、からだつきに自信が無かったのが一変、スポーツマンと言ってよい心身ともに立派な青年へ成長したのである。

これは戦後に体重が更に増し、押し出しの立派な紳士に充実して行くのは写真での変化を見れば直ぐ納得できよう。

ところで、かんじんの大佛次郎のその後の生活、特に一高時代についてである。

資料は前述した如く、相変らず「私の履歴書」の回想録、それに処女単行書となったルポタージュ「一高ロマンス」である。

まず「私の履歴書」にそって一高三年間の日常生活を纏めてみる。次いで「一高ロマンス」執筆の背景とその内容、更に処女単行書となった経緯、復刻版などについて触れていきたい。

広がった交友関係

高校入学で変わった第一の件は、入学者が日本各地に広がっている点だ。中学までは横浜そして東京の学生が殆どだった。それが広島の中学出身の、後に英国大使や代議士に立身する、地方人らしい重厚な学生と知りあう。ほかにも同寮、同室の地方出身の同級生と一緒の生活をすることとなる。

次に先生方である。仏法科ゆえ、まずフランス語の先生と向き合う時間が一番多い。次いで中学時代から好きな歴史の先生。殊に東洋史の箭内亘先生は試験後に必ず講評をして下さり、何時も大佛次郎の答案が賞められた。嬉しい思い出である。授業が歴史の時間だけは独法科や文科の学生と一緒の大きな教室で行われたので、当然、将来多分野に発展する同窓生との交流が出来た。

高校時代の友人が生涯を通じ、全身をさらして交際することとなる〈生涯の友〉へ発展する芽生えが此処にあったのである。

次に中学生時代と違い自由な時間が増えたこと、つまり長尾や伊藤の家を尋ね、スポーツに打ち込み、目的もなく自由に町中を散歩した。動物のように光と風の中で暮らす毎日を過ごすことが出来た。「成長期に勝手気儘なことをして暮らしていられる三ヶ年もの月日に恵まれたことは、どれだけ幸福なことだったろう」と振り返っているのは幸せであり、大佛次郎にとっての高校生活はまさに「休息でもあり、自分から選択する猶予の時間」でもあったのである。

また、落してならぬのは生来の本好きの性格のことである。もともと本好きであった上に、寮内で広く読まれていたのは夏目漱石の作品群であった。不思議なことに、それまで特に関心の深い作家でなかった漱石本が、どの部屋に行っても机の上にころがっていたので、当時広く発売されていた漱石の縮刷本を大佛次郎自身、新発見し、「坊ちゃん」「猫」から始めて後ろから追跡することとなった。

偶然ではあるが、漱石が亡くなったのが大佛次郎の一高生時代の大正五年であった。ロンドン留学を終え、東大の教師より朝日新聞の新聞小説作者に転身し、ある意味では大佛次郎の先駆者に位置し、身近な親戚の長尾半平がロンドン時代の最も親しい友人でもあったことがあるので、直接長尾から漱石の生活を聞くこともあったかもしれないので、以後の大佛次郎の指針となった存在と言えるかもしれない。

「白樺」を読むようになったのもこの頃で、「草の葉会」と名づけられた有島家で開かれた読書会に参加したのも一高時代であった。偶然、横須賀線で乗合わせ、車窓に見た農家の屋根に咲いた花を一緒に親味を感じ、「昔の人はゆかしいことをしたもの」とつぶやく有島武郎の声を聞いたのもこの時代だった。

「一高ロマンス」
（大正6年7月，東亜堂書房）

そしてなにより大佛次郎の処女出版となった「一高ロマンス」を書いたのも、この一高時代である。「一高ロマンス」については「復刻版」（昭和五十四年十二月、大佛出版刊）の解説で詳述してあるので、ぜひ参照して頂きたい。

2 東大生活から結婚へ

文学部と離れた政治学科

大正七（一九一八）年七月、第一高等学校第一部仏法科を卒業。道一本隔てた赤門、東京帝国大学法科大学政治学科に同年九月に入学する。

ここでの資料もやはり大佛次郎が文化勲章を受章した記念に執筆を依頼された「日本経済新聞」

（朝刊、最終面の左上縦長隅の欄）掲載の「私の履歴書」と「三友」連載その他である。

大正七年の一高卒業、東大入学より一年前の一高三学年になった大佛次郎は、理由をこしらえて寮生活を中退し、通学生となって登校する毎日に変っていた。

それは、伊藤一隆の北海道時代の友人で、やはりクラーク教授の弟子の一人だったひとの息子さんで、大佛次郎より三歳年長で東大の理科で物理学を学んでいる藤村信次と、伊藤一隆の次男、大佛次郎より十歳年長で鉄道院に勤めていた厳の二人に一高三年生の大佛次郎が加わった三人で、若い者同士で独立、学校から三十分ぐらいの神田区北神保町十三番地の清水吉之助という素人家の二階に部屋を借り、一緒に自炊生活をすることにした。

藤村厳だけ勤め人だが、おとなしい性格で、学生の身分の若い二人と気が合って、三人の生活ぶりは、なかなかモダンなものであった。朝は一緒に起き、パンとミルクで食事をして、それぞれ役所と学校へ出かけた。この三人が自炊生活で使った紅茶のポットが、どういう偶然か、現在私の手元に伝わって残っている。

今から百年近く前に、三人が使ったものだと思うと、特殊な食器でもなく、全く今でも家庭でよく見るものではあるが、深い感懐を覚える。

場所が神田で、近くに本屋が多いのは今も同じである。三人とも独身で文学好き、それぞれが好みにあった本を買っては、よく読んだ。

三人の中で、藤村信次が物理学が専攻だけに一番の勉強家で、休日も机に向っている藤村を残して

東京帝大時代，学友と（右端が清彦）

伊藤と大佛次郎とは揃って散歩に出たり、自分たちで作る食事に厭きた時は、足を延して品川の長尾や伊藤の家に遊びに行っては御馳走になった。

寮を出て自由だが、行儀は模範的でおだやかな生活ぶりであり、心持ちの上ではボヘミアンであると振り返っている。

一年後、一高を卒業した大佛次郎は、前述したとおり東京帝国大学、法科大学、政治学科へ進んだ。

いよいよ大学生である。

ただ高校生時代の話で、一つ落とした大切なことがあった。一高には明治二十三年の創刊で文芸部編集の「校友会雑誌」が継続刊行されており、谷崎潤一郎、和辻哲郎、豊島与志雄、久米正雄、倉田百三などが若き日の習作を発表した雑誌であった。川端康成は大佛次郎の後輩になるが、評判作「伊豆の踊子」に成長する習作を雑誌に書いており、そんなこともあって近年「校友会雑誌」そのものが復刊されている。

大正六年は、森巻吉が部長で、清野暢一郎、加藤四郎、平山利英などが文芸部の委員をつとめ、第二六一号より二六八号までが発刊された。

校友会雑誌に書いた処女作「鼻」

このうち十一月二十日発行の第二六八号に、野尻清彦の本名で短篇小説「鼻」を発表している。文科の学生ではなかったが、高校生の時、機会があれば文学（短篇小説）に手を染めてみよう。という程の軽い気持で書いた習作として残り、偶然か、芥川の短篇「鼻」と同題になったのは面白い。以下「鼻」は全文を引用する。

「校友会雑誌」

鼻

「おい、よしてくれ。つまらない悪戯は」彼は迷惑さうに顔を顰めて云つた。彼の頭は、あまりの不意と案外とに、嵐のやうに乱れてゐた。

「一体どうしたんだ。この態は？」彼は強ひて気を静めて考へてみた。彼は役所の同僚を代表してこのKの病気を見舞ひに来たのだ。彼はKの兄に案内されて、病気のKの座つてゐる前に向ひあつて座布団を占めた。Kの病気は頭の心に腫物がに出来たのだと、Kの兄は云ふ。Kは彼と、Kの兄とがKの事を話して居る間にも、頭にぐるぐるに捲いた繃帯の下から、きよとんとした力の無い眼で、彼の洋服姿を見詰めてゐた。Kはすつかり赤ン坊のやうに、物の区別もつかなくなつてゐて、ほとんど頭で考へてゐることも口に云へぬらしかつた。

彼は半月程前まで自分と同じ役所で椅子を並べてゐた男が、あまりの変り様なので、夢のやうな気がしてゐた。するとその内に病人が何やらわからぬ事を云ひながら、彼の座つてゐる座布団をぐんぐん曳ぱつて、彼を一尺とも離れてゐぬ距離に近寄らせた。一体どうするのかと思つてゐる間に、病人の脂気のない、かさかさな指が、突然飛び上つて、彼の鼻を、ぐつと把んだのである。彼は、あまりの事に、すつかり仰天してしまつたのだ。

冗談かとも思つた。しかし白蠟のやうな色をした病人の顔の筋肉は一本一本異様な緊張を見せてゐた。そしてどんよりした眼にも口許にも、何となく凄まじい色が漂つてゐるのだ。

彼は、わざと落着きはらつて、両手を挙げてKの瘦せこけた手を握つて、離させやうとした。しかし病人は、何やら、わからぬ事を、白く乾ききつた熱臭い口を開けて喚きながら、なほも強く彼の鼻を、ぐいぐい曳ぱるのであつた。彼はぽかんとして直ぐ間近に迫つてゐるKの顔を見た。何か唯事ではないと云ふことだけはわかつた。

一体何のつもりなんだらう。彼は抵抗して背後へ反り返りながら考へた。Kが丈夫な時分、自分の隣りにゐて、癖で始終ペン軸の頭をがりがり嚙りながら、機械のやうに統計を作つて居た姿をも思ひ浮べた。そして食堂で、アルミの弁当箱をがちやがちや、しまつてから人差し指を口の中へぐつと突込んで歯の間に挟まつた副食物の繊維を取つてゐるKの姿をも思ひ出した。そして、その次に風のやうな彼の考は急にある処へ来て止つた。そうだ。あれだ。あれに違ひない。それで病人が急にこんな事をやるのだ。彼はかう考へるとたまらなくなつて来た。

あれとはかうだ。何日であつたか、昼食の後で、役所の食堂で、皆で集つて世間話に耽つてゐる時、偶然、二人が身長や体重の話から争つたことがあつた。Kは、彼の青く少さな身体を嘲笑した。彼もむきになつて、大きな奴は早く死ぬんだと主張した。そして、この話は、彼がKに向つて「君なんか今年の中にもう危いぜ」と云つたのに対して、Kが、いやな顔をしたまゝで終つた。丁度その時ベルが鳴つたので、二人は忠実な廿日鼠のやうに、席に戻つて仕事を始めたのであつた。「今年の内に死ぬぞ」かう云つたのを憤慨して、こんなことをやるんだな。彼は急にかう考へたのだ。

彼は取り殺されるやうに思つた。そして夢中で座布団から滑り落ちて、一生懸命に病人の手から逃れやうとした。しかし病人は相変らず何事か喚きながら、なほも強く彼の鼻を曳ぱる。彼は鼻がひりひりするのを感じた。

しかし、この場合には、恐怖は苦痛以上に彼の頭を支配してゐた。彼は最後に必死の勢で、やつと鼻の自由を得て、後へ五六尺飛び下つた。そして大きな息を吐きながら、片手を畳の上に突き、片手でその解放されたばかりの鼻を抑へてゐた。

「馬鹿な。冗談にも程がある」彼は努めて、やつとかう叫んだ。しかし何とも知れぬ不安の思が一杯に頭の上に被さつて来た。彼は目を挙げて病人の方を見た。病人は黙つて彼の方をぢつと見てゐた。その目には明らかに惨忍な嘲弄の色が浮いてゐた。

台所で茶を入れてゐたKの兄は、この時唐紙を開けて入つて来た。そして、室の空気の唯ならぬのを見て、何事が起つたのかと不思議さうに彼と病人との姿を見くらべた。

彼はKの兄の姿に気が付くや、思ひ出したやうに、座り直して、もう帰ると云ひ出した。彼は完く、一刻もかうしてゐられぬと思つたのだ。

往来に出ると、大分夕暮近くなつてゐた。電車に飛び乗つてから彼は時々手を挙げて、あたかもその存在が気に懸るもの丶やうに、鼻をつまんでみた。

この短篇小説の不思議な印象について、同誌巻末の編集後記ともいえる余録欄に、文芸部員の一人である平山利英が、掲載作の紹介をかね、「野尻君の小説は人形を頭で操ってをられるやうに思ひました。君は芥川さんの長所と短所とを備へてをられるやうです」と、作品評を書いている。

「一高ロマンス」や中学時代の作品と違った〈文学作品〉である。

この不可思議な作風は、東大卒業後、友人と共同で発刊した同人誌「潜在」の第四号（大正十一年十一月刊）に発表した短篇小説「日本人」という表題作と並んで、若き日の大佛次郎が〈文学作品〉意識を自覚して書いたのではないかと思われる大切な〈謎〉の小説である。

習作「鼻」「日本人」の特異な性格と位置づけについては、後述の中で再説することもあると思うるまい。

が、ともかく本評伝は東大入学後の生活と結婚に触れぬわけにはいかない。大佛次郎の大正七年九月に始まる東大生活も、同じように「私の履歴書」の回想記から始めねばな

私は東大の政治科に入った。法律科に入ると弁護士の資格が取れるが、民事、刑事の訴訟法があって面倒だと聞いたので、それのない楽な科を選んだのだから、いよいよ怠け者なのである。

（中略）

気弱くおとなしい人間だから、悪いことや不良めいたことは出来ないが、怠けて教場へ出ない。講義が終わる時分に学校の近くへ行き、誰か友達を見つけて青木堂の二階でコーヒーを飲んで話込むことはあるが、講義を聴くことは極くたまで、新渡戸博士の経済史が非常に面白く興味を感じたので数回通ったが、その内にまた離れて了う。

フランスの憲法論を教科書にして読む吉野博士の国法学の時間もそれであった。一度休むと続かなくなる。今日考えて、これほど教場に出ない不埒な学生が、よく大学を試験が迫ってからの俄か勉強だけで卒業出来たと感心するくらいだが、（前にも書いたことだが）、一科目の試験を終えると、私は銭湯に行き熱い湯に入って頭に詰めてあるプリントの記憶を湯気にして蒸発させて了い、それから次の日の試験科目の勉強にかかるのであった。済んだものは、すぐ忘れて行くので、覚える意志はない。実際、変な料簡に見えるだろうが、私は大学に三カ年籍をおいていて、教室に入ったの

は、三十日ぐらいであろう。

大佛次郎の大学生活を記述する際、よく引用される三カ年の学生生活中、教室へ出たのは三十日位で卒業したという話である。しかし、見方を変えてみる時、間違いだらけのプリントや友人のノートを読み通し、熱い銭湯をあびると同時に覚えた講義内容も一緒に吹き飛ばして忘れ去り、頭を新しく空っぽにして次の講義内容を覚え込むという作業は、特別の秀才であればこそ可能なやり方であって、日頃ふり返っている如く講義の進み具合は神田の洋書店でのぞき読み、頭で整理して、覚えるのも早く、忘れるのも早かったというのだから、稀にみる深く広い読書能力と書物好きの背景があってこそ可能だったとみることが出来るのではないか。やはり、大変な秀才なのである。

同時に前述の回想に続き、「もちろん、私はもう、父親の期待どおり役人になる意志を失っている。何になれるか自分だって不安なのだが、卒業したらどこかに勤め口が出来るだろうと、あてにならぬことをあてにして、ぼんやりと、あまり考えずにいる。」と思い、さらに「先生たちの法律の講義が私にはつまらなかった。自分のたちに合わないのだと考えて、同級の友人たちに遅れて行くのを、心配しながらどこか平気でいる。」とも言っているのだから、何と言っても秀才なのである。

また、一学期分の学費を十五日や二十日でつかい失くしてしまって、その月の食費も部屋代もなくなっているのだ。

まとまって（父から）金が来たのを幸い、酒食の欲はないが、丸善に出かけ、手当り次第欲しい本や画集を買ってきて、棚にならべ幸福を味わった。（中略）
実にいろいろの本を私は持っていた。それを碌に読まない内に、少しずつ古本屋に売りに行く。
（「私の履歴書」）

本性に一本筋が通っているせいか、その生活ぶりは決して無頼《ぶらい》な点はない。気弱くおとなしい人間だから、悪いことや不良めいた暮らしぶりは出来ない。過激なかたちに走ったりすることは無く、心の一隅に外交官試験を受けて外務省に入り、父親を安心させたいという穏やかな気持ちは持ち続けている。

この大学一年の大正七年の出来事である。いわゆる浪人会事件が起っている。その中で、極右翼の団体、浪人会の連中が、東大教授吉野作造博士の構築した大正デモクラシーの中心思想の民本主義を危険思想と決めこみ、自動車を大学に乗り入れ、大げさな宣伝を売り込んで、吉野教授に公衆を前にした立会演説を強要した。

噂は直ちに学内に広まり、学生達は怒りを呼び、先生の身を案じ、心配した。
日頃学業に欠席続きの大佛次郎も、吉野教授の授業が気がかりで、遅れず出席し、先生の対応を伺いに登校した。教室で特に変わった態度もなく出講した吉野先生は、受講生たちの抱いた心配を、本当かどうかただした。

平常と変わらず教科書を開いて講義が始まった。何時もと同じなのである。

兄・抱影の愛妻の麗が、この年流行《はや》ったスペイン風邪にかかり、家族の不眠の看病もむなしく、亡くなったのが六日前の十一月十七日の夜半のことであった。そんな取り込みがあったため、大佛次郎は遅くなって午後六時の開会直前、ようやく会場にかけつけた。満員で入場できない学生たちは会場をとり囲み、厳戒する警官たちと小ぜりあいになった。

そこは法科大学の学生のことだから、「帝国民は、法律によらざれば、逮捕監禁せられず」と、憲法の条文を叫んで警官を牽制した。

この時の大佛次郎の大学生になって間もなく体験した事件、兄嫁の直前の死去、そしてかんじんの吉野教授の応対と絶叫し何とかねじ伏せようと体一杯で張りあった浪人会の弁士たちの様子については、幾度も引用する大佛次郎の「私の履歴書」、石田五郎の「野尻抱影」(平成元年、リブロポート刊)の三人の幼い娘を残して昇天した愛妻を叙した箇所、そして何よりもミネルヴァ評伝選の一冊を書き上げた田澤晴子の「吉野作造」(平成十八年)に当日の立会演説会の様子を撮した「報知新聞」の写真入りの記事に詳しく述べてある。

特に田澤評伝は吉野の「民本主義」の主張やその成立、浪人会事件の真相と背景、さらに事件後の社会運動に至るまで具体的詳細な記述が発表されており、本評伝選の一冊でもあるので、これらの資料と木村毅の伝える大佛次郎の感激、茶目っけな行動まで手にとる如く理解できる。

大学入学後まもない時期に発生し、いわゆる大正デモクラシーの洗礼を味わった刺激的な事件だったのである。

フランス人形のような女性

大佛次郎の大学生活をみる時、忘れられないのは彼自身も書いている音楽、絵画、そして彼の思考の基礎ともなったロマン・ロランの翻訳と有島武郎の「草の葉会」の出席と横須賀線で同車して共通の話題となる「屋根の花」の物語なのである。何れも拙著、草思社本に詳述してあるので、このたびは省略したい。

それらの事件と同様に扱うことの出来ぬのは、高校時代から芽生えて傾斜した彼の演劇体験、さらに父や兄の意にそむいて強く自己を貫き通した恋人で終生の人となる酉子夫人との出会いと学生結婚についてである。

友人、青柳瑞穂の妹で、直接その日常まで熟知した青柳いづみこが残したことば、

フランス人形のような女性

この女性こそ大佛次郎の生涯を通じ、文学作品を産み出し、やがて傑作「天皇の世紀」を歴史に残す原因となった旧姓、原田登里《とり》その人である。花柳はるみに次いで、日本に於て二番目の映画女優の名誉を受ける女性なのである。

大佛次郎歿後、最晩年ではあったが、抜けるように肌の美しい酉子夫人の面影を私は忘れることが出来ない。

父親、野尻政助の飛躍点を生んだ故郷・道成寺からの上京、その父の期待を一身に受け、充分以上に期待を飛び越す働きの背景となった酉子夫人抜きに大佛次郎、そして名作「天皇の世紀」の誕生はあり得なかったのである。

3　新劇・映画女優との恋と愛

新劇への憧れ

大佛次郎夫人、旧姓、原田登里（通称、酉子、芸名、吾妻光）は、明治三十一（一八九八）年、一月十五日に東京の浅草区向柳原町（現在の台東区浅草橋）で生まれた。

登里という名前は、明治三十年が酉年であったから、明治三十年十月九日生まれの大佛次郎とは同学年になるはずであった。戸籍届けが半年ばかり遅れ、謄本の生年月日は、明治三十一年六月十五日となった。

父は五十嵐徳蔵、新潟県の生まれで、上京後、原田はるの籍に入婿。この徳蔵・はる夫妻の長女として生まれ、下に妹一人と弟三人がいた。そのほか父の異なる姉と、母の異なる妹が一人ずついるという複雑な家庭であった。家業は米屋で、下町の人の出入りの多いにぎやかな家庭環境のなかで育った。

舟橋に嫁入った妹と晩年を横浜で過ごした弟の二人に、訪れてお会いしたが、弟さんは「おさらぎ寿司」の店名で、姉にそっくりよく似た長命の家族となった。

酉子は明治三十八年四月、学齢に達し、浅草橋の柳北小学校に入学。小学生時代の酉子については、妹弟たちが口を揃えて言うように、頭がよく、勉強が好きな子供であった。それを裏づけるように、柳北小学校在学中の勉励賞と精勤賞の賞状、そして修業賞状を酉子は晩年まで大切にしまっていた。

明治四十二年三月、この柳北小学校を第四学年で修了。この頃、小学校の修業年限が四年から六年に延長され、尋常科四年修了で高等科へ進まなかった児童も多かったが、この年の春、実母のはるが亡くなるという境遇の変化もあって、小学校をこの時点で退いた。

三年の空白期間をおいた大正二年四月、あらためて酉子は麹町の和洋女学校の家庭科に入学。二年後の大正四年三月、同校を卒業、これが学歴となり、大佛次郎記念館の名誉館長就任の際、履歴書にはこの過去歴をしたため、記念館に残ることとなった。十七歳のことである。

晩年の酉子夫人に伺った話では、下町の浅草橋の生まれなので、隅田川をさかのぼり、浅草へはよく遊びに行ったという。一日に映画を三本も見たこともあり、六区の通りの入口にあった来々軒で中華料理を食べることもあった。すぐ下の妹のなかが十八歳で、酉子二十歳のときに、浅草でふたり並んで撮った写真が記念館に残っている。

この下町の商家の出身で、華やかな浅草の芝居や活動小屋に親しんで育った環境が、やがて酉子を新劇・映画女優という時代の華へと咲く道に歩ませることとなった。この道は、父母は勿論、弟妹の誰も知らぬ、自分で決心し、選んだ道だったのである。

ちょうど、この大正四年から八年頃にいたる期間は、時代が女優を求めていた。

大正六年に伊藤松雄が指導して結成された新劇研究会は、それまで演劇と関係のなかった若い女性がわれもわれもと女優を志願し、第二の松井須磨子たらんとして自ら舞台に立つことを望んで主宰し、集った小劇団の一つであった。

群小劇団輩出の時期であり、帝劇、文芸協会、有楽座などが養成所を設置し、自分から養成所へ飛び込んで演技の勉強をしようとした女性も多かった。

原田酉子はそのようにして自ら小劇団の座員の一人として女優への道を歩み始めたのではなかったろうか。残念ながら入団したと思われる最初の劇団名は特定できない。

ただ、その後の活躍からさかのぼって想像すると、花柳はるみの場合が一つの参考になるかも知れない。酉子も初め松井須磨子の芸術座か、あるいは花田偉子《よりこ》と同じように新劇協会とか「とりで座」の女優となって、「青い鳥」に出演、花柳はるみに続いて踏路社から映画女優への道をたどったと考えられる。

原田酉子が女優熱にかかった時期よりやや遅れて、大佛次郎も学生たちに波及し始めた新しい演劇運動の潮流に動かされ、新劇にかぶれ始めた。大正八年の頃であろうか。

この大正八年という年は、ふたりが関係する新劇史の上で重要な年であるばかりでなく、映画の発達史の上でも画期的な年であり、ふたりの上に大きな時代の網をかぶせた年であったと言ってよい。

日本の新劇史は、日露戦争後の国民的自覚の高揚を背景に、西洋人に見せても恥ずかしくない、西洋流の正しい演劇を創り出そうと動き始まった。

明治四十二年、坪内逍遥が私財を投じて文芸協会の演劇研究所を創設、研究生に近代劇の授業を開始、「ハムレット」などの公演を行った。同じ年、小山内薫と市川左団次との提携によって自由劇場が誕生、イプセン劇が上演された。

しかし、二つの運動はともに大正二年に解散。経済的に自立公演を続けることの難しいのが大きな原因だが、これはその後の新劇史に絶えずつきまとった離合集散の一つの現われである。

この大正二年は逍遥に育てられた第二世代の島村抱月、松井須磨子の芸術座の活動時期であるが、この間に次々と新劇団の旗揚げがあり、劇場の廊下は押すな押すなの盛況でもあった。

このブームは芸術座の「復活」の主題歌「カチューシャの唄」の人気に乗って華やかな興業を続けたが、大正七年末の抱月の急死と、十三年の築地小劇場の開演と続き、これは泡沫的な群小劇団の活躍でもあった。

その群小劇団の一つがリアリズム演技を目標に優れた公演を残した花柳はるみ、原田酉子の両女優をかかえた「踏路社」の運動であった。

大正六年から翌年にかけ、木村修吉郎、村田実、青山杉作らが牛込の芸術倶楽部で、ドイツの劇作家ヴェデキントの「春のめざめ」など五回の公演を行った。

この公演時に、花柳はるみの参加があり、同じ大正七年七月、主要メンバーの青山、村田、花柳の三人が帰山教正《かえりやまのりまさ》の映画芸術協会に招かれ、映画への出演となった。

この踏路社から映画芸術協会へ移った三人に続いたのが原田酉子で、大正八年十一月のことであっ

女優・吾妻光（原田酉子）の和装と洋装

た。日本における二人目の映画女優の誕生である。同じ年、彼女はアメリカ帰りの畑中蓼波《りょうは》の新劇協会にも参加、翌春公演予定の「青い鳥」出演のため稽古に余念がなかった。

そして、この「青い鳥」公演が酉子と大佛次郎との縁結びとなる。

映画女優生活

ところで有楽座公演に先立つ大正八年、酉子（吾妻光）は、帰山教正から映画出演の話を受け、撮影が行われていた。

帰山は明治二十六年東京生まれ、中学生時代から映画に熱中、映画雑誌に投稿したり、東京高等工業高校（現在の東京工大）卒業というインテリで日本映画の革新に大きな功績を残した。

何よりそれまで女形を使った映画界

に、初めて女優を起用。花柳はるみの活躍に次いで新劇界〈踏路社〉から第二の女優としてイタリアへの輸出も考えた上で作られたのが「白菊物語」で、花柳と共演で吾妻光も出演、その撮影が帰山のシナリオ、大森勝の現地（京都）映写、ほかに青山杉作、村田実、近藤伊与吉などが出演したほか、大佛次郎自身も脇役出演の話が伝わっている。むろんスチル写真も残っており、フイルムの現存でも発見されると大きな話題となった筈である。

時代は足利将軍注文の名刀製作にまつわる悲劇譚で、詳しいことは講座「日本映画」、佐藤忠男「日本映画史」、田中純一郎「日本映画発達史」などが出版され、ほかに各種の活動雑誌、キネマ旬報などが資料として残っている。

「白菊物語」の封切りを待たず、大正九年二月下旬から帰山の第四作で、国活作品の「幻影の女」の撮影が始まった。その隙間を縫うように原田酉子の活躍が「青い鳥」の出演、宝玉劇場への客演と重なったのであるから、忙しい話である。

しかし、若い頃は忙しければ忙しいほど情熱も高揚するので、大佛次郎との接触も急速に進んだのではなかろうか。

記念館に残された写真には、映画「白菊物語」の京都嵐山ロケのほか、宝玉劇場出演時の酉子夫人の舞台姿、相対する大佛次郎の舞台姿の写真が残っており、それぞれの写真の裏には、その思いが書込みで残されている。

初め一緒に下宿していた伊藤巌や藤村信次が職を得て独立したあと、ひとり住んでいる部屋を酉子はしばしば訪れるようになった。

一枚の写真に若き日の二人が机を傍に、ゆるやかにゆれる窓のカーテンを背景にして、幸せな姿を残している。

新婚の頃（酉子と）

卒業より前に、井の頭公園の門前のくぬぎ林の中に、多分どこかの普請で余った木材で建てたのに違いない新宿の材木屋の持物の三間ばかりの小さい家に入った。家財は、粗末な茶箪笥とチャブ台に、茶碗と箸だけで一切である。くぬぎの落葉の降る音を聞きながら、のんき坊やの私も、さて、これから何とか自分で働いて生きて行かねばならぬ、と殊勝に考えたことだけは今も覚えている。二十五歳であった。（「私の履歴書」）


少し時代を急ぎ過ぎたかも知れぬ。昭和三十九年末に文化勲章受章を節目に綴った「私の履歴書」は、まこと老のくりごとのように、だらだらと今の世に無用の昔話は、通学もしない学歴を綴っただけで終ってしまった。

前に戻って、吾妻光の名で映画女優として活躍していた大正八年から十年に返って、必要と思われる記述だけは書いておきたい。

先にあげた吾妻光主演の第一作でもある「幻影の女」には、「日本映画俳優全集」の女優篇として吾妻光の項を執筆した千葉伸夫が、当時の映画雑誌に書かれたストーリーと撮影風景を引用紹介している。

映画「幻影の女」のスチール（左が吾妻光）

ある画家が、同居している家の娘と恋におちる。画家はプラトニックな愛に終始しようとし、娘は反対に肉的な愛を彼に求める。それが二人を離し、娘は肉的恋を享楽しようとする別な青年のものとなる。

恋に破れた画家は、絶海の孤島に来て画を描くことを唯一の楽しみとする生活に入る。しかし恋する娘は忘れられない。

画家は或る日、島へ漂着した何処の者とも分らない幻影の女と、女につきまとう不思議な男のために、恋の最善は果して精神的なものか、という試練にあう。

そのあげく、彼は島の火山の毒気にあたって死ぬ。その間際に始めて霊と肉の一致点を見出す。

一種、夢幻的な観念劇で、画家に青山杉作、不思議な男が近藤伊与吉、そして吾妻光が娘と幻影の女の二役を演じ、椿の花咲く伊豆大島でロケーションが行われた。三月のよく晴れあがった青海原を背景とした海岸での撮影だった。吾妻光が、ほとんど衣装をまとわぬ姿で、海岸を一人彷徨するという妖艶な姿は、いかにも幻想的で、題名にふさわしい場面の展開であったと、カメラマンの酒井健三は回想している。

「キネマ旬報」は、作品評で「日本に現れた第一の映画劇として推奨する」と称賛した。公開後、好評だったので後篇の注文があったという。

それから五十年以上も経って、直木賞の候補作を書き、その後、大佛次郎の弟子を自認した宮地佐一郎が、自分の体験として伊豆の大島を訪れ、「女優、吾妻光のこと」と題した一章を恩師、大佛次郎の墓前に捧げている。

吾妻光《てる》さん。おぼえていますよ、それは美しい花盛りのような女優さんでしたもの。春の暖かな頃だったと思います。白いような、風が吹くとピラピラ流れるような洋装で、三原館へやってきて、ロケーションの間お泊まりになりました

と、若き日の女優・吾妻光の姿を元町の文具店の女主人になっていた柳瀬咲子さんの語る大佛夫人像を、大正九年、小学二年の頃の思い出として宮地さんは聞いたのだった。

柳瀬さんの思い出話は次のように続いた。

華やいだ、大柄な女優さんで、白系ロシアの娘のような方でした。私たち島の子供にとっては眩しくて、別世界の人を見る心地で、ぞろぞろついて歩きました。春風になびくような洋装でした。ハイヒールをはいて、石畳の坂道をおりて、弘法ヶ浜へ出かけるときだったと思います。その石畳で転びそうになった時、何か声をあげて、大げさなジェスチャーで傍らの男の人に支えられるような格好をしたのを、子供の眼にも覚えています。そのジェスチャーさえが美しく艶《あで》やかであったので、この女優さんへの憧れのような気持でいっぱいでした。

美しい女優の華やいだ嬌声までも、ほとんど六十余年の昔日が柳瀬咲子さんの裡に甦り、伝わってきた。

以下「大佛次郎私抄」の著書名で平成七年に書いた宮地さんも今は亡い。日本文芸社より刊行され、高知に生まれ、三鷹の神田川畔壺中庵居で伺った話の主も、今は思い出のみである。

女優との恋

脇道にそれたようだが、大正九年に主演した作品には、帰山の「湖畔の小鳥」や社会劇「さらば青春」、青山杉作が監督をして群馬県の赤城山中、大沼湖畔でロケした「いくら強情でも」、さらに帰山が撮った探偵劇「不滅の呪」と、立て続いて仕事が重なり、吾妻光は一躍してスターダムにのしあがったのである。

大正十年の「活動倶楽部」新年号は映画芸術協会を背負って立つ看板女優として巻頭に一頁大のスチール写真が掲載され「幸ある新しき年頭に」と題して映画に賭けた心意気と高揚した情熱を精一杯吐露している。

皆様御目出度う存じます。幸《さち》ある新しい年を迎えますに当って妾《わたし》は過去の一ヶ年を考えずには居られません。そして過去の一年が我が活動界にとってどんなに意味ある年であったかを思い起させます。妾の昨年の第一歩として「白菊物語」が終ってから「幻影の女」を撮影に伊豆の大島に参りましたのが三月でございました。（後略）

同じ大正十年新年号の「活動画報」には「新しき戦線に立ちて」と題し、映画女優となってからの三年間の活躍をふり返り、来るべき大正十年には、大活、日活、松竹などの周囲からの攻撃に立ち向かい、「妾も皆さまと共に新しき戦線に立って力一杯働くつもりです」と宣言し、まだまだ外国作品には及ばないが、自分の力のおよぶかぎり、まじめに働きたいと繰り返し発声した。

酉子の映画女優としての未来は洋々として大きく開けていた。演劇青年の大佛次郎が惹きつけられたのも、この新劇・映画女優に賭ける情熱であり心意気であったに違いない。

酉子の演劇や映画さらに商業効果を目指した活動、帰山教正の目指した利益第一主義の誤りを正し、自然で感動を湧かせ、映画女優への道を開拓した先駆的活躍がこの大正八年から十二年にかけ、未完のものを含めて十作品以上に及んだ。日本の映画史に残るパイオニアのひとりとなったのである。時代は新しい方向へむいて、この大正八年頃より昭和の初めにかけて大きく傾斜していった。

大佛次郎にとっても大正十年六月の東大法学部政治学科の卒業という時代の節目をはさんで、たんなる文芸ディレッタント的彷徨から、一つの方向、それは近代劇の脚本を沢山読み、できたら自分も戯曲を書いてみたいという、野心らしいものが芽生えることもあった。

神田神保町近くに下宿していた大佛次郎の行動範囲は、演劇への関心から始まって、原田酉子との交際も急速に濃密なものに進んでいった。

一緒に下宿していた伊藤厳や藤村信次が、それぞれの道へ向って下宿を去ったあと、ひとりで住んでいる大佛次郎の部屋に酉子はしばしば訪れるようになった。

大正九年九月二十三日付、安里礼二郎名で認めた「自分についての覚書」と題する決意を秘めた資料と、それを書いたのと同じ頃に写したと思われる着物姿で坐っている二人の写真が記念館に残されているのとを思い合わせると、感慨深いものがあり、父・政助の離郷の決意の経緯を浮かばせるものがある。

自分についての覚書

絶えず流れやう、一瞬と雖もとゞまらない、花を浮べる水であっても、たまり水になって腐りたくない、永劫に流れる大河の心が欲しい、影を投ずるものは拒むまい、又、去るものは追ふまい、

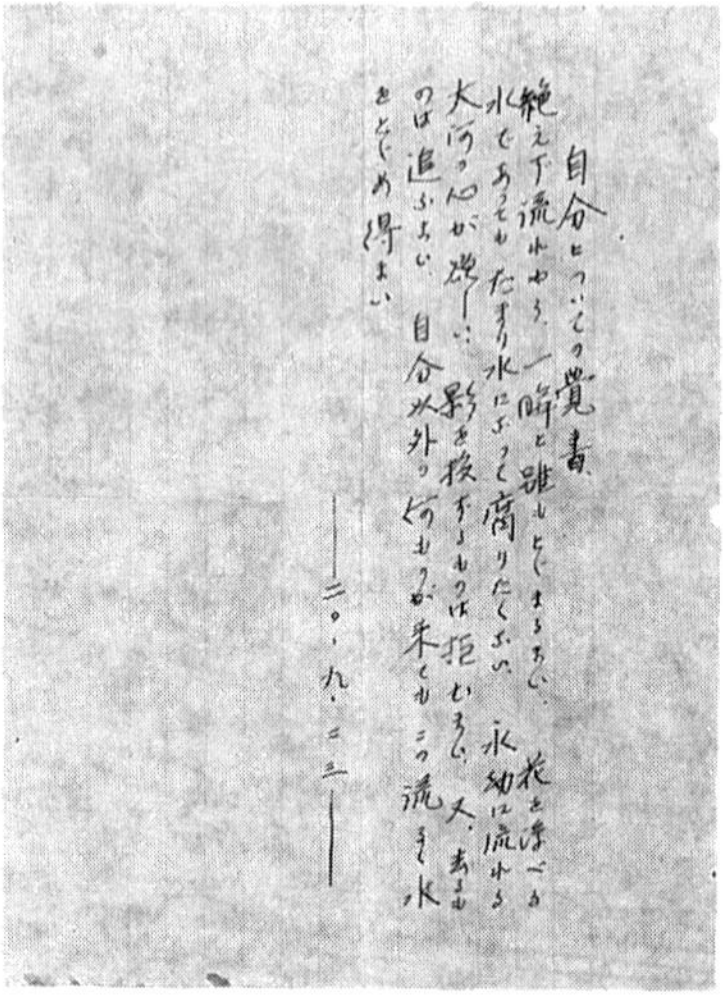
自分についての覚書
絶えず流れゆく一瞬と雖もとゞまるまい。花を浮べる
水であつてもたまり水になつて腐りたくない。永劫に流れる
大河の心が欲しい。影を投ずるものは拒むまい。又、去るも
のは追ふまい。自分以外の何ものが来てもこの流るゝ水
をとゞめ得まい
——二〇・九・二三——

「自分についての覚書」

自分以外の何ものが来ても、この流るゝ水を
とゞめ得まい

この写真を見、「覚書」を読むと、大学在学最後の年にあたる大正九年前後は、大佛次郎にとって同じ演劇・映画をやる者同士の連帯感と〈文学〉へ進む理想の共有という積極的意欲の心構えが窺えるのであった。大正十年二月、卒業を控え、大佛夫妻は両親、兄などの家族全員の反対を押し切って、学生結婚のかたちで同棲生活をはじめたのであった。

第四章　「鞍馬天狗」と「ポケット」時代

1　同棲生活、そして同人誌「潜在」の廃刊

同棲婚と乱作

今まで「評伝」を書き下すのに一番多く利用している「私の履歴書」には「大佛さんは昨年文化勲章受章直後にこの履歴書を執筆（昭和三十九年十二月、翌年三月第二十三集として刊行）され、世上、ややもすれば『私の履歴書』は引退老人の回顧録であるかと誤解している向きもあるようですが、本集によっていずれも生々しい現役人の記録であることがおわかりいただけると思います」という「第二十三集のはじめに」がある。これは書籍版として日本経済新聞社から刊行されたものである。大佛次郎は「光の精」がわが妻となるところまで書き進み、十二月末に連載を終えたが、その結びは次のようであった。

雑誌「人間」に小山内薫の劇評が出たが、光の精がそれには「声と頰が美しい」と書いてあった。年老いて、男のようにドラ声になるとは考えなかった。その時の光の精が私の現在の妻である。
卒業より前に、井の頭公園の門前のくぬぎ林の中に、多分どこかの普請で余った材木で建てたのに違いない新宿の材木屋の持物の三間ばかりの小さい家に入った。家財は、粗末な茶箪笥とチャブ台に、茶碗と箸だけで一切である。くぬぎの落葉の降る音を聞きながら、のんき坊やの私も、さて、これから何とか自分で働いて生きて行かねばならぬ、と殊勝に考えたことだけは今も覚えている。二十五歳であった。

（「私の履歴書」）

老のくりごとのように、だらだらと今の世に無用の昔話をしていたら、この「私の履歴書」は、通学をしない学歴だけで終わることになった。申訳ないが、もう、どうにもしようがない。

なお、この最終回の始めは、

と書かれている。それでは、その後の大佛次郎を追っていこう。「三友」大正十年の所に、神田神保町清水吉之助氏下宿における御夫妻と解説後、南京虫に悩まされ、居たたまれず友人の青柳瑞穂の借家（西新宿の柏木）へ移った後、青柳宅より更に西方、

東京府武蔵野村吉祥寺二七五二番地
(昭和三十七年四月一日、土地の名称変更により字名が次のように変更)
東京都武蔵野市御殿山一丁目二七五二番地

に移住、これが所謂、昭和初年に刊行され、円本《えんぽん》の名で親しまれた「現代日本文学全集」第六十巻(昭和五年十二月十日、改造社刊)「大佛次郎集」掲載の「年譜」資料に受け継ぎが行われることになる。

以下、自記「年譜」により、東大卒業から関東大震災直前まで、つまり「鞍馬天狗」シリーズの娯楽雑誌「ポケット」掲載へと続く回想を列記して、資料のウラを取りながら「評伝」の一番大きな節目の経緯を調べてみたい。

自記「年譜」(円本より)

大正七年
帝国大学政治学科に入学す。法律学科より学科が平易なりと聞きしゆえなり。文芸のディレッタントとなる。在学三箇年の内教室に出でし日数試験の前後一箇月だけなり。
もやもやと新劇運動を思い立ち、同志とともに有楽座に私演一回、自ら舞台に立ちたるほかに、社会運動の萌芽期なる当時の空気に動かされラッセルやマルクス、タルド、クロポトキンを愛読す。

卒業期迫れるも、就職を運動する心持も動かず外交官となる志望も失い、妻を得て井ノ頭、次いで柏木の青柳瑞穂の家に寄寓す。親類どもと義絶同様の状態になる。父のためと思いて試験だけ受け卒業す。卒業式に父は出席したれど、子は酒を飲みいたり。

この自記「年譜」に書かれた事実は大切で、大佛次郎の閲歴を集大成し、〈作家〉大佛次郎と定義することの可否にかかわる事項を含んでいる。

箇条書きに纏め分けて、この大正七年の自記「年譜」を再読してみたい。

①東大法学部政治学科卒という閲歴が生涯を通じて就いて回り、文壇〈作家〉の閲歴に密着している文学部出身という〈純文学作家〉とは別の〈大衆文学作家〉の位置を占めざるを得なくなってしまうこと。

②新劇への関心は、それなりの初動段階を踏んでおり、本人も「脚本家」への希望を抱いたと告白もした（松本清張との対談より）。

③社会運動への関心は、有島武郎の〈草の葉会〉出席に萌芽期があり、以後、折々に発露する政治への参加は、フランス第三共和政への継続的吸引やナチスへの抗議、さらに東久邇宮内閣への参与就任と雑誌「苦楽」の出版へと跡切れることなく生涯を通じて続き、その集大成として「天皇の世紀」発表となること。

同人誌の発刊と純文学

大正七年の自記「年譜」は東大卒業（大正十年六月）以後を次のように記すことになる。

自記「年譜」（大正十年より）

妻と鎌倉に住む。所持品を賣り盡して後、自活を志して『ロマン・ロオラン』二冊を飜譯し叢文閣より出版す。

菅虎雄の紹介にて、鎌倉女学校に国語と歴史の教鞭を採る。

同じ年、中学時代の師河野元三氏の好意にて外務省條約局に勤務することとなり女學校を退く。どこへ勤めても落着かず人に迷惑ばかりかける。相變らず、金のある間は一度に浪費し、あとは貧乏して暮す。本だけは買ひ頻りと讀む。

菅忠雄その他と同人雑誌を出す、誰れが命名したるものか「潜在《せんざい》」と云ふ。三號にて廢刊す。

この「年譜」に書かれた事実については、いくつかの疑問がある。

まず、東大卒業をひかえた大正十（一九二一）年二月頃、大佛次郎は積極的に就職運動をする心構えも動かず、父親の待ち望んだ外務省の外交官志望も、試験には挑戦してみるつもりだが、条約局の臨時職員に就いてみても、望みを全く捨てたわけではないが積極的な心は動かない。

ロマン・ロランへの関心は「一高ロマンス」時代より引き続くものであるものの、その翻訳・紹介

ロマン・ロランの「先驅者」と「ピエールとリュス」

に積極的にこれも動いた形跡はない。

ただ翻訳・出版については「私の履歴書」に記す如く、所持品を売り尽して後、自活を志して学生時代より旧知の叢文閣より、東大卒業直前の六月十九日発行で「先驅者」を「その頃よく本を買いに行って懇意になっていた神田の洛陽堂から出版して貰った。白樺の人たち、柳宗悦の初期の本などを出版していた店である。今から考えると、向見ずの間違いだらけの翻訳で、思うだけで冷汗ものである。」と書いている。

事実、一高時代より交友関係が深かった親友、北大教授の鈴木四郎氏旧蔵、架蔵の一本でもある大正十年六月十九日、洛陽堂刊の「先驅者」は、大佛次郎の校訂本でもあるが、本人が冷汗をかくほど改訂もない奇麗な一本で、ただ「私の履歴書」に回顧する如く、「ロマン・ロオランはその後、学校を出てから二冊、翻訳して出して思想的に傾倒し影響を受けた」作家である点は注目しなければいけない点だろう。ちなみに、ここで言うロラン作の二本は、何れも野尻清彦訳で、

「クルランボオ」大正十一年一月二十八日、叢文閣刊
「ピエールとリュス」大正十三年八月二日、叢文閣刊

の二本である。なお、この他に同じロランの「争いの上に」があるが未刊本と思われる。ただ「クルランボオ」の訳本は、恩師・吉野作造博士へ贈呈され、その礼状のハガキが大佛次郎記念館にあり、裏づけるように岩波書店から刊行された「吉野作造選集」に復刻・解説されているので、大佛次郎が「私の履歴書」で言うほど、この師弟関係は淡いものではなかったように思われる。

先に引用した自記「年譜」について、最後に訂正しなければならぬのは、同人誌の発行数が四冊まで続き、廃刊になっていることである。

女学校教師と外務省嘱託

その前に、酉子夫人との同棲生活と終《つい》の棲《すみか》となった鎌倉での新しい生活に触れねばなるまい。

新生活は、短期間の吉祥寺、井の頭に次いで、故郷の横浜でなく鎌倉を選んだ背景は学校時代に水泳部に属し、大学時代には長尾の別荘があった関係から、しばしば逗子、鎌倉を訪れ、泳いだりした生活があったからと思われる。しかしそれ以上に、新生活の生活設計を考える際、一高時代の恩師から鎌倉へ行くなら菅虎雄先生を尋ねるようにというアドバイスを受けており、それが頭にあって、この菅先生が鎌倉高等女学校への就職を斡旋してくれたからであったと思われる。

しかも菅虎雄の次男、忠雄は上智大学文学部の出身で、年齢も近く二人の交友は同人誌「潜在」を経由して、その後、多方面にわたり、長く続いたのであった。

その「潜在」及び鎌倉女学校での教師生活、そして外務省の条約局嘱託についてである。

大正十年六月、東大卒業後まもない初夏、菅虎雄の紹介で鎌倉高等女学校の嘱託教員となった大佛次郎は、住まいが学校に近く、ベルが鳴ってから飛び出す有様で、夏休みあけの秋ぐち早々からの授業となった。身分は時間講師、国語と歴史に作文の授業を担当した。

生徒にとっては、教科書を使って型にはまった授業をされるより、自由な先生のお話を聞くのが楽しみだった。また、西洋史の授業とも関連のあった映画、演劇の鑑賞をすすめられたりもした。ハイカラで、博学な先生というのが生徒たちの印象だった。絣の着物に袴姿で、長身で姿のよい野尻先生の話に耳を傾けて聞いた。

作文もよく書かせたが、評点は厳しく、なかなか〝甲〟をつけなかった。「私より上手に書けなければ、甲はあげません」と冗談めかして言った。ある生徒は、当時流行の美文調の作文を書きあげて、得意になって提出したところ、評点は〝乙の上〟。その理由を尋ねたら、「うまいよ、君の作文は。でも只うまいだけ。つまらないねえ」というもので、心に浮かぶものを飾らず率直に表現するよう教えている。

しかし、野尻清彦先生は女生徒たちの前に風のようにあらわれ、風のように去った。爽やかな印象だけが残った。

大正十二（一九二三）年三月までの二年に満たない教師生活だった。この鎌女時代の大佛次郎については、「鎌倉と鎌女六十年」に、野尻先生に教わった生徒のノートが残っており、正規な授業ぶりが窺えるほか、大正十一年一月に提出した「履歴書」が学校に保存してある。ただこの「履歴書」を見て不思議なことがある。

履　歴　書

東京荏原郡深澤村大字
駒澤六拾八番地
平民戸主政助参男
野　尻　清　彦
明治丗年拾月九日生

一、明治参拾七年四月東京市立
白銀小学校へ入学　明治四拾
三年同校卒業
二、同年　東京府立第一中学校へ
入学。大正四年同校卒業
三、同年　東京第一高等学校へ
入学。大正七年同校卒業
四、同年　東京帝国大学法学部

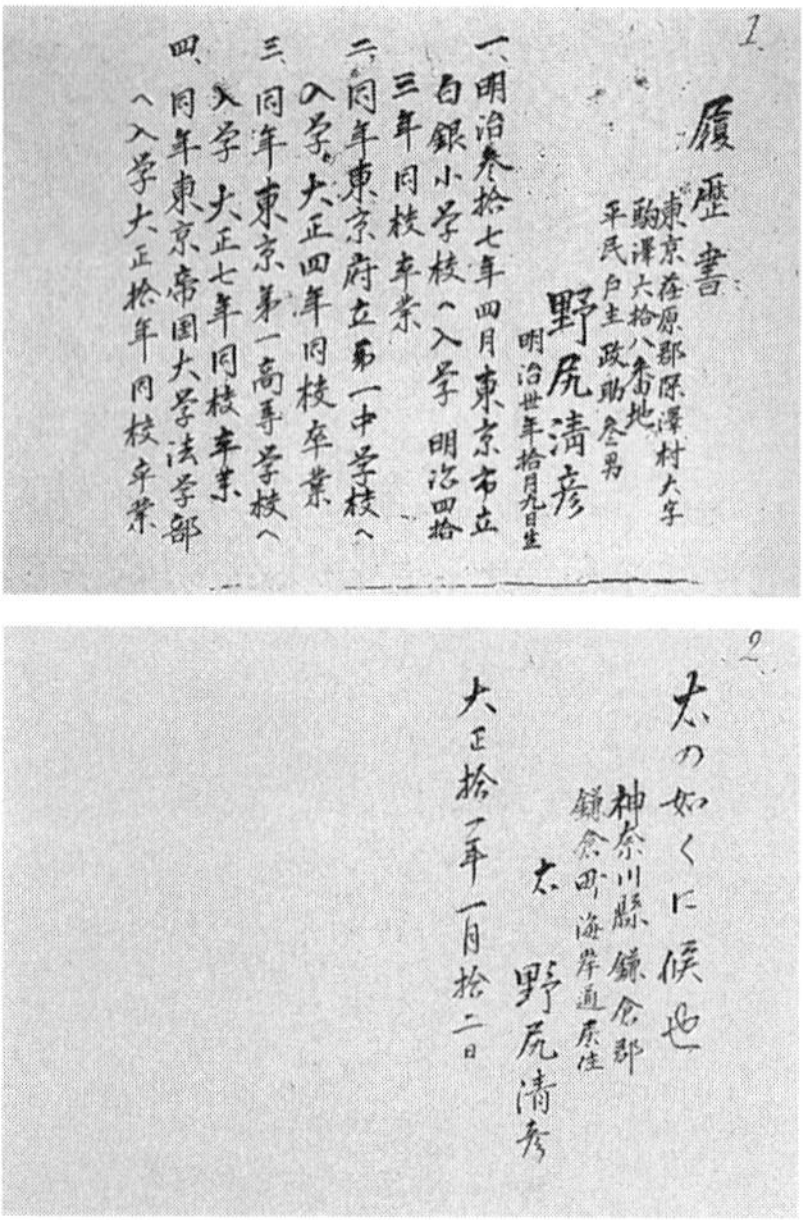
1

履歴書

東京荏原郡駒澤村大字
駒澤六拾八番地
平民戸主政助参男
野尻清彦
明治卅年拾月九日生

一、明治参拾七年四月東京市立
白銀小学校へ入学　明治四拾
三年同校卒業
二、同年東京府立第一中学校へ
入学。大正四年同校卒業
三、同年東京第一高等学校へ
入学大正七年同校卒業
四、同年東京帝国大学法学部
へ入学大正拾年同校卒業

2

右の如くに候也
神奈川縣鎌倉郡
鎌倉町海岸通居住
右　野尻清彦
大正拾一年一月拾二日

鎌倉女学校に提出した履歴書

へ入学。大正拾年同校卒業

右の如くに候也
　神奈川縣　鎌倉郡
　鎌倉町　海岸通居住
　　右　野　尻　清　彦
大正拾一年一月拾二日

この「履歴書」で疑わしいのは、何より出生地で最初に学んだ学校名についてである。

今迄に書いてきた閲歴のうち、出生地横浜で最初に入学したのは、兄たちも通学した「太田尋常小学校」であった。仲良しの姉が三年生になっており、家に近い学校で、姉に連れられて通学、古い校舎で、教場の窓には紙障子がはめてあった。現在の太田小学校は、元の場所から移転して、近くの丘の上に建っている。大佛兄弟の足跡を辿ろうと登校し、連絡をとったが、残念ながら震災、戦災のため通学を裏づける資料は学校には残っていなかった。

大分《だいぶ》、本書の筋立ちから外れてしまったようだが、両親兄弟たちの反対を押し切ってまで実行した大佛次郎・酉子の同棲生活、そして鎌女での教育者生活をつづけ、大正十一年二月から外務省に勤めることになる。こちらも臨時の嘱託の身分である。中学時代の西洋史の恩師で、その後もお宅を訪ねては教えを受けていた学習院女子大の河野元三の紹介だった。弟が条約局にいて、第一次大戦後の戦後処理にかかわる事務が忙しく、翻訳のできる人が欲しいというものに応えたものだった。

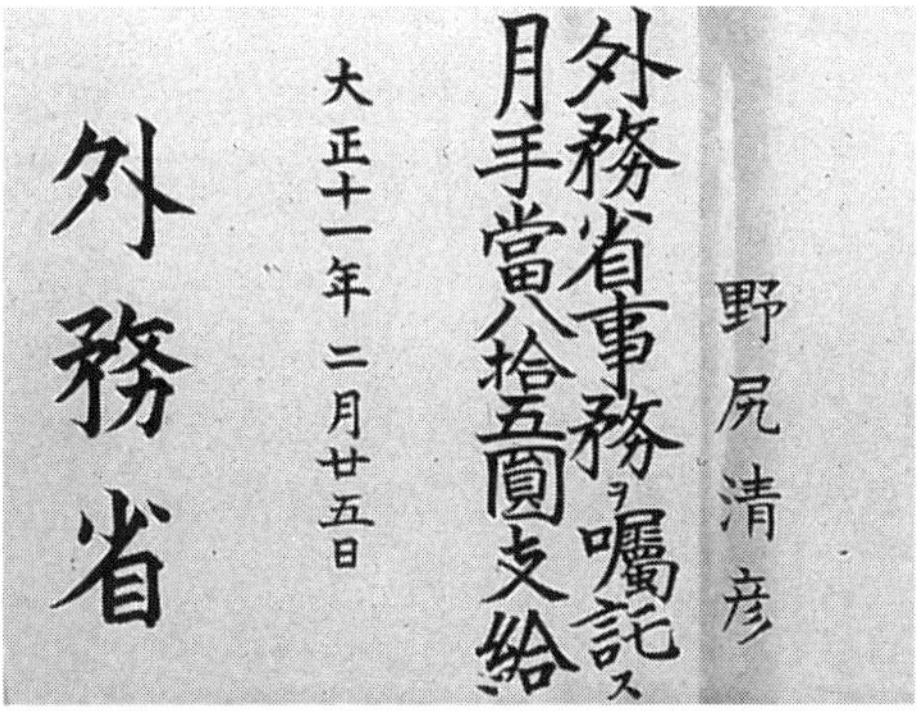
野尻清彦
外務省事務ヲ囑託ス
月手當八拾五圓支給
大正十一年二月廿五日
外務省

外務省嘱託の辞令（大正11年２月25日）

臨時調査部、条約局第二課の業務で、身分は嘱託だが、月給は八十五円。用事のあるときだけの出勤でよかったようだ。この外務省勤務を聞いた父の政助が、息子に宛てて巻紙の手紙をよこしたのを、子供の方は「父親というものは」と、一歩引き下がって喜んだ話が伝わっているが、父の閲歴を振り返ってみた時、その感慨の深さが理解できるのではなかろうか。

ただ本人にとっては、外務省勤務も、初めのうちは真面目に通ったようだが、次第に足が重くなった。あまり出てこないので、大事な会議のあるときは課長の重光葵《まもる》の名前で、電報で呼び出されたこともあったようだ。

それも大正十二年の関東大震災後はほとんど出勤しなくな

り、翌十三年には退職届を送付、正式にはその年の十二月に辞令をもらっている。従って、形式的には約三年の勤務に過ぎなかったようだ。

この時の役所勤めの様子は、女学校の先生の時のようにはわからないが、勤めてまもない大正十一年の秋頃に書いた短篇小説「日本人」(同人誌「潜在」第四輯掲載)のなかに、その一端が描かれている。また、当時のことを自記「年譜」には、人に迷惑をかけ、浪費生活をつづけるが、本だけは買って読んだと書いている。この役所勤めのあいだに〈丸善〉から買いこんだ本のことは強く印象に残っていたとみえて、その後も思い出しては繰り返し書いている。

八十五円という月給を貰いながら、丸善へ行っては好きな本を見ると、みさかいなく手に入れたいのである。買いこんだ本の種類は多く、演劇関係、とくに舞台美術、演出、演劇史や演劇理論の洋書などを買い込み、熱心に読んでいた。芝居を書きたいという野心も次第に固まりはじめたのである。「丸善の本が私を濫作する大衆作家にしてしまい、『鞍馬天狗』を書かせ、同人雑誌の発刊まで進ませた」と言ってよいだろう。兄が編集していた「中学生」に本人も述べる如く当時としては清新な野球小説を書き続けたのも若さが書かせた乱作の流れとみることが出来る。

そして全てが大正十二年の関東大震災を折り目にして〈変身〉が訪れたのであった。

博文館との腐れ縁

博文館の編集者、鈴木徳太郎と交渉が始まり、同館発行の「新趣味」に翻訳を掲載するようになったのも同人誌「潜在」ややはり非商業主義の演劇雑誌「劇と評論」への寄稿が背景で、同じ大正十一・二年のことである。

博文館と大佛次郎との関係は古く、小学生のころ毎月愛読していたのが博文館発行の「少年世界」であった。この「少年世界」から「中学世界」の編集長を務め、少年図書館をはじめ児童教育運動の実践者でもあった竹貫佳水との交流、その竹貫にすすめられ「中学世界」に連作し、処女単行書となった「一高ロマンス」の刊行など、博文館との縁は深く長いものがあった。

その間、明治の出版界に君臨していた博文館も新興の講談社や改造社そして中央公論社の勢いに押されて、大正も末年になると次第に影が薄くなっていた。

このような中で、大佛次郎と博文館との間に新たな結びつきが生まれた。「ポケット」での登場であり、それを支えたのが鈴木徳太郎であった。

2　「マリコン条約」、「ポケット」乱作と「鞍馬天狗」三十年

「『鞍馬天狗』を書くように成ったのは地震のせいだけである。」（「鞍馬天狗と三十年」より）

生活費の捻出

鞍馬天狗を論ずる時、必ず引用される語句である。出典は「サンデー毎日」臨時増刊「中秋特別号」の題名を持つ昭和二十九年十一月十日発行の雑誌（「サンデー毎日」で、「鞍馬天狗」の特集号）で、時代はようやく戦後の混乱期を抜けて、安定期を迎える中で、何かヒーローの誕生を迎える気分が世を覆いつつあった。

むろんヒーローは一人だけではない。神奈川近代文学館が主催した「不滅の剣豪《ヒーロー》三人展」で、宮本武蔵、眠狂四郎と並んで復権したのは平成十五年の四月であるから、同じヒーローでも「吉川武蔵」や「紫錬狂四郎」と比べれば大正十三年初登場の「大佛天狗」は、苔のついた歴史上の人物の再登場ともいえるのである。

しかし、作者も回想する如く、このヒーローの登場は、全くの偶然であった。というのも関東大震災が、水爆からゴジラが誕生する如く、関東大震災によって、全ての面で追いつめられ、将来を考えている暇もなくなった結果、「鞍馬天狗」は生まれてしまったといえるのである。

一方で、「学鐙」に述べた如く、

丸善の本が私を濫作する大衆作家にして了い、苦しまぎれに「鞍馬天狗」を書かせ、入った金で、また本を買込む。

それほど好きな本を見ると、前後の見さかいもなく手に入れたいのである。

そして、時代が待ってもいたのだ。関東大震災は、それまで精神の依り処としていた文明を一変させ、一種虚無的な感情が人々をとらえていたのだった。いわゆる大衆化現象である。新しい文化の誕生とも言える教養の平均化現象で、週刊誌の創刊、大衆雑誌の一般化、そしてラジオ放送の開始がこの大衆化現象を支えていた。

「鞍馬天狗」は、人々に待たれていたヒーローなのである。大佛次郎自身の心境を、酉子夫人がなり代って次のように述べて裏付けている。

大震災で、なんだかいやになっちゃったんですね。なにもかも。外務省も辞めちゃったし、食べていけませんでしょ。その前には私もいままでいうアルバイトをしておりましたけれど、それもやれませんから、結局書くよりなかったのです。

「幕末秘史　鞍馬天狗」
（大正14年1月，博文館）

酉子夫人が晩年、私に語ったように、大佛次郎との生活を回顧して、この大学卒業の時期から大震災のころまでが、一番苦しかった時期であった。ある意味で、故郷を捨てて横浜へ出て来た父・政助の期待を裏切る形となった結婚が大衆作家への転身を生み出したわけになる。

その効果は、裏と表とがあって、「ポケット」への参加は生活面での救いを与えてくれたが、他方で初めは考えてもみなかった〈文学者〉生活、しかも言いにくい表現ではあるが、蔑《べっ》視され、差別を与えられた「大衆作家」の誕生でもあったからである。まさに、

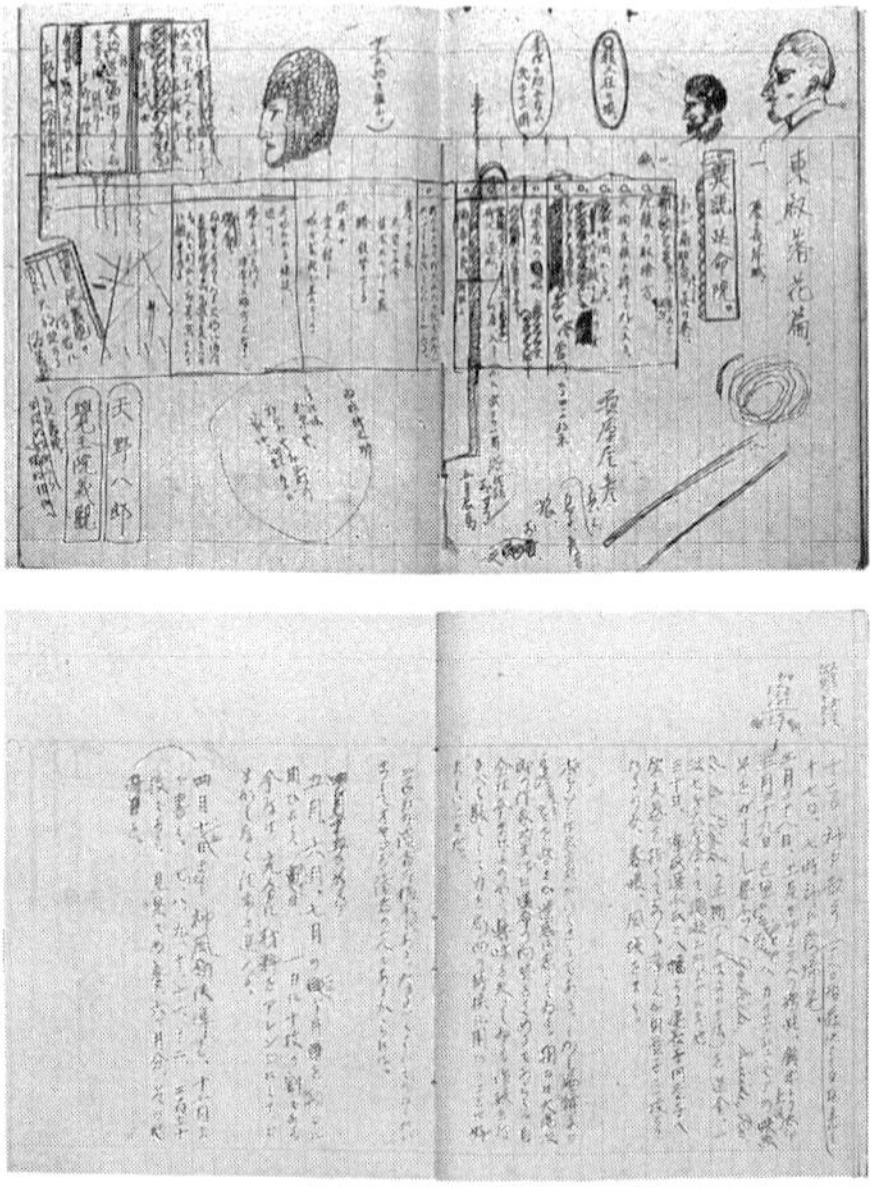

「鞍馬天狗　東叡落花篇」創作ノート

「鞍馬天狗」を書くように成ったのは地震のせいだけである。
（傍点筆者）

記念館に残る鈴木徳太郎が大佛次郎にあてた書簡の数々は、その経緯を明瞭に語っているのである（「おさらぎ選書」第二十一集参照）。

二十七まで数えあげることのできる大佛次郎の筆名こそ、まさに本人にとっては背に腹は替えられぬ背水の思いだったに違いない。

震災後間もなく戯書した大佛次郎・西子夫人の両人が取りかわした「マリコン条約」と、エリートコースを踏み、父・政助期待の生涯を始めるはずだった大佛次郎が〈大衆作家〉と呼ばれる屈辱と、内心には持たざるを得ない誇りとの併存こそ予期しなかった閲歴といわざるを得ないのである。

しかしその後、嵐寛寿郎（アラカン）が主演、工夫を凝らした風姿の「鞍馬天狗」こそ昭和の大佛次郎とその映画やテレビに没入して我を忘れた青春時代を形作ったのも間違いないのである。

風俗も知らない、昔の世相についても無関心で過して来た。歌舞伎劇を少し見てあっただけである。それも芝居としてであって、自分の仕事の中にちょん髷を入れて考えたことは更にない。

という気持ちが嘘偽りのないところだった。震災以前は、おもに翻訳や外国の文献を下敷きにした評論を殆ど書いていた。それが二十に近い筆名で百篇近い作品——時には三百数十頁の「ポケット」一冊のうち、約半分の百七十頁を、二十篇近い作品の半分を十筆名でもって書きまくったのだから、いくら「ポケット」が大衆娯楽雑誌とはいえ、びっくりするような大活躍ぶりだったのである。

活躍の一端が「マリコン条約」として現存する。

マリコン条約

（千九百二十五年一月廿六日調印）

マリ及コンハ千九百二十五年一月二十六日夜鎌倉材木座能藏寺ナル自宅ニ於テ左記ノ諸条ニ付會商議決セリ

第一条　マリハ月毎ニ金五百円ノ収入ヲ作ル

第二条　前条ニ掲クル金額中金貳百円ヲ両人ノ衣食住ノ費用ニ宛テ別ニ金百円ヲマリノ機密費トシ残金貳百円ヲ郵便局ニ貯蓄ス

第三条　月収五百円以上ノ場合ハ超過額ヲ折半シ両者ニ分配シ其ノ処分ハ各自ノ自由トス

第四条　公用外無断外泊ノ際ハ罰金十円ヲ課ス
第五条　衣食住費支出ノ責任ハコン之ヲ負ヒ超過ノ際ハ次月度ノ費用ヨリ該額ヲ控除シ之ニ充ツマリノ機密費ニ就テモ同シ
第六条　前諸条ハ大正十四年二月一日ヨリ之ヲ実施ス
第七条　本条約ノ修正ハ両者ノ意見ノ一致ヲ必要トシ全部ノ廢止ハ大正十四年十二月三十一日前ニハ之ヲ禁ス
マリ及コンハ◎右ノ七条ニ付同意シ證據トシテチイ及フウ立會ノ上茲ニ署名調印ス
マリ母印
コン母印
大正拾四年一月廿六日
「マリコン条約」掲載の新潮アルバム及び生誕一〇〇年記念　大佛次郎展　解説
（注・大正十四年一月二十六日　生活費について夫妻で定めた。「マリ」はフランス語で「あなた」、「コン」は「トリコン」（酉子）のトリが取れたもので、夫妻が呼び交した愛称。この条約の〝立会〟はチイとフウの猫である）

庶民の生活が三十〜五十円だった時代を考えれば、大正末年から昭和初年にわたる大佛次郎の書き手としての活躍からくる夫妻の生活ぶりが窺えるのである。

「鞍馬天狗」誕生

「ポケット」で初登場した「鞍馬天狗」は大正十三年から昭和四十年までで、合計四十七作品にのぼるが、その詳細な目録は記念館刊行の「鞍馬天狗読本」（平成二十年一月）にゆずるとして、代表作の「角兵衛獅子」について具体的に詳細に紹介するのが義務というべきだろう。

今、時雨が通り過ぎた京の夕暮れ、松月院の門前で雨やどりをしていた角兵衛獅子の少年、杉作と新吉の二人は、今日の稼ぎを入れた財布を落としてしまい、腹をすかせたまま途方にくれていた。このまま帰れば、親方のむちが待っているのだ。

背後からのやさしい声に振り向いてみると、宗十郎頭巾の武士が立っていた。寺からの帰りかけで、泣いている二人の少年を見て声をかけたのだった。

杉作から事情を聞いた、倉田と呼ばれるその武士は、金子《きんす》をめぐんで慰めてくれた。杉作から稼ぎの二分銀を受け取った親方隼の長七は、このまとまった金の出どころに不審を抱き、二人を問い詰める。

〈倉田〉の姓を聞き出した長七は、急に上機嫌になる。新選組の近藤勇から討幕運動の不逞《ふてい》の浪士として探索を命ぜられていたのが〈鞍馬天狗〉、仲間同士では倉田典膳と呼ばれている男だったからである。

翌日、十手を預かる長七は杉作を引き立て、松月院を訪れる。

しつこく名前を尋ねられた鞍馬天狗は、長七の背後に新選組が潜むのを知りつつ、「拙者の名は……鞍馬天狗！」「おわかりかな」と返って来た答えの言葉に響くようにして、新選組が踏み込む。次々と仲間が倒されてゆくのを見た近藤が短筒で鞍馬天狗をねらった時、杉作はとっさに近藤の手にしがみつく。鞍馬天狗から、昨日受けた恩義を忘れず、とっさの行動だった。清潔な心情をもった近藤も納得する。

その夜、長七は昼の不始末のせっかんをする為、角兵衛獅子の子供を呼び集めた。その時、せっかんを案じた鞍馬天狗が長七の家に現れ、子供たちを薩摩屋敷の西郷に預けるのだった。

その夜から十日以上も戻らない鞍馬天狗の現在が気がかりで、杉作はひとり屋敷を抜け出して探しに出る。

京の街をあちこち尋ねあぐんだ杉作は疲れ果てて稲荷《いなり》のほこらで眠ってしまい、人声で目が覚めた。鬼女の面をかぶった暗闇のお兼という女と、新選組の土方歳三の声だった。

二人の話は、お兼が新選組の手助けをして、鞍馬天狗を討つ密談を交わしたものだった。

鞍馬天狗を探し出して密談の話を伝えなければと、気持ちのあせる杉作の耳に響く蹄の音。鞍馬天狗だ。

京都町奉行から大坂城代へ宛てた密書の運び役を追っていたのだった。短筒で密書を奪った鞍馬天狗は、自分が運び役の身代わりになって、大坂城へ乗り込もうという。

杉作は鞍馬天狗にお兼たちの話をし、西郷宛ての手紙を頼まれ、京へ戻ることになった。

途中、杉作はお兼や長七に見つかってしまい、手紙も取りあげられてしまう。手紙を読んだお兼は、にっこりと笑って、大坂へ向け鳩を飛ばす。

まんまと密使に化けて大坂城に乗り込んだ鞍馬天狗の目的は、城代の手元にある浪士方の人別《にんべつ》帳《ちょう》を奪うことだった。

城代をあざむき、いろは順に並べてある人別帳の「く」の部をひろげた鞍馬天狗は、そこに自分の名を見つける。

鞍馬天狗
本名判明せず。倉田典膳と名乗りおることあり。身長五尺五寸ぐらい。中肉にして白皙《はくせき》、鼻筋とおり、目もと清《すず》し。一時洛南の松月院に潜伏しいたることあるも、その後の行衛《ゆくえ》不明。不逞の徒中の元凶なり。剣道は一刀流皆伝。獰悪《どうあく》。慓悍《ひょうかん》。

と書かれてあるのを見て、笑いを押さえるのに苦労した。

その時、お兼の飛ばした鳩が、鞍馬天狗の正体を知らせる。ばれたと思い、人別帳を火中に投じた鞍馬天狗も屋根へ飛び、濠の中を逃げようとして、遂に力尽き、つかまってしまい、地下の水牢に投げ込まれてしまう。

一方、長七の手から逃がれた杉作は、鞍馬天狗の行方を案じ、西郷に事情を話した。泣いている杉作を慰めてくれた一人は、元泥棒の黒姫の吉兵衛だった。二人は鞍馬天狗を探して助けるべく大坂へ向った。

角兵衛獅子の身軽さで、橋の下を渡って城内に忍び込んだ杉作も、鞍馬天狗の所在が摑《つか》めぬばかりか、またしてもお兼に見つかってしまう。お兼と相談した城代は、刺客を水牢に送り込む。この危機を何とか切り抜けた鞍馬天狗にも、暗黒の中で、次第に飢えと寒さが襲ってくるのだった。

今度は、新選組の手で鞍馬天狗を斬ろうと図る城代の話を、床下で聞いた杉作は、西郷に助けを求める。

しかし、救いに向かった勤皇の志士は、大坂へ急ぐ近藤の手によって全て倒されてしまった。絶望的な杉作は、近藤に向かい、「幾日も御飯も食べないで弱つているのを狙つて殺しに行くなんて卑怯だい。ほんとうのお武士、そんなけちなことはしないやい。卑怯だい、小父さんは……」と、必死になって訴えるのだった。

その言葉に動かされた近藤は、鞍馬天狗を引き渡すと約束して、大坂城の中へ入ってゆく。

城門の所で待っている杉作の前に、ほおかむりをした仲間《ちゅうげん》に身をやつした鞍馬天狗が現れる。

近藤は、疲れきっている鞍馬天狗を見て、十日目の晩に、東寺の五重塔の下で果たし合いをする約束で、外へ出してくれたのだった。近藤も立派な武士だったのだ。

二人は約束どおり向かい合って刀を抜きあわせる。近藤の虎徹が白い鳥のようにひらめいた瞬間、鞍馬天狗の横にはらった一刀が虎徹を払い落としていた。

しかし、鞍馬天狗は、その刀を拾って近藤に返しながら、「近藤さん、今夜はこれでお別れしませう。せつかくだが、今夜は貴方《あなた》の出来が悪いやうに思はれる。今夜に限つたことではない」と、快活に鞍馬天狗が話すのを、杉作は胸を熱くしながら聞くのだった。


「少年倶楽部」昭和二年三月から三年五月号にわたり「角兵衛獅子――少年の為の鞍馬天狗」の題名で連載発表した〈鞍馬天狗シリーズ〉の代表作。長短四十七作品の中で、最も多く単行本になっている。それだけ名作である。

筋の上で偶然の出会いが目につくけれども、それもわざとらしさを感じさせるほどではない。それより構成が巧みで、登場人物も過不足なく絡みあい、杉作が話の廻し役となって、少年文学として秀れた作品になっている。

この後、鞍馬天狗を紹介する時、必ず引用される浪士の人別帳の記載、この人相書きが書かれたのも、この「角兵衛獅子」の作中であった。

また、本作が講談社の「少年倶楽部」に連載された点にも注目する必要がある。これまで大佛次郎は大出版社の博文館につながる作家であった。外国の翻案小説を多く連載し、ちょっとしゃれた雑誌

「新趣味」や大衆娯楽雑誌「ポケット」の心棒作家でもあった。だが両誌ともに文壇に参入できる一流文芸誌とは言えない扱いを受けていた。

それが、いわゆる高畠華宵事件以後、読み物陣の充実が求められていた講談社発行の「少年倶楽部」に、新風を吹きこみ、雑誌にいちだんの生気を添えるため、それまで講談社と縁のなかった大佛次郎に新しい連載の読み物をお願いすることとなった。

この時、大佛次郎が「少年倶楽部」のために書き下ろした作品が「角兵衛獅子」だった。

当時、「少年倶楽部」の編集者であった加藤謙一は、この作品にまつわるエピソードを「少年倶楽部時代——編集者の回想」（昭和四十三年九月、講談社刊）で次のように書いている。

その第一回の原稿を読んだわれわれは、あまりのおもしろさにおどり上がらんばかりによろこんで、この小説の最後のところで、鞍馬天狗が隼の長七にしつこく素性を求められ、「それまでにいうのならいってつかわそう、覚えて帰ってお守りにでもして貰おうか、拙者の名は……鞍馬天狗、おわかりかな」といったところがある。この「おわかりかな」と押えた一言が、ひどくみんなの気に入って、たちまち部内のはやり言葉になった。何か相手をへこますような話のあとに、「おわかりかな」とつけるのである。こんなことまで今におぼえているくらいだから、そのときのわれわれのよろこびようはどんなものだったか想像がつくであろう。

発表誌が「少年倶楽部」であったので「鞍馬天狗」に少年杉作が登場する。その後、鞍馬天狗のよき道づれとして泥棒の吉兵衛と共にシリーズ連作中登場することとなる。

ただ気をつけねばならぬことがある。天狗シリーズは「ポケット」大正十三年五月号の「鬼面の老女」に始まるが、その第四話である八月号の「女人地獄」――この作品は「鞍馬天狗」映画化第一号としてアラカン以前の天狗役を務めた実川延笑主演作として記録される作品だが――この作品中に同名異人の杉作が登場していることである。その登場は、

奉行の命令を受けた与力《よりき》の面々、早速に東寺へ駆けつけて鐘楼守《もり》を縛り上げた。鐘楼守は杉作《すぎさく》といって若いころはさる宮家に仕えたこともある忠義一途《いちず》の老人

と書かれ、近藤勇の手によって打つ鐘と生死を共にする老人として、作者大佛次郎の筆は、ある時は少年杉作に、ある時は老人杉作にと、こだわりのない作品作りが窺われて面白い。

一方の泥棒の方も、以後「夕顔小路」の一本杉の嘉門治まで、大佛作品の泥棒は行燈《あんどん》のあかりの暗い封建社会で、自由に考え、自由に行動する魅力ある人間として設定されている。

「鞍馬天狗」四十七作品は、第一話の「鬼面の老女」に始まり、第二話以降は読み切りのスタイルから次第に連載小説の色彩が強くなる。

「ポケット」連載は大正十四年から五年までで、この「角兵衛獅子」と「週刊朝日」連載の「鞍馬

天狗余燼」あたりを契機にシリーズは第二期へと発展する。
手探り、足探りで書き始められた「鞍馬天狗」も第八話「香匂の秘密」までが一冊の単行本となって纏められ、大正十四年一月に博文館から刊行される頃になると、作家の成長と併行する如く、作品の内容も文体も構想も成長し、それを裏付けるかの如く『幕末秘史　鞍馬天狗』と総括され、三七〇頁の部厚い、立派な箱入り単行本として〈大衆小説作家・大佛次郎〉が誕生することとなった。刊行をひかえて大佛次郎は「あとがき」を書き、「前篇後記」とタイトルした。

素人の作者は、鈴木さんの御親切な助言を得て鞍馬天狗を書きはじめたが、飽く迄これを講談として書くことにした。講談は、慢性消化不良で何時も黄ろい顔をしている読書階級の高慢ちき達ばかりを相手に限ったものでない。誰れが読んでも面白く、わかりのいいものでなくてはいけない。しかしそれと云って、何時までも天下向うところ敵なしの独りよがりの岩見重太郎武勇伝や、忍術猿飛佐助ばかりでも困る。こう云う色のあくどい厚紙細工の、徳川期の亡霊達を一日も早く講談から退散させたい。そして全然新しい、今の人々と同じ血の通った面白い読物を発表して行きたいと云うのが、「ポケット」の主張だった。だから素人の私にも、容易に筆が採れたわけである。そして出来上ったのが鞍馬天狗である。出来上ったところを見ると、甚だ意に満たない。味も素っ気もない裸の筋の羅列である。鈴木さんの主張の半分にも叶っていない。けれども、素人だけに幾分なりとも新しい味があったのか、読者の喝采を得た。作者にとっては望外の倖せである。

二十七歳の青年作家、大佛次郎の若々しい出発宣言である。幸いに作品は素人だけに幾分なりとも新しい味があったのか、読者の喝采を得て、単行本の初版は二千部だったが、五百部ずつ版を重ねて三万部ぐらい。その頃としては、着実に、長い間、続いて売れた本といってよく、「私はまだ物を書く仕事を始めるつもりはなかった。そんな資格はなく、ただ文壇の人たちがやろうとしない、読者を楽しませる小説なら自分にだって作れると思い、鞍馬天狗は読者のものであって私のためのものでない」と後年回顧している。

そして「前篇・鞍馬天狗」のあとに続いて、「ポケット」大正十四年一月号から「快傑鞍馬天狗第九話　御用盗異聞」を、続いて第十話「水上霹靂篇」を更に十二話「東叡落花篇」を大正十五年に書き継ぎ、「前篇」で意に充たなかった点の名誉恢復を後篇でしようと意気込んだのであった。

このようにして、無名の作家と言ってよい大佛次郎の大ベストセラーが誕生したのであった。

純文学と大衆小説作家

大佛次郎・野尻清彦青年の幕は、父・政助の期待と、長兄・野尻抱影の「帝大出の法学士が、講談を書いているのは何事だ」という表面の口調では猛反対の態度をとりながら――内心では優しく、生涯に亘って激励のはげましを絶やさなかった周囲の暖かさに包まれ――こと志とは異った形ではあったが、切っておろされたと言うべきではなかろうか。

大正十四年秋、〈純文学作家〉の狭く貴族的な文芸に対し、百万人の文学＝大衆文学の創造を目指し、白井喬二の提唱の下、数人の大衆作家の社交機関を背景に、いわゆる「二十一日会」の誕生、さらにその集まりは、正木不如丘《ふじょきゅう》、本山荻舟《てきしゅう》、平山蘆江《ろこう》、直木三十三、矢田挿雲、長谷川伸に呼びかけ、それは小酒井不木《ふぼく》を通じて江戸川乱歩、池内祥三、さらに国枝史郎、土師清二らへの勧誘に及び十四年十月を目途に新雑誌発刊の気運が動き始めることとなった。

ここに月刊雑誌「大衆文芸」創刊への熱気が発揮される。

白井喬二が執筆した挨拶文が印刷され、従来、不当に蔑視されていた所謂、大衆作家の声と作品が社会化されることになった。

創刊号は大正十五年一月一日付の発行で、白井喬二の「富士に立つ影」を連載発行した背景から報知新聞が全般的に支援したのであった。

当時の社会状況を反映し、待たれた存在でもあった創刊号は、売れに売れ、四版まで増刷される勢いとなった。この大正十五年一月は、大佛次郎にとっても画期的な意味を持った。

「ポケット」の作家として、「鞍馬天狗」を書き、髷物を書く知識も素養もなく始めた大佛次郎は、まず「大阪朝日新聞」の作家として、次いで長兄・抱影の縁で結ばれることとなった博文館の「独立」の編集長・高信嶢代松から「東京日日新聞」への執筆依頼を受けることになった。大佛次郎は後日談で言う。

私が困っていることに変わりない。迎えられるほど心苦しいのである。

小説家志願でない私は、文壇の人たちに接近しなかった。

鎌倉には、その頃、吉井勇、田中純氏などが常住していて、往来ですれちがうことがあったが、紹介者もなく挨拶もしなかった。

　その人々が別の種族のように見え、近寄りにくかった。久米さんだけが彼の持前の人なつこい気性のせいか、よく町で見る私に、いつからか声をかけてくれるようになったが、私を鞍馬天狗の作者などとは久しく久米さんも知らずにいたのである。こちらも匿名である。

　ずっと経ってから（まだ「赤穂浪士」を書いていなかった時のこと）、ある日、私の小さい家の玄関で「頼もう」と言う声がした。

　襖一重奥で私は机に向かっていたので出てみると、雑誌の口絵の写真などで見て知っている直木三十五が、和服の着流しの特徴のある姿勢で突っ立っていた。

「直木ですが、大佛君はいますか？」

と、私を目の前に置いていながら言った。

「大佛は僕ですが」

と答えると、直木は、急ににやっと苦笑した。私を大佛次郎の書生と見たのである。

　家の中へ通してから最初に彼は言った。

「若いんだね。もっと老人かと思った」

──後日、文芸春秋の香西昇に聞くと、京都で直木は友人たちと話していて香西君もその席にいたが、直木は、鎌倉にひとり書けそうな男がいるから、そのうち、訪ねて激励して来る、と言ったそうである。その足で、彼はわざわざ鎌倉まで来てくれたらしい。しっかりやれ、と言うような話をして帰って行った。　（「鞍馬天狗と三十年」）

前に述べた如く、直木三十五（大正十四年には三十三であった）は、第一次「大衆文芸」の母体である二十一日会の同人で、後に菊池寛と密接な関係となる有名人である（山崎國紀著『知られざる文豪　直木三十五』平成二十六年七月、ミネルヴァ書房刊）。

その有名人が忙しい中、わざわざ足を運んで無名の人間にこういう親切を示すことは、あまりないだろう。

直木三十五

作家になる素質など自分に認めていない男が、背伸びして、そうなるように努めることになった。（中略）この刀を差した最初からの友人は、常に身辺につきまとっていた。時に、かなり永く離れていても、どちらからともなく呼び出して、また道連れとなるのであった。

「またか?」

と、言うと、彼は笑う。屈託のない、いつも明るい笑顔である。（前出）

直木が晩年建てた横浜富岡の家跡に「芸術は短く　貧乏は長し」と直木らしい言葉の記念碑を建立、直木の主著といえる語からとって今も続いている「南国忌」は、大佛次郎の尽力によるのもこの昔日譚が生んだものだろう。

そして、ひょんなことで「ポケット」の作家となり、生涯を「天皇の世紀」誕生に賭けた大佛次郎が、この同人で先輩の直木三十五らの雑誌「大衆文芸」第二号に寄せた、隠れた寄稿文を忘れるわけにいくまい。

「大衆文藝」早速一本を買ひ求めて拝見致しました。組の奇麗で贅澤《ぜいたく》な點に驚きました。五十錢では實際安いものだと存じます。ただ表紙がすこし稀薄過ぎて損では御座いませんか？これから内を拝見するところです。御發展を祈ります。

十二月七日　大佛次郎

（「大衆文藝往来」「大衆文藝」第二号）

第五章　「赤穂浪士」と新聞小説

1　「赤穂浪士」に前後する忠臣蔵作品

忠臣蔵より赤穂浪士へ

　赤穂事件に材をとり、近代文学史の上で、それまでの歴史家、思想家中心の批判、賛美そして真実の正史探索とも違って作家独自の解釈が目立つようになったのは、大正六年八月の日付を持つ芥川龍之介の「或日の大石内蔵助」を描いた作品をまず指摘できる。

　細川家にお預けとなった内蔵助の心中に、春まだ浅いある日、仇討後から味わえた満足感の中、その時、聞こえたのは江戸市中に何か仇討ちめいたことが流行《はやり》だしたという噂であった。仇討の真似事が流行るという話、これを聞いた内蔵助のそれまでの春風を感じた心に一脈の氷冷の如き気が浮かんで、何となく不愉快な気持になった。その思いはさらに同盟から抜けた背盟の徒への強い憎しみを聞くに及んで苦《にが》い顔に変っていった。この内蔵助の不快は仇討ち前の色街通いも、忠義を尽す敵をあざむく手段と思われ、この誤解は後世まで伝えられるのかと思うと、一人静かに座を離れた彼の心の底に一抹の哀情が、寂しさが浮かんだ。それは何処から来るのであろうかと疑念が起こるのを遮ることが出来なかった。

この周囲の人達と異なった疑念の解釈は、大正十五年に野上弥生子の「大石良雄」では、山科に転居して大石が多様な焦りをかかえながら、次第に討入に固まってゆく心の変化を描いて、従来の赤穂事件に社会的、経済的な面からの再検討を提起することになった。大佛次郎が一高生の時、同じ芥川龍之介の「鼻」をモデルとした同名異作を描いた過去のことを思い、「照る日くもる日」に続く第二の新聞小説に独自の赤穂事件への解釈を試みる意欲を燃やす機会が与えられたのであった。長兄・抱影の縁で呼びかけられた東都初登場の「忠臣蔵」こそ、多面的な光があたった新鮮な作品だったのである。

サバチニの「スカラムーシュ」を手本に、大阪毎日で同じ新人作家の吉川英治と浪華の人気を二分した大佛次郎は、今度こそ帝都の新舞台に、一人独自の作品をひっさげての登場であった。

昭和二年五月十一日、「東京日々新聞、夕刊」に作者の言葉が掲載された。「現代物」は東西共通だったが、「時代物」は東西別々に掲載された。

新作長篇讀物

多大の好評を博しました「豊臣剛勇傳」は、いよ〱十二日の紙上を以て終結となります。引續き十三日の夕刊紙上から、大衆作家中の逸才大佛次郎氏苦心鏤刻《るこく》の長篇「元祿快擧赤穂浪士」が載ります。筆者の腕のさえはすでに人の知るところ、題材また頗る妙、筆端風を起し雲を呼ぶは想像に餘りあります、幸に御愛讀を

と呼びかけ、大きく活字で「元禄快挙　赤穂浪士　大佛次郎作」と広告し、次の作者の言葉が掲載されたのである。

「また忠臣蔵か？君が？」と友達が來ていふ。「あゝ」と答へて自分は微笑する。僕の傍には近頃手あたり次第に集めた忠臣蔵の本が文字どほりの山をなしてゐるのである。この山に、また一冊を加へるには確かに勇気が要る。が、僕はいふのだ。「さうだよ、僕が書くのだ。僕の忠臣蔵なのだ。だから多分ひとのとは違うだらう。」「すると、つまり新解釋なんだね。」「さうとは限らない。僕は必要を感じたら、山崎街道に猪を走らせようと思つてゐるのだ。まあ出たら讀んでくれたまへ。忠臣蔵には相違ないが、これまでの忠臣蔵とは大分違つてゐるのだから。」

阿部真之助は、「大衆文学代表作全集　月報第一号　昭和二十九年十二月　河出書房刊」の中で「鳴門秘帖と赤穂浪士」の題で吉川英治の「鳴門秘帖」掲載の思い出に大佛・吉川の二作家について、

当時大佛君は吉川君と同じに、「講談倶楽部」を地盤として興って来た。それまでは、新講談の時代であって、そういう意味では、大衆文芸の草分けなんだね。「二人のすぐれた作家」と言える。西の方で吉川、東の方で大佛といった風に。

とにかく、この新聞掲載は大佛君にとって、大衆作家としての地位を確立させたものだ。全く読んでみれば面白い作品で、今読んでも面白い。読者は熱狂したし、反響が凄かった。

と書き、

当時大阪毎日新聞の社会部長をしていて、学芸部長の薄田泣菫《すすきだきゅうきん》が病床で、学芸部としての働きは活潑でなかったし、社会部でこの方はやっていたんだね。

とも語って、阿部・吉川の二人は貧乏で、この新聞連載だって、一杯飲屋、おでん屋で相談した結果「鳴門秘帖」が生まれた裏話をしていた。

政治家・内蔵助

昭和二年五月十四日に初登場した「赤穂浪士」の梗概をまず書いておく。

徳川五代将軍の綱吉にとって、一番気がかりなのは跡継ぎのいないことだった。孝養の念の厚い綱吉は、その母親が尊崇する護持院へ春秋の参詣を欠かすことはなかった。住持の隆光には大僧正の位を与え、その発言によって、嫡子誕生を祈願するため、生類《しょうるい》憐みの令を発布し、特に綱吉が戌年《いぬどし》生まれだというので、犬への保護には特別なものがあった。

元禄十四（一七〇一）年の春も、将軍の護持院参詣があり、境内は人でにぎわった。その群衆から離れ、ひとりの浪人が立っていた。同寺建立の際、わずかな手落ちがあったというので、清廉な武士でありながら遠流に処せられ、一家が浪人の境涯に落ちた堀田隼人である。

その夜、同寺に不審火があった。隼人の放火である。将来への希望はなく、世の中を斜めからしか見ることのできない隼人は、役人に追いかけられた末、大泥棒の蜘蛛の陣十郎に救われ、自分もその一味に加わり、闇の世界に生きることを決意する。

手始めに忍び込んだ屋敷が、綱吉の側用人で、当世に並ぶ者のない時流人、柳沢吉保のところだった。ちょうど、幕府の典礼を預る指南役、吉良上野介が勅使、院使接待の報告に来ていた。ふたりは、当世風の経営第一主義者で、よく似た考えの持ち主である。

この二人と対立したところに、旧道徳である武士道の美徳を固守しようと考えている精神主義者の存在があり、その一人が勅使接待役の播州赤穂の城主、浅野内匠頭で、ことごとく吉良と行き違うことになる。

柳沢は、吉良に「構わぬからいじめてやりなさい」とけしかけた。

二人の様子を窺っていた陣十郎と隼人は、柳沢に見とがめられ、別々に逃げる途中、隼人は市中警護に当たっていた浅野の藩士につかまり、先刻の盗み聞きを打ち明けて逃がしてもらう。こうして、隼人と浅野の藩士との接点が出来る。

元禄十四年三月十四日、吉良に意地悪をされ続けた浅野は、千代田城内、松の廊下で「この間の遺恨、覚えたか」と一言叫んで刃傷に及んだ。吉良は浅手を受けたに過ぎず、手向かわなかった功を認められ、おとがめなし。浅野は城地没収、家名断絶、即日切腹となった。

赤穂藩士、三百余名の苦悩は、この時から始まった。城代家老、大石内蔵助は、自分の相手が単に吉良ひとりではなく、その背後に潜む、片手落ちの判決を下した幕閣の政治方針にあると見定め、対抗手段を思案する。吉良の実子が米沢上杉家の当主に婿入っていた。そのことを思い、自分たちの幕府への抗議は、武勇の誉れ高い上杉家と刺し違え、その取り潰しを大石はねらおうというのである。

上杉家の家老が千坂兵部。昼行灯《あんどん》の異名をもつ大石。この二人は立場こそ違え、武士道忠心の精神主義者で、似た者同士で、兵部は猫をなでながら、上杉家の保全のみに心を砕き、取り潰された赤穂の動き、大石たちの行動を見定めるため、兵部はふとした縁故で雇うことになった陣十郎、隼人、そして以前からの手下のお仙を赤穂に潜入させる。

急進派の動きを押さえ、まず浅野の家名再興を志す大石は、京近くの山科に隠居を定め、伏見の花街を中心に遊び暮らしている。

やがて時が熟して、翌元禄十五年十二月十四日、かねて打ち合わせたとおり、同志四十七名が本所吉良屋敷に討入る。

同志を前にして大石が述べた次の言葉〈仇討ちの趣旨〉に、彼の考えがはっきりと、明瞭に示された。

「命令である」

内藏助は、横暴と思はれた靜かな態度でいつた。辞色も極めて靜かなものだった。

「不審はあるだらう。私も、この点には随分と頭を悩ました。しかし、これでいゝのである」

靜かに内藏助は、語調を改めた。

「これは、われ等の志すところが、たゞ、一人の白髪頭の老人の首をとるといふことではないからである。上野介どのはただ當面の手段として表面に現れてゐるに過ぎない。我々は亡君の御意趣を継ぐのである。御一同も、去る年三月十五日松の廊下の御事が亡君の御短慮によるものとお考へになるものとお考へになるものはあるまい。ただ上野介どのを刺せばそれでよいと君は思《おぼ》し召されたか？　いや違ふ。亡君は、上野介どのを殿中に刺すことによつて、天下に向けて鬱積《うっせき》してゐた御不平を漏らさうとせられたのであ

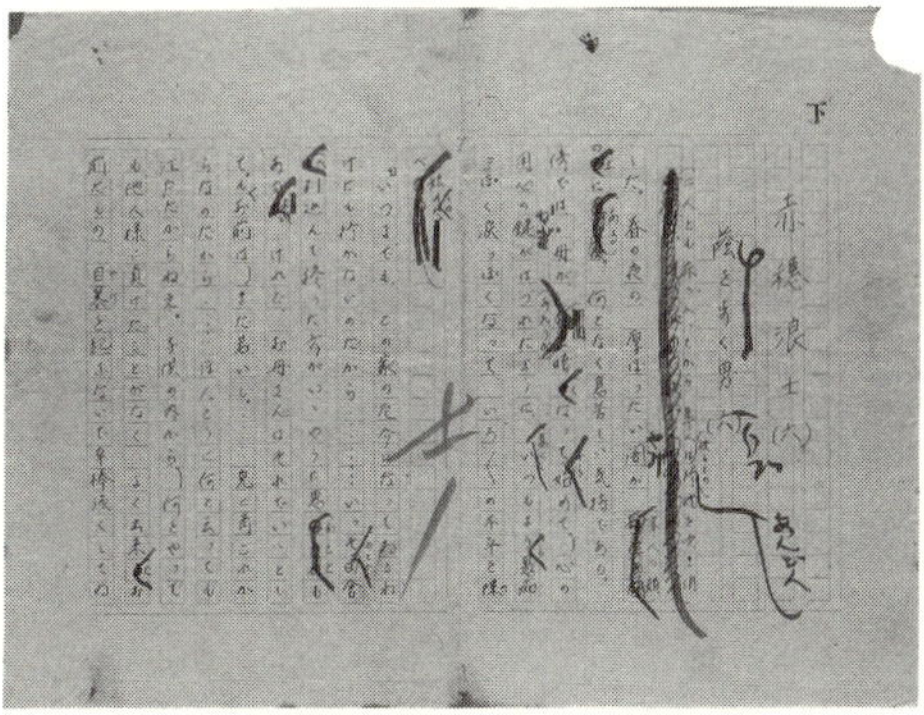

「赤穂浪士（六）」の原稿

る。

（中略）

上野介の白髪首などは問題ではないのである。亡君が、このことを明確に意識してゐられたかどうかも問題ではない。君をしてあのことあらしめた機運がそれであつたときつぱりといへるのである。

この御意趣をわれわれは繼ぐのである。目標を上野介どのに置いたのは、それが順當のみちだからであつて、ただ一片の復讐ではない。

敵はその背後のものである。

われ〳〵亡君の御意趣を繼ぐ者は、亡君が御一個として天下に示さうとなされた御意議を、一團體を作つて全身全力を擧げて叩《たた》き付けるのである。私が引揚げのことに、特に力を入れたのもそのためである。よし上野介どのを討ち損じるとしても、われ〳〵の考へる武士的な行動が整然たる統制と規律とを以て最後まで續けられゝば、目的の大半は達せられたと極言出來るのである。同時に今私が命令した同志中の一兩人が逮捕せられた場合についても、この心持である。われ〳〵は身を殺すことによつて、亡君の御意趣を天下に明らかにするのである。手段に、積極消極の差異はあつても、なすところは同じである。われわれの存在そのものが、天下、御公議に向けての反抗、大異議だからである。

内藏助の心底はこれである。亡君の御意趣だからである。

長文引用したのは、大佛次郎が「赤穂浪士」を連載していた昭和二年五月から翌三年十一月までの一年有余の間は、生涯の中で節目となる大切な時期であり、その間の心情の変遷が作中に強い力となって籠められているのを覚えるからである。

大衆のものを知識層に

一中、一高、東大法卒という閲歴、父・政助の期待に充分に応えることの出来た過去、それは父が振り返って身を切るようにして故里を捨て上京した意中を含む期待であった。この時期は、「大衆作家」という蔑視をあびたことへの返答を含み、またこの評価を受けた最中、昭和三年二月二十日の「東京日日新聞」の朝刊に執筆した「大衆文芸の転換期」なるエッセイを公表して、いわゆる純文学作家への返答とした時であった。また西子夫人との同棲という親戚中から疎外されていた期間でもあったことを考え、昭和二年九月は父母来りて共に住むという生活面でも大転換の時期だったのである。

一方、「鞍馬天狗」を誕生させた博文館から鈴木徳太郎が去り、「ポケット」が終刊号を発売するが、大佛次郎は「少年倶楽部」に、「日本少年」（実業之日本社刊）に、重ねて「週刊朝日」「サンデー毎日」「中央公論」や「改造」に発表して、作品はマキノ、日活系で上映され、全身注目をあびている時期に重なっていたのである。

まさにザクロの実がはじけた時期だったのである。

改造社発売のいわゆる「円本」に収録され、その「月報付録」の中で、千葉亀雄が「大衆文学の最高峯」と「赤穂浪士」をたたえ（昭和五年十一月刊）、同じ「月報」には前述した直木三十五が言葉を極めて、大佛次郎に読書家、蔵書家、大衆作家の中で唯一人の文学者で、親孝行、それから女房孝行で、道徳家でと言葉を尽して褒めている。

「紙底声あり」というのはああ言った文章を言うのだと述べたのは徳田秋声であり、同じ鎌倉に住む久米正雄は「大衆物以上」の題で鷗外に比類していると述べた。

もっとも昭和八年、谷崎潤一郎は「文藝春秋」の中で直木三十五の歴史小説を論じた中に、「余り馬鹿げた講談風な作り話と、高級小説的な要素とが、水と油のように入り交って渾然としていない恨みがある」と批判の言葉を書いた。

いずれにせよ、これが新聞掲載後、改造社から三冊の単行本として刊行された時には、連載時以上の評判で増刷の進みが謎のように感じられたこともあった。

円本収録に当っては、「二つの種子」の際の投稿仲間でもあった木村毅が背面から力を入れたと言われるが、いわゆる「大衆物」の読者層を知識階層にまで広げた功績は忘れてはなるまい。

「赤穂浪士」の評判が真山青果の「元禄忠臣蔵」（昭和九〜十七年）を生み、大佛次郎自身、身辺を大きく変えた作品として忘れ難く、昭和二十六年四月に「読売新聞」に「四十八人目の男」で討入りの脱落者、小山田庄左衛門を中心に、討入りを庶民の目から町の事件として扱ったのも忘れ難い。

最後に、昭和初年、赤穂城を明け渡して、準備万端ととのえ、いよいよ城を後に退出する場面を描いた「城」の章が教科書の幾つかに採用された件も、「赤穂浪士」を語る時には忘れてはならぬことの一つであった。

なお連載に先立ち「作者の言葉」で述べた虚実の問題がある。「仮名手本忠臣蔵」の五段目、いわゆる「恩愛二ッ玉」といわれる「山崎街道」の場をめぐっての記述である。「赤穂浪士」の登場人物としても大石内蔵助に次いで注目される人物、堀田隼人をめぐる問題である。題名を「赤穂浪士」と決める背景の一つとなった隼人、そして蜘蛛の陣十郎らの問題である。

この作者によって創作された架空の人物のうち隼人には、当時の大佛次郎の心情が最も反映した人物像とまで語るわけにはいかないものの、未来へ明るい展望ももてない当時の作者の心情、そして秩序社会のなかで、それを見返すように自由に行動し、時勢を批判し続けた蜘蛛の陣十郎の考案には更に詳しい解釈が必要だろう。大佛次郎には「泥棒の弁護」の題名を持つ楽しいエッセイがあり、相当に数多くの泥棒諸君が晩年の「夕顔小路」（昭和四十二年、毎日新聞連載）に至るまで絶え間なく登場し、その自由な批判の目を光らせている。

ところで「赤穂浪士」連載中の昭和二～三年の期間、大佛次郎の身辺に起きた変動の一端は前述したところだが、その激動の背景には大正十五年結集の「二十一日会」と、その勢いから誕生した雑誌「大衆文芸」の創刊、次いで同人参加への充実とは至らなかったものの、一冊購入の結果が第二号に書いた共賛の辞については前述したところだが、その延長線上に発表したのが昭和三年二月二十日「東日」掲載のエッセイ「大衆文芸の転換期」である。大佛次郎の独立・独自の「文芸宣言」と言い切れるもので、その全文を掲載したい。

「大衆文芸の転換期」について

昭和三年二月二十日（朝刊）東京日日新聞

日本の所謂大衆文芸は、震災後の反動的風潮と文芸の商業化の機運を母胎にして生れ、批評のない無風帯に置かれて、ヴァンダリズムの勢ひを示して来た。面白いか面白くないかが、唯一の問題にされて今日に至っていることは人の知るところである。これは無論大衆文芸にいつまでも肝要とせられなければならぬ性質であるが、現在は、作家も疲れ、また読者が、かなりきまり切った事件の展開を見せられて昨日ほどの興味も情熱も感じられなくなっているのは事実である。ほかの人がどう考えていられるかは知らない。すくなくとも、僕はこう信じ、また僕自身について何とかしなければいけないと感じている。

大衆文芸は、自由の原野を持って生れて来た。母親が反動的風潮であっても、子供はどの方角へ進もうが何をしようが差支えなかったのだ。いわゆる純文壇では許されない寛容が一般に認められて来たことで、面白いという点で妥協さえ出来ていたら、どんな形式を採り、どんな内容を扱おうが随意であった。在来の貴族的文芸の世界では甚しい制裁を受けて夜長を拒まれていた様〻の種子が始めて伸びる機会を与えられたのである。たとえば、ロビンソン・クルーソーのような小説、ガルガンチュア、パンタグリニエルのような小説、あるいはいわゆるコント・ファンタステクのようなものは日本の文壇では、恐らくそのそれ〴〵の代表作の程度のものを書く人があったとしても、これが活字になる機会がなかったのであるが、大衆文芸の勃興によって、これを試みることが始めて容易になったともいえるのである。無論これは、デフォ、ラブレエ、リイラダン、アポリネール等の天才をまって始めて遂げられることであるが、作家の兼業でない純粋の批評家のいない日本では、「機会が出来た」ということだけでも既に大に慶賀してよいことであった。いうところの心境的な文芸、ちいさく日本的にかたまった文芸のほかに、あり得べからざること、古典的な悲壮美、哄笑、戦慄その他のこれまで認められなかったものに対して均等の機会が恵まれるとすれば、日本の文学がどんなに豊富に絢爛たるものになるか、(無論これは夢想であるが) わからなかったのである。

遺憾ながら、芸術家諸君は大衆文芸に対して冷淡であった。また僕をその一員とする大衆文芸作家(の大方)は、この新しい子供を育てるのに、意識的又は無意識的に母親に似たものにしようとして来た傾きがある。今のまゝではいけないわけである。また大衆文芸に国粋的な主張を振りかざす者があるとすれば、これは伸びる力を自分から削ぐもので、私は大衆文芸をこれからのものだと考える。

この重大な転換期にあたって、改造社の「世界大衆文芸全集」の計画は時宜を得たものとして、僕も進んで加わることになった。外国の大衆を読者として熱狂させたものが、如何な作品で、またどれだけに多様の興味を通じて芸術の殿堂に踏入っているか?我々は楽しみながらこれを知ることが出来るのである。日本の作家の一人として憚らず私はこれをいうのである。

これまで大衆文芸作家群とも縁故を求めず、自分からも「私の文学の上の素養は、文壇的や文学的なものではない。町育ちの東京の子供のものである。若い頃に文学青年だった時期が私にはない。文学を難しいものだと思い、敬遠し、自分にものを書く素養があるなどとは決して認めなかったのが事実である」（「私の履歴書」）としっかり自覚し、前述した如く、「原稿を書いて一代生活出来るなどとは、信じられないし望まない。アルバイトで書いて売る習慣だけはいつの間にか覚えたが、作家となるには、もっと大きな、生命の根元から揺るがすほどの熱情がなければならぬ、といつからか知っていた。文科にいる学生のように、いつか小説を書かねばならぬ、などと考えたことはない。」と、はっきり思って自分の青春をふり返って、「安っぽい趣味のディレッタントの生活でしかない。私は親思いなので、やはり外交官試験を受けて外務省に入り、父親に安心させたい心持は捨てずにいる。父が死ぬような時がきたら、役人をやめればよい。こう考えているのである。」とも思って、その考えの行き着いたところが、「私は小市民の家に生まれて育ちも町の人間である。奮励努力して立志伝中の人間になり出世して見せようとする自信など更に持たない。」（「私の履歴書」）という考えなのである。

この考えの線上での生活なのである。それがひとりでに抱え切れないほどの作品の注文が舞い込み、単行本を出し、あれよあれよと言ううちに〈大衆作家〉の肩書きを背負うことになった。

その肩の荷物を避ける隙《ひま》もなく、傍にはフランス人形と憧れる存在と一緒に、追い詰められ、背水の陣で臨んだ末の宣言こそ、この「大衆文芸の転換期」だった。

そして最晩年に纏めた毎日新聞社刊（昭和四十七年五月）の随筆集「都そだち」こそ、この「大衆文芸の転換期」〈宣言〉と奇妙に対照的な〈発言〉だったと、私は結論したい気持なのである。全文ではないが一部を引用する。

あとがき

（冒頭略）私は、生れた時からの町育ちであった。それ故、軽薄でオッチョコチョイの気性が常につきまとい、物を浅く見て飛び移る蝶の気まぐれが一代去らなかった。その為に、私は小説らしい重い小説を遂に書き得なかったのだと思う。しかし、弱い町育ちの洗練された性質とは言わぬが、蓮葉な軽み、しおりである。振り切れぬ故郷の重さに禍されぬせいかも知れぬ。素直に物を受取ること、いつも明るい心を失うまいと知らずにつとめている性格である。心弱くヒューマンであったのを、今は私は誇りとしている。他人の言分を侵したり、人より偉がったりする泥臭さはなかった。

（後略）

この随筆集「都そだち」を発行した時、大佛次郎は最晩年で、未完の傑作「天皇の世紀」執筆中だった。

「一代初心」の遺墨を書き残した大佛次郎が、心ならず、自分《われ》から望んで歩み始めた道の初めに染め入り、「赤穂浪士」の一作を、誉めそやされた時、また、父・政助が紀州道成寺の故里から飛び出す決意を抱いた歴史の重さを、この「東京日日新聞（朝刊）」のエッセイを書いた時、実は全生涯に続く苦い経験の初めであったと知っていたであろうか。対照的な二つのエッセイを見比べながら、結論めいた発言の出来ぬのを残念に覚えるのである。

2　新聞小説にみる時代の光と影

日本一の新聞小説作家

大佛次郎の新聞小説は昭和の幕開けと共にその歩みを開始し、絶筆となった史伝「天皇の世紀」までの半世紀、昭和の激動期に歩調を併せ生き続けた。

六十一篇の作品を新聞というメディアを通して国民に訴え続けたところに大佛次郎の存在の大きさがあった。呼びかけは多彩で、従来の範疇に縛られることなく、常に新しいものを求めて野心的に未知の分野を切り開いていった。

時代の光と影が見事に作品の上に映し出され、国民の心を深い感動にいざなったのである。明けない夜はない。「照る日くもる日」から「天皇の世紀」まで、史実とロマネスクの織りなす世界を大佛次郎の新聞小説を通して実感すべき時が来たのである。

ところで、大佛次郎の新聞小説を述べるに先立って、彼の六十一篇の作品とその時代を並記する。まず広く新聞小説の特質について考えてみたい。

日刊新聞紙上で、一日原稿用紙三枚前後の長さ、毎回挿絵入りで視覚的効果を盛り込みながらストーリーを展開するのが新聞小説である。大正時代の末頃、大阪朝日新聞、東京日日新聞などの代表紙が、それぞれ百万部を越して厖大な購読者を相手とする状況が始まった。

このようにして新聞の大衆化が発生した時、随伴して新聞小説の大衆化も誕生したのであった。大佛次郎の新聞小説界への登場は、まさにこの時期と重なっていた。

大正十五（一九二六）年八月、「大阪朝日新聞」に「照る日くもる日」の掲載が始まる。ほとんど踵《きびす》を接するように、対抗紙「大阪毎日新聞」に吉川英治の「鳴門秘帖」の連載が始まった。

現在に至るまで続く〈新聞による情報の大衆化路線〉は、この動きが始まりだったのである。六十一篇に及ぶ大佛次郎の新聞小説の全貌を一覧できるよう、次に掲示する。

作品名（作品の種類）	挿絵画家名	連載年月	掲載紙名（朝・夕刊の別）
1　照る日くもる日→照る日曇る日（時代小説）	小田富弥	大15・8→昭2・6	大阪朝日新聞（夕刊）
2　赤穂浪士（時代小説）	岩田専太郎	昭2・5→3・11	東京日日新聞（夕刊）
3　ごろつき船（時代小説）→海の隼→ごろつき船（時代小説）	岩田専太郎	昭3・6→3・12	大阪毎日新聞（夕刊）
	岩田専太郎	昭4・1→4・6	大阪毎日新聞（夕刊）
4　からす組（時代小説）	長谷川路可	昭4・1→4・12	国民新聞（夕刊）

5	由比正雪（時代小説）	岩田専太郎	昭4・6↓5・6	東京日日・大阪毎日新聞（夕刊）
6	日蓮（時代小説）	馬場射地	昭5・4↓6・3	読売新聞
7	白い姉（現代小説）	熊岡美彦	昭6・3↓6・7	東京・大阪朝日新聞
8	天狗廻状（時代小説）	岩田専太郎	昭6・9↓7・4	報知新聞（夕刊）
9	佛蘭西人形↓ふらんす人形（現代小説）	河野通勢	昭7・3↓7・8	時事新報
10	霧笛（時代小説）	木村荘八	昭8・7↓8・9	東京・大阪朝日新聞（夕刊）
11	安政の大獄（時代小説）	松村亥太	昭8・12↓9・9	時事新報（朝刊↓夕刊）
12	水戸黄門（時代小説）	山口草平	昭9・4↓9・11	東京・大阪朝日新聞（夕刊）
13	鞍馬天狗江戸日記（時代小説）	松村亥太	昭9・11・12↓10・8	福岡日日新聞・新愛知（夕刊）
14	異風黒白記（時代小説）	中島清	昭10・3↓10・8	中外商業新報（夕刊）
15	大楠公（時代小説）	荒井寛方	昭10・4↓10・8	東京・大阪朝日新聞（夕刊）
16	大久保彦左衛門（時代小説）	山村耕花	昭10・8↓11・5	東京日日・大阪毎日新聞（夕刊）
17	雪崩（現代小説）	猪熊弦一郎	昭11・8↓11・12	東京・大阪朝日新聞
18	逢魔の辻（時代小説）	岩田専太郎	昭12・5↓12・12	東京・大阪朝日新聞（夕刊）

19	郷愁→白い夜（現代小説）	松野一夫	昭14・4→14・7	読売新聞
20	氷の階段（現代小説）	宮本三郎	昭14・12→15・6	都新聞
21	相馬大作（時代小説）	小川倩葭	昭15・1→15・10	大陸新報（夕刊）
22	薔薇少女（現代小説）	小川真吉	昭16→17・2	満洲新聞
23	阿片戦争（時代小説）	木村荘八	昭17・1→17・6・4	東京日日・大阪毎日新聞（夕刊）
24	荒海の子（時代小説）	久保山天津生	昭17・8→18・6	こども新聞
25	愛火→死よりも強し（時代小説）	岩田専太郎	昭17・12→18・8	西日本・北海道新聞（夕刊）
26	男の道（時代小説）	清水崑	昭18・1→18・10	日本農業新聞
27	みくまり物語（時代小説）	羽石光志	昭18・10→18・11	毎日新聞（夕刊）
28	鞍馬の火祭（時代小説）	岩田専太郎	昭19・4→19・9	毎日新聞戦時版
29	乞食大将（時代小説）	江崎孝坪	昭19・10→20・3	朝日新聞
30	鞍馬天狗敗れず（時代小説）	木村荘八	昭20 6→20・8・9・10	東奥日報・北日本・佐賀新聞
31	丹前屛風（時代小説）	江崎孝坪	昭20・9→20・11	毎日新聞

32	姉（現代小説）	横山泰三	昭21・8→21・9	中京新聞
33	露草（時代小説）	木村荘八	昭21・10→21・12	北海道新聞
34	迷路（現代小説）	佐藤泰治	昭21・11→22・1	京都日日新聞（夕刊）
35	幻燈（時代小説）	木村荘八	昭22・9→23・1	新大阪
36	新樹（現代小説）	三岸節子	昭23・5→23・9	中部日本新聞
37	歸郷（現代小説）	中西利雄→佐藤敬	昭23・5→23・11	毎日新聞
38	宗方姉妹（現代小説）	生沢朗	昭24・6→24・12	朝日新聞
39	人美しき（時代小説）	小川倩葭	昭25・1→25・6	夕刊中外
40	花鏡（現代小説）	益田義信	昭25・8・9・10→25・12・26・1〜3	河北新報・大分合同・南日本・山梨時事・北海日日・愛媛・北国新聞夕刊
41	おぼろ駕籠（時代小説）	岩田専太郎	昭25・8→26・2	毎日新聞（夕刊）
42	四十八人目の男（時代小説）	佐多芳郎	昭26・4→26・11	読売新聞
43	激流（時代小説）	木村荘八	昭26・10→27・2	日本経済新聞

44	旅路（現代小説）	矢島堅土→志村立美	昭27・7→28・2	朝日新聞
45	その人（時代小説）	木村荘八	昭28・12→29・6	朝日新聞（夕刊）
46	風船（現代小説）	宮本三郎	昭30・1→30・9	毎日新聞
47	薩摩飛脚（時代小説）	佐多芳郎	昭30・1→30・11	西日本新聞（夕刊）・北海道新聞・中部日本新聞（夕刊）
48	浅妻舟（時代小説）	佐多芳郎	昭30・12→31・6	東京新聞（夕刊）
49	ゆうれい船（時代小説）	田代光	昭31・6→32・5	朝日新聞（夕刊）
50	峠（現代小説）	生沢朗	昭31・7→32・2	中部日本・西日本・北海道新聞
51	橋（現代小説）	竹谷富士雄	昭32・10→33・4	毎日新聞
52	冬あたたか（現代小説）	竹谷富士雄	昭33・10→34・5	日本経済新聞
53	桜子（時代小説）	佐多芳郎	昭34・6→35・2	朝日新聞（夕刊）
54	新樹（現代小説）	竹谷富士雄	昭35・2→35・11	東京新聞
55	炎の柱（時代小説）	佐多芳郎	昭36・7→37・7	毎日新聞（夕刊）
56	さかさまに（現代小説）	田代光	昭37・7→38・6	西日本・中部日本・北海道新聞
57	月の人→月から来た男（時代小説）	佐多芳郎	昭38・6→39・4	読売新聞（夕刊）

58 地獄太平記―新・鞍馬天狗（時代小説） 佐多芳郎 昭40・1〜6→40・8〜41・2 河北新報（夕刊）・高知新聞（夕刊）・北国新聞・神戸新聞（夕刊）・神奈川新聞・静岡新聞（夕刊）・岐阜日日新聞（夕刊）・北海タイムス

59 夕顔小路（時代小説） 真野満 昭40・9→41・11 毎日新聞

60 道化師（現代小説） 竹谷富士雄 昭41・8→42・1 日本経済新聞

61 天皇の世紀（史伝） 安田靫彦 奥村土牛 杉山寧 小野竹喬 山口蓬春 中川一政 橋本明治 小絲源太郎 鏑木清方 鍋井克之 福田平八郎 前田青邨 林武 徳岡神泉 宮本三郎 熊谷守一 堅山南風 中川紀元 宇田荻邨 堂本印象 児玉希望 東山魁夷 高山辰雄 寺島紫明 鈴木信太郎 石井鶴三 金島桂華 上村松篁 山本丘人 野口源太郎 山口華楊 鬼頭鍋三郎 井手宣通 昭42・1→48・4 朝日新聞→（夕刊）（朝刊で始まり、途中から夕刊に移った。）

（注・作品名の上に付けられた〈角書〉は記入しなかった。改題名は→で示した。朝・夕刊の別は、夕刊のみ記した。連載年で、満洲年号は昭和に改称した。「新樹」、36と54とは別作品である。）

新聞小説論

従来取り上げられてきた多くの新聞小説論は、作者の立場からの創作に関するもので、研究の立場から論じたものは少ない。この創作と研究との互いにあい係わる問題は、その後も離れずに付きまとい、結局新聞小説の考察は、それぞれの方向から暗示してゆくことになる。

坪内逍遙は、明治二十一年から四月まで、「読売新聞」に作品「外務大臣」を連載したが、その時の体験をふまえた上で、新聞小説の特徴を幾つかに纏めて、二十三年一月、同紙上に要約し次のように発表した。

まず新聞小説は、不特定多数の読者を相手とし、広く作品が読まれるため、次の五つの注文を提示する。

①現在の人情、風俗を示すこと
②読者の同感、理解を得るようにする
③親子の誰れが読んでも支障のないこと
④過去、将来について、常に現在との関係を忘れないこと
⑤娯楽性と共に教育的な配慮が欲しい

自身教育者であった逍遙らしい注文で、内容はさらに広げて明治三十五年にも詳細な論考を発表する。この逍遙の新聞小説論が時代の早い時期に、最も纏まって優れた内容のものであったことは明白である。

次に明治期における新聞小説界の第一人者といえる尾崎紅葉は、「金色夜叉」連載中の明治三十二

年二月、やはり自己の創作体験をふまえた上で、独自の論考を発表している。

この中で紅葉は、挿絵に頼る必要のある小説家にはなりたくないと、挿絵不要論を展開し、新聞が持つ今日のトピックを素材にしたニュース性を、新聞小説も共有したら面白かろうと述べている。いかにも時流の先端を駈け続けた紅葉らしい新聞小説論である。

明治の末年、自然主義の全盛期に、いかにも文壇人の一人として新聞小説論を発表した作家に正宗白鳥がいる。

明治四十一年八月、白鳥は、今のところ、長篇小説に傑作の現われないのは、長篇のほとんどが新聞に連載されているからで、これから先は、ますます新聞小説は文壇から遠ざかってゆく。新聞は発展するほど、卑近な読者を相手とせざるを得なくなり、作品の通俗化は避けられない。従って、新聞から小説を全廃せよといいたい、と極めて厳しい意見を述べた。(「新聞と文学」「文章世界」)

明治末年より大正期にかけて「新聞小説と新聞」のテーマで忘れ得ぬ作家は夏目漱石である。漱石自身は明治四十(一九〇七)年四月に東京帝大教授を辞して朝日新聞社に入社、以後漱石の作品は朝日新聞連載の新聞小説となる。

平成十二年一月、朝日新聞社は「朝日新聞連載小説の一二〇年」と題する小冊子を発刊し、朝日掲載小説の特集を行っている。この小冊子の巻頭が漱石の小説であり、社員作家漱石の誕生にまつわる逸話を再録した。その一部を引用する。

一五年の研究生活にピリオドを打った漱石は、帝大教授が一介の文士に、と世間から不思議がられもし、「不徳義漢」と誹《そし》られることもあったが、「大学を辞して朝日新聞に這入ったら逢う人が皆驚いた顔をして居る。（中略）新聞屋が商売ならば、大学屋も商売である。（中略）新聞が下卑た商売であれば大学も下卑た商売である。」と、強烈な「入社の辞」で応酬、朝日は「社員作家漱石」を大々的に売り出していく。

と六月二十三日付の新聞面を「入社の辞」の複製と共に掲載。第一作の「虞美人草」の紹介を詳細に執筆した。

その十四年後の平成二十六年四月、作品「こころ」連載から百年にあたることになり、数回にわたって再び「小説記者・夏目漱石」と題した記事を掲載することになる。しかも、「こころ」の本文から始まり、「三四郎」「それから」と漱石作品が掲載。そればかりか平成二十六年十一月には「こころ」の複刻本というべき書籍を岩波書店から発行して、「刊行百年記念、漱石『心』ほぼ原稿そのまま版」と銘打って書店に平積みした。

むろん、この事業は朝日新聞社の宣伝入りと受けとれることでもあったが、私のテーマは大佛次郎であり、新聞小説論についての〈従来の論考〉を述べるのが主眼であるから、論述は漱石を離れ、大正期に入って、今日における新聞小説全盛の基礎を築いた作家、菊池寛の新聞小説論に移って行くことにする。

大正十五年七月の「中央公論」および昭和九年の文藝春秋社発行の「新文芸思想講座」において菊池寛は詳細な新聞小説論を展開している。以下、漱石と新聞との関係については、まだまだ述べたいことがあるように思うが、ここでは菊池寛の作家の立場に立っての小説論を要約、その論旨を進めていくことにする。

まず「新聞小説」は新聞本来の使命に準拠した倫理性《モラル》の上に立って

①優秀な主題《テーマ》を創案し、
②最も効果のある方法で脚色《プロット》し、
③絶好の物語《ストーリー》で構成してゆく。

具体的な作法としては、

Ⓐ文體《スタイル》は分かり易く、簡潔明快、会話と地の文との釣合がとれ、リズムが自ずと快く流出するやうなのが望ましい。

Ⓑ速度《テンポ》は、ストーリーの進展、つまり場面《シーン》の転換・運行を示すもので、遲滞なくぐんぐん進行してゆけば、作品は變化に富み、緊張したものになつてくる。

Ⓒ變化《サスペンス》は、ストーリーの中で、讀者の興味を後日につないでゆく刺激的技術で、煽情小説への堕

落は避けなければならぬが、不安、吃驚、恐怖、安堵などを適度に盛りこんで、讀者を最後まで牽引してゆく必要がある。

以上の点を考慮した上で、最初の十回分に全精力を傾注して読者を完全に魅惑しておかないと読者に愛想を尽かされ、それ以後を読んでもらえない。

最後に、出来れば、数十万の読者の一人一人が、この小説は、私の身の上を書いたのではあるまいかと、訝るような読者の共感を得る作品こそ最上の新聞小説なのである、と述べたのち、作者は、人格の陶冶、精神の修養、知識の獲得、経験の豊富さを志して、孜々として勉強しなければならぬ、と懇切丁寧な新聞小説の理論と作法を発表したのであった。

次いで大熊信行の「文芸の日本的形態」（昭和十二年十月、三省堂刊）に収録されている新聞小説論は、初めて纏まった形で〈研究・評論〉の分野から対象を扱った行き届いた論考であった。

日本における連載形式の最高度のものが新聞小説のそれであることは断わるまでもないと述べた上で、同時に連載小説の物語は、読者の現実生活と日常的に併行し、同一速度で発展しつつあるという心理的錯覚をあたえ続けなければならないとも述べている。新聞小説の大衆性、今日性と共に読者と協力して構築してゆく作品の特性を明瞭に指摘した。

しかも同書において、大熊信行は「新聞小説家としての夏目漱石」なる一章において、漱石は、決して長いとはいえない作家的活動のうえで、創作態度においても、文体のうえにおいても、脱皮をかさねていった。が、読者の多くは漱石のより古いものに愛着しながら、しかし幸いにして漱石の新しいものについてゆくことができた。その意味で、作者の作家的発展とともに、読者みずから生長してゆくことができたという幸福な一例が、ここに見いだされる。(中略)漱石の文章道は、まず日本文学の、古い、どぎつい伝統を承けつぐことによって、当時の日本人の心をつかまえたので、鼻につく伝統の変なくさみをぬきとることによって、漱石の文章は完成したのである。伝統から去ったのではない、伝統を押しすすめたのである。

と述べ、さらに漱石における広さまたは通俗性の秘密に触れた上で、小説の筋の問題についても極めて示唆に富む論述を展開した。

続く「文学における読者の問題」なる一章では、昭和十年、諸新聞に連載中の作品を取り上げ、より具体的に、その中には大佛次郎の名前もみえるなど、経済学者である筆者の情報化社会へ向っての先駆的業績は今日もなお注目されねばならない論考といえよう。

太平洋戦争以後は、昭和二十九年三月、丹羽文雄が実作者の立場から平易で、実践的記述を行っているのも見逃せない(「新聞小説作法」読売新聞社刊)、昭和五十一年十一月の「新聞小説について」(「創作の秘密」講談社刊)

その中で、

①主人公は一人か二人に限定し、
②会話を多くして、
③読者の日常生活のテンポに合わせ、
④最初の一週間が勝負である

というのは、菊池寛以来の伝統的手法を総合したものであった。

そして、大佛次郎自身は、昭和二十六年一月、読売新聞に「新聞小説――新しく書く人のために」と題して、

①新聞小説に何か約束ごとがあるように考える必要はない
②豊かな生活力があれば、それで読者はついてくるし、約束を破るところに新鮮さも生まれてくる

と如何にも彼らしい考えを述べると同時に、「新聞小説を書くひとが、ひととおりの用意があってよいのはいうまでもないことだが、作家のひとり合点や、作家だけいい気持になってしまうことを新聞小説は極端に嫌うものです」と後述する東北初の直木賞作家、大池唯雄との長年にわたる往復書簡の中で書いている。〈文学に対する二人の熱い思い〉を通して窺えたことを触れたい。

これまで述べてきた論考の多くが作家の立場からのものであったが、評論・研究の面を包摂した上

で新聞小説への切り込みが試みられた例が数は少ないが何例か指摘できる。
昭和二十九年六月に「文学」(岩波書店刊)では〈新聞小説〉の特集を行った。目次のみを略述すると、

①新聞小説の本質　荒　正人
②現代新聞小説論　松島栄一
③新聞小説の社会的考察　平井徳志
④新聞小説論　河盛好蔵
⑤新聞小説史　玉井乾介

このほか、作家と挿絵画家の立場から、石坂洋次郎、富田常雄、豊司山治、石井鶴三、獅子文六、村上元三の論述があり、最後に座談会形式で朝日、毎日、読売新聞の各記者が「新聞小説と新聞」について、中野好夫の司会で活潑な発言を行っている。また、創成期より「金色夜叉」の誕生までを資料の紹介や参考文献まで挙げ、述べた「新聞小説史」は貴重な作業であった。

そう言えば、この「新聞小説史」そのものについては、高木健夫が国書刊行会より昭和四十九年から「明治・大正・そして昭和については二冊の合計四冊」の切り抜きを手元において書いた「新聞小説史」は、神奈川近代文学館に入っているはずだが、これも貴重な作業を残してくれた。

昭和五十二年十二月、至文堂より刊行された長谷川泉・武田勝彦編「現代新聞小説事典」は編纂時に最も充実した論文収録の事典で、資料については戦後の作品群を主要紙に限定してはいるが、先に挙げた高木健夫の「新聞小説史」を補かんして加筆すれば完成事典と結論し得る。ちなみに目次に則して挙げておく。表題と著者名その他である。

現代新聞小説の位相（長谷川泉）、新聞小説の特質（尾崎秀樹）、作家における新聞小説の位置（松本鶴雄）、戦後新聞小説と社会背景（武田勝彦）、新聞小説とその作家（天海正雄）、新聞小説における時代小説（田所周）、新聞小説と女流文学（清水澄子）、新聞小説の単行本化（高田宏之）、新聞小説の映画化・テレビ化（安渕聖司）、新聞小説作家と文学賞（小野村健一）、新聞小説と挿絵（萩原真由美）、翻訳された新聞小説（武田勝彦）、続いて「新聞小説を担当して」の総括の下、各新聞社の担当記者がそれぞれの担当事情を披瀝、次いで「新聞小説を執筆して」の総題で、遠藤周作、大佛次郎、有吉佐和子、川端康成、立原正秋、三浦哲郎の各作家の担当作の扱いが表示されており、以下「朝日」「毎日」など各新聞に連載された新聞小説の戦後より掲載年までの一覧表が表示、最後に、「現代新聞小説作品事典」の総括の下、戦後の主要作品の〈初出〉〈梗概〉〈評価〉の三項目について早大政経学部ゼミ担当者が執筆した。誠に行き届いた「新聞小説事典」が出来ているが、不足の一端を挙げると、新聞小説の筆者と発表機関の間を取りもつ「三友」「学芸通信」などの担当者まで目配りが行き届かず、それぞれが自社の業績を各自発表している。

ともかく「新聞小説」に係わる論考は多く、近年刊行の単行本の書名だけを紹介すれば、平成十九年十二月発行の関肇の「新聞小説の時代」（新曜社刊）、平成二十三年十二月発行の飯塚浩一らの「新聞小説の魅力」（東海大学出版会刊）など、その何れも明治初年における新聞小説発表の状況を詳細に紹介・論述したもので、ただ指摘できるのは明治初年の状況を取り上げたものが多く、その点のみに絞っても平凡社選書の一冊として刊行された「新聞小説の誕生」なる単行書（本田康雄著、平成十年十一月刊）を指摘できるのである。

さらに平成十五年一月に岩波書店発行の「文学」第四巻第一号では「特集——新聞小説の東西——近代のるつぼ」の表題で視点を広くグローバルな箇所にまで延ばした論考が発行されて、止まることなく広がっているのを見ることができる。

ただ、「文芸年鑑」などの資料を辿ると、その勢いは相変らず広く行き届いてはいるが、かんじんの読者の面から指摘できるのは、新聞の発行部数に年々低下の傾向がみえ、テレビその他のメディアへの交替、さらに新聞は見ても新聞小説そのものが、何処まで読まれているかという点までみると、はなはだ弱気になるのが現状ではあるまいか。

それはともかく、大佛次郎の新聞小説発表の状況を吉川英治の場合を引用しながら、具体的に考察したい。

大阪での出来事で、まず掲載の順序から言って吉川英治の「大毎」連載「鳴門秘帖」にまつわる話題から取り上げる。資料は昭和二十九年十二月、河出書房刊行の「大衆文学代表作全集第一巻　吉川英治集」付載の「月報　第一号」に記載、「鳴門秘帖と赤穂浪士」の題名で書かれた阿部真之助の文章である。談話筆記とある。

「鳴門秘帖」は、吉川君が大正十五年に毎日新聞に連載した、新聞小説としては始めての作品なんです。当時「朝日」「毎日」に載ることが通俗作家としては一つの地位が確定的になるというんで、それは丁度、純文芸の作家の作品が「中央公論」にのることがその文壇的地位をはっきりさせたのと同じことなんだね、そういう風で、吉川君にしても、非常に力を入れたものを書くことになったんだ。（中略）私の発案で吉川君をたのもうというのでお願いしたんだ。吉川君も喜んでくれて、夫婦づれで来てくれた。そして新聞社の横の飲屋でのみながら話したことを覚えている。それから吉川君は徳島に渡り、材料を仕入れて書き始めたのが「鳴門秘帖」なんです。とてもよく調べた、熱心だった。

そう、非常に読者の間にうけたもんです。（中略）吉川君にとっては世に出る階段であり、私としてもクビにならずに済むという、思い出の深い作品だった。（中略）

大佛君ですか、「赤穂浪士」は「東京日日」に出て、「大阪毎日」には載らなかった。（中略）当時大佛君は吉川君と同じに、（中略）大衆文芸の草分けなんだね。「二人のすぐれた作家」と言える、西の方で吉川、東の方で大佛といった風に。（中略）

この「赤穂浪士」は、新聞に出ていた時よりも、昭和三年に単行本になった時に非常に歓迎を受けたように思う。（中略）

まあ新聞の販売政策からいうと、吉川君が喜ばれるだろうが、しかし少数でも確実に読者を掴むは大佛君だ。当時に於ても沢山の作家が出たが、結局二人だけが残ったというのは、傑出した才能と努力があったということによる。二人ともその点ではすぐれていた。

この阿部真之助の談話に対し、大佛次郎の文章は、昭和三十三年五月十四日発行の「週刊朝日」奉仕版に書かれた「『照る日曇る日』と筆名」の表題で次に掲載文である。

私が「照る日曇る日」を大阪朝日新聞に連載したのは、大正の最後の年である。つまり昭和元年だから、今年から算えて三十三年前のことである。

私が二十九歳、小説家で立つつもりなど、まだなく、また、物を書いて、一代、やって行けるものでないと考えていた。（中略）鈴木俊夫という友人が訪ねて来て、大阪朝日新聞の内海幽水と言うひとに映画の用事で新聞社で会ったら大佛次郎に朝日新聞に書かせたいが、書くかどうか聞いてくれと頼まれたと言う。（中略）鈴木とは横浜を散歩して別れた。東京の用事を果して、神戸に帰ったのだらうが、その後、音沙汰がなかった。私も、あてにしてない。すると、幾月かして、大阪朝日新聞社の封筒で、内海景普と言うひとから手紙が来て、ポケットの鞍馬天狗を面白く読んでいる。朝日に書いて欲しいのだが、何か書きたいものがあるか、と尋ねて来た。書きたいものなど持っている男でなかった。いつも、ぶっつけ本番の習慣である。あるような顔付をして大阪に話に行くことにした。その頃から現在に続く友人の渾大防五郎君が、内気な私を側から激励してくれる役目で、一緒に行ってくれた。

朝日の応接室で待っていると、内海景普さんが出て来た。内海さんは背が高い痩せたひとで和服を着流している。新聞記者とは見えない風采だし、古風な感じで、おだやかで、ていねいな話振りで、すっかり私を落着かせてくれた。（中略）私は、いつの間にか、朝日新聞に書くことに決定していた。内海さんの意見から出たものだと、私にも解った。（中略）

私の父親が当時、打出浜にある兄の家にいた。私は夜はそこに行って泊った。父親は、私を役人にするつもりで東大（当時の帝大）で勉強させたので、大学を出て私が遊んでいるのを怒ったり心配したりしていた。朝日に小説を書くと知らせたら、非常に驚いた。書けるのか、と言いたげであった。父親は、ここのところ関西に暮らしていたし、朝日新聞の大きな位置を知っていたのであった。

間もなく鎌倉に帰って、仕事のことを考え始めた。私が書きたいと秘かに考えているような作品でないかも知れぬ。どうなるか、やって見ることである。

偶然であったが、十日ばかり経ってから、東京の兄の友人だった高信𠮷代松というひとが、毎日新聞に書かないかと言いに来た。（中略）内海さんは外国の小説を読んでいて髷物を書いても多少新しく感じられる男と考えて、私を撰んだらしい。（中略）古風な美文調で書き出したが、塗ったところで途中から生地が出てしまったので、調子が変って現代の散文体になった。おさないが、そこに新しさを読者が感じたらしい。拙いものだが、受けることは受けた。毎日に登場したのが、やはり新人で吉川英治。彼の出世作の「鳴門秘帖」と私の「照る日」が読者を二分して、銭湯や理髪店で、話題となったらしい。親とは有難いもので、私の父親は隠居の気楽さから、状況を偵察に、毛も残ってない頭を振り立てて、かみどこ通いをした様子であった。（中略）この「照る日曇る日」と「鳴門秘帖」で夕刊小説が新講談から所謂大衆文芸に移ったことは事実である。（後略）

以上の二作品にまつわる逸話を読むと、新聞小説誕生の背景その他が具体的に分かって興味深い。ともかく大佛次郎の「照る日くもる日」はこのようにして新聞小説史の歴史を塗り変えていったのである。

〈文学〉になった新聞小説

昭和五年十二月、改造社刊の〈円本〉と俗称された「現代日本文学全集」の第六十編として、所謂〈大衆文学〉と蔑称された大佛次郎の新聞小説第二作の「赤穂浪士」を編入刊行した。新聞連載後、雑誌などに発表された加筆分を重ねて全三巻になった改造社本が文学全集に編入されたのである。

他に「ドレフュス事件」「銀簪《ぎんかん》」「半身」を入れ、巻頭には若々しい大佛次郎の近影と序詞として次の文章を自筆のまま挿入した。

物を書くことが段々苦しくなって来た。ただ慊らない過去を多少なり拭い去ろうと試みる熱情だけが僕を動かしている。その内どうにかなろうと思う小さい夢だけがの巻頭言であった。対応して収録の「赤穂浪士」巻末後書には次の文章を記した。

この篇は僕の出世作（?）だと言うのと、昭和の初めに成功した新聞小説のモデルにもなるのだからという改造社の希望で加えることにした。二年前のものだが、今見ると、実に拙いのがわかるし、その時人に賞められたことを考えると苦痛を感じるだけだ。これを旧稿のままここに採るというのは改造社の切望に依ることだが、また筆を入れ始めたら全部を書きあらためるよりほかはなくて、急には僕にその余裕がなかつたからである。新聞へ二年にわたつて出たままだから、最初の分と、最後の方とは文体まで違っている。これなども、僕の稚い成長のあとを示したものと見て、笑って置いて貰いたいのである。

この「後書」に続いて「年譜」が表示されており、最後の昭和五年の記述は、

前年よりの約束にて「讀賣新聞」に「日蓮」を書き、「改造」に「ドレフュス事件」を連載す。九月、大連ツーリスト・ビューロオに招かれて月餘滿洲に遊ぶ。三十四歳なり。相變らずの世間知らずなり。父を喪ゐてより、これからのいのちを我がままに送ることに決めたり。余の小さき成

功をこの父ほど悦んでくれたる者はなし。

と書いて「全集」の巻末を結んでいる。この結びを読んだ長兄・抱影が、末っ子の生き方と比べ、自分は「明治の長男」としての責任を覚えたと、はっきり公言した言葉を私は直接伺ったのを忘れない。何れにせよ、「赤穂浪士」の発表は時代を画する出来事だった。

この改造社発行の「現代日本文学全集」には「改造社　文学月報」なるパンフレットが付録されている。前月発行の第四十七号には千葉亀雄の「大衆文学の最高峯『赤穂浪士』」の賛辞を始め、反響が収録され、当時の作家の幾人かが書評を寄せている。目を見開かせる文章だけでなく、大佛次郎の人物像に触れて真実の姿を見せた直木三十五の文章なども収録されているので、繁をいとわずに挙げてみたい。

毎日新聞に拠って、新しい大衆文学の登場を期待していた千葉亀雄は「クラシックとしての大衆文学の一つの型を、昭和から掛けての当来の日本文学史に「『永遠に記録する意味深い事蹟（「赤穂浪士」の全集への採用）』であらねばならぬ」と、さらに「大衆文学の最高峯として」の価値は何処にあるかを明示し、「それは何処までも芸術品として、技巧にも、内容にも妥協を甘んじない」と述べて推挙した。

さらに諸家の作品評として、まず徳田秋声が「大衆ものとは言い条、可なり芸術的感興をもって書かれたもの」であり、「紙底声ありというのは、ああ言った文章を言うのであろう」と賛辞を述べ、村松梢風に至っては、「浪士」は現代の大衆文学中の白眉であるばかりでなく、純粋の我国民性を盛った偉大なる民族文学」とまで誉めた作品評を発表している。

無論賛辞のみに限らず谷崎潤一郎は「余り馬鹿げた講談風な作り話と、高級小説的な要素とが、水と油のように入り交って渾然としていない恨み」を指摘しているのは、作者自身、史実と虚構の作品構成上からスムーズに出来なかった点を、架空の人物像が次第に薄くなったと自省の弁を述べ、それだけ史実の重さが筆をにぶらせた点にあったという。

このほか、三田村鳶魚《えんぎょ》が考証面から完膚なきまでに酷評したのはよく知られる。

これらの「赤穂浪士」評に混って、前にも触れた直木三十五が作品評のみならず、その人物評にまで筆を延ばしているが、首肯できる点が多く拙論の支えとなった。

大衆作家（誰だ、こんな名をつけて区別した奴は？――だが、それでもいい）の中で、唯一人、大佛次郎は、文学者だ。文学を書く（その外は、談話業者にすぎない）。何《ど》ういう文学かと言えば――彼の、鹿の眼のような、デリケートな、それから、彼の体格のような精力的な――そして、文学は、デリカシーと精力とだけのものだ。

彼は又、蔵書家だ（文学者に、蔵書家は甚だ稀である、という事は近頃の文学に対しては悲しむべき現象である）。そして、読書家だ。それから、親孝行だ（中略）。

それから又、女房孝行だ（中略）。

だから、大佛次郎は信用していい。道徳家であり、忠実である。（後略）

この直木三十五の評は、評伝として採り上げ、論を広げたくなる適評と言えるものである。

「赤穂浪士」以下「ごろつき船」「からす組」「由比正雪」と続く大佛次郎の新聞小説は、第六十一作目の「天皇の世紀」に至る彼の最も顕著な業績の数々であるが、繁雑に亘るので私の好みを含めて以下の章中で、「天皇の世紀」までの幾つかの作品を取り上げることにしたい。

ただこの新聞小説論を終える前に、前にも引用したものであるが、読売新聞社から刊行された「時代小説自選集」全十五巻（昭和四十六年）の巻末「月報」に付載した「著者のことば」は、大佛次郎新聞小説の総括の辞とも言える文章なので、それを引用してこの章の結びとしたい。

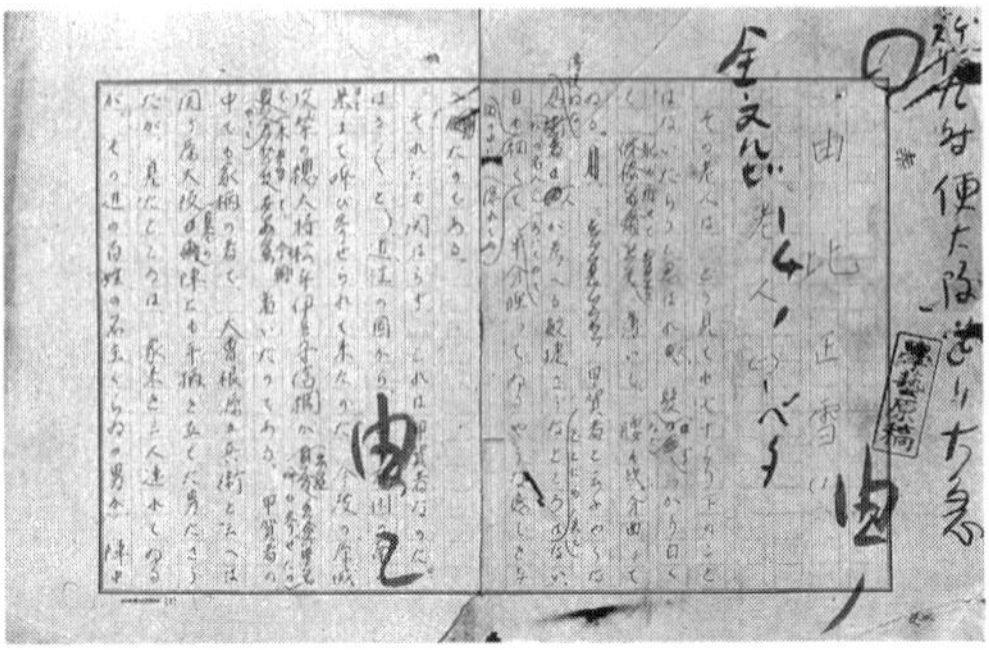

「由井正雪」の原稿

ざっと五十年の長い歳月の間に、私が書いた時代小説の中から、最初のものから最近のものまで、代表的なものを選んで見ました。実に種々雑多の変化を経て来たのに我ながら驚きました。全部が新聞小説なので、見ように依っては新聞小説の歴史のようにも考えられます。最初の「照る日曇る日」「ごろつき船」は映画界に剣戦時代を作った小説で、これに反して「赤穂浪士」「由比正雪」はその時代やそこに生きていた人々を、ややリアリステックにまた批評を加えて書きました。次いで、「おぼろ駕籠」「浅妻舟」などのロマン風の時期が来て、更に変化して写実の中に、ふくらみや、日本の伝統的な美しさを描こうとした「霧笛」「幻燈」「桜子」「月から来た男」などがあります。その後に再び写実の作風を辿って時代を描こうとした「乞食大将」「炎の柱」「夕顔小路」の一連の小説があります。我ながら一人の小説家が書いたものと思われぬくらいの変化におどろきます。

しかし、一貫して流れているのは、時代への関心と、近代の批評の精神のように自負します。先づ「照る日曇る日」のチャンバラを御覧いただけば、この幼稚な剣戦小説や「夕顔小路」の中に、人間の悲しみや仮借ない現実の陰影が素朴な形で現れております。しかし、こうして集めて見ると実にそれぞれ類型でなく実に異質の小説が集ったものだと、自分で感心しました。

大正から昭和の時代にわたる新聞小説の一標本と御覧ください。この作家は、ひとりで気儘に書いていたようですが、読者にも半分書いて貰って、五十年の仕事をして来たのが特徴となって居るようです。我儘な仕事でなかったので、変化と曲折のある航跡となったと言えないでしょうか？あるいは、これは一作家の著作の歴史でなく、各時代の読者の歴史なのかも知れません。そのつもりで読んで頂ければ、別の意味が生れてまいるものと信じます。

この「著者のことば」には多彩な色立が見える。無論「新聞小説」特に時代小説に限って編集されたものが対象となっているので、「新聞小説」でも昭和六年に始まる「白い姉」以後の「現代小説」は入っていない。また「少年少女小説」も対象外である。

前掲の「著者のことば」は、確かにそれらの小説群は対象として採り上げてはいないわけであるが、例えば現代小説の代表作の一つ「歸郷」や「宗方姉妹」「風船」などは直接論考の対象にはなっていなくても、「著者のことば」で指摘された特長はある意味で〈時代小説群〉を超えて大佛作品の全てに亘ると言えなくないように思われる。

以下の章で述べる際には、除外されたこれらの中の幾つかの作品、或いは鞍馬天狗などについては、論ずる機会があれば触れたいと思っている。

無論「天皇の世紀」については、全作品を含んでの大佛文学の集大成と言えるものだから、この点については章を改めるつもりだ。

以上、本章を終えるにあたって、評伝上の親子の問題、文学史上の純文学と大衆文学の問題など、取り上げねばならぬ課題は多く積み残しになってしまいそうなのをお断りして、次章、昭和二十年の「敗戦前後」の大佛次郎の評伝に進ませて頂きたい。

第六章　敗戦前後

1　日記や書簡にみる大佛次郎の生活

作家が書いた日記

日記にも色んな形のものがあるが、私の今見ているのは第一書房発売の所謂「自由日記」（傍題があり「我が生活より」と記す）二冊で、昭和六年、十年末に発行されたもので、菊変型判。里見勝蔵、福沢一郎、宮本三郎などの挿絵が約十葉、随所に収録されている。「自由日記」だけに、各頁は縦罫《たてけい》、十五行の本文記入欄と、上部四分の一の空欄とがあり、右上隅に〈月・日〉記入待ちの小欄が入る。本文約四八十頁、巻末に住所録が数頁あって、全体で五百頁。総革装、天金の豪華な製本である。定価三円、これだけで立派な単行書ともいえる。

大佛次郎は、この「自由日記」に昭和十九年九月十日の日付で、突然書き始めている。日付を追って切れ目なく日記が埋められ、昭和二十年六月二十三日まで、一冊目の日記帳は殆ど使い切られている。

二冊目は「昭和二〇年後半期」と冒頭に記されたもので、次第に、八月末よりは記述が減って行き、一八九頁、十月十日の記入を最後に、以下半分以上を空白に残したまま以後の記入はない。

六年、十年という関連のない刊行の二冊で、しかも「自由日記」であり、題名のない、また発行年にもこだわらぬ、ただ十九年九月から二十年十月まで日付に欠けることなく、ただその前後に接続する〝日記〟は全く見当らぬのである。

いうまでもなく、昭和四十八年四月末、大佛次郎歿後に残された蔵書・愛蔵品のことごとくが、酉子未亡人によって横浜市に寄贈、その中に大佛次郎の昭和十九・二十年の日記が愛蔵されていたということになる。

本人が残した日記であるから、生前執筆公刊された「私の履歴書」や「三友年譜」などと違い、一応非公開の日記ということで、その存在は謎であった。

大佛次郎記念館に埋もれていた日記が、草思社より「敗戦日記」の名前で上梓され、そして隣接書簡及びエッセイを加え「終戦日記」の名前で文春文庫から再刊されることとなった。

大佛次郎七十五年の生涯の僅か一年半の間ではあるが、詳細に「日記」として知ることのできるのは関係者にとって非常に有り難いことである。読み直しながら、関連事項の幾つかを書いてみたい。

前述した如く、この日記には表題はない。一冊目の日記本文記入の前に一行物価、と云つても主として闇値の変化を出來るだけくわしく書き留めておくことの心覚えが書いてあり、早速第一頁に九月十日の日付と本文が始まる。ただ日記の書き方をみると、わりに多くの人が、毎日毎日にその日の記録を書いているわけでなく、数回纏めて、それぞれに書いている場合が多いようで、この点は大佛次郎の日記の場合も該当するように思われる。

ともかく、昭和十九年九月十日は、「今日も晴れたる良き朝なり」という日を迎え、机を南の窓の方に寄せ、昨夕に秋声の作品を読んだ後、今日は「即興詩人」を読み始めたようだ。前から続いて「戦争と平和」をノートを取りながら読み続けている。

大池唯雄との交友書簡

この「日記」の直前、あるいは重なるような年月で、東南アジア視察の旅、さらに永い年月にわたる大池唯雄との間に交わした書簡が近年公開された。丁度、戦中戦後にかけての大佛次郎とその周辺の人々の動きが公表されたというわけである。

時期的にみると、大佛・大池書簡（昭和十二年から昭和四十四年）による二人をめぐる交流と心のやりとりが最も長く早い資料ではあるが、その内容及び歴史的意義を考慮した上、三資料を同じように並べた上で適宜引用解釈を試みたい。

大佛次郎記念館と仙台文学館ともに両故人の業績保存・顕賞に大切な心配りが行われた結果が両氏の間に取り交わされた書簡が現在まで残され、両氏の心の交流を我々に伝えることになった。

このたび仙台文学館で展示された書簡集は年月の長さと二人によって、〈文学〉がどのような意味を持っていたかを、具体的に、個々の作品を通して私達に知らせてくれる。

昭和十二年四月付の大佛次郎から大池唯雄あての封書は、大池の「サンデー毎日」掲載の大衆文芸入選作「おらんだ楽兵」を読んでの感想である第一信が送られているが、当時、毎日では千葉亀雄が中心になって新人の発掘に当たり、ほかに博文館の「新青年」による水谷準の活躍も目に立つ状況だった。

この中で、大佛次郎から大池唯雄あてに作品激励の書簡が送られたわけだから、受け取った大池の感動は大きかったと思われる。

既成作家の新人発掘で思うのは、松本清張の「西郷札」に対して大佛次郎だけでなく、木々高太郎やその他の作家が、讃めると同時に今後の精進を期待する書簡の数々である。

言うまでもなく、大佛次郎は昭和十年、直木三十五賞創設以来の選者を務め、四十二年の病気辞退に至るまで、第一回から最も長く新人発掘を続けた歴史があった。井伏鱒二や綱渕謙錠の推薦へ賭けた背後の情熱は、辞退の辞に述べられたとおりであった。

戦前、それも昭和十二年から無名の新人作家発掘を続けた具体的経緯が、このたびの仙台文学館での展示を通して、作品・人柄ともに浮かびあがって来るのは貴重である。

それが昭和十四年二月発表の十三年下半期の大池唯雄「秋田口の兄弟」「兜首」の直木賞受賞前後の書簡から、詳細に、しかも具体的にその情況が読み取れる。

貴重な残された書簡である。

十四年三月号の「文藝春秋」に発表された直木賞関係の大池唯雄の受賞に当っての「感想」及び大佛次郎の選考委員の選後評を少々長くなるが、次に引用する。なお大池唯雄は大佛次郎のひと回り齢下で、仙台在住、現在その長男が歌人で仙台文学館の館長に在る。

感　想

私は十二日の夜半、直木賞受賞の電報を受けて、突然のあまり、呆然としてしまつた。今まで大した仕事もしていなかつたのに、この受賞は、あまりにも身に餘る光栄ゆえ、一時は受賞を拜辭しやうかと思つた。然し、よく考えてみたら、自分のやうな新人に授賞されたといふことは、委員諸氏の深慮のあるところと思はれ、その責任の重さを回避するよりも、すすんで受賞して、委員諸氏の深慮に應へるやうな立派な仕事をすべきだと思つた。自分はこの感激を一生忘れまい。今後とも大いに勉強して、大衆文學の発展向上のためにつくしたいと思ふ。願はくは、現在迄の自分の諸作品を以つて、性急に批判されることなく、今後の仕事を注目して戴きたい。

選　後　評

大池君はうまいとは言へない。しかし兎角ジャーナリズムの論文にはまり過ぎた作品の多い大衆文藝の世界に自分の持分だけを真正直にまともにぐいぐいと盛り上げて來る態度に好感を持つ。兜首でも作のテーマから外れた餘計な事に筆を用ゐ過ぎてゐる遺憾はあるが、この人の誠実な態度には将来を期待するところが多い。

他の選考委員や選評経緯について、至文堂発行の「直木賞事典」を参考に概要は次のように述べている。

佐佐木茂索が推し、久米正雄が積極的に支持して決まった。小島政二郎によれば、二人の「情熱的大議論に一同圧倒された」結果のようだ。「僕の如きは、将に『兜首』を渡した形なり。」と小島は言う。

佐佐木は「吉原土手の仇討」を加えた一連の作を推した。第一回の川口松太郎以来、半既成作家のあとを追っている傾向を払拭したい意向があった。新人発掘という面で、十分な探査がなされていないことへの不満なり反省が前提にある。以後はあくまで「新人を目標」にし、あらゆるものに眼を通す「組織を確立する」つもりだと明言している。久米も、大衆文学として異論なしとしないが、善くも悪くも「直木直系の仕事」である点に意義を認め、直木賞本来の面目に還って新進のこういう作品に授賞し、将来の方向を示したい心から、「敢然と」これを認めた。（後略）

受賞作家のその後について、及び選評への批評も触れているが、これらの点は昭和五十二年六月、至文堂刊の「解釈と鑑賞」六月臨時増刊号の「直木賞事典」その他の「芥川・直木賞」関係刊行書を繰ってもらいたい。

なお大佛次郎・大池唯雄「往復書簡集」は平成二十六年十一月、仙台文学館発行の翻刻書を参照してもらいたい。また芥川・直木賞の選後評などについては「文藝春秋」「オール読物」各誌を参考にした。

ともかく昭和十二年から始まり、戦中から戦後にかけての両人の往復書簡は、活字になっていた従来の資料に加えて、大佛・大池両氏の作品の背後に窺える心情を私信であるだけに貴重でのぞき見る興味もあって、大佛次郎の評伝には欠くことの出来ぬ新資料を頂き、本書との偶合が大切に思われる。ただ一言短く感想を述べると、昭和十七年一月から六月までの大佛次郎が連載執筆した「阿片戦争」（東日・毎日夕刊）への執着と、第一部で中断のまま終り、直後の東南アジア視察も、その資料探索を兼ねたものだったという本作へのこだわりが、この戦中期に幾度も書簡の中で大池へ向って語られているのは興味深く、同時に昭和十九年に始まる「乞食大将」へ意気込みが、移ってゆく点は注意して読んでみたい。

時間を戻って、大佛次郎の「敗戦日記」に関心を返りみたい。

この敗戦前後の生活については「評伝」の中で一つの山にとりついた気持がするのである。述べたいことは多岐に亘るが、昭和二十年八月十五日の敗戦の日をはさんで、多くの人も触れている大佛次郎の心の中で変ってゆく周囲の情況と、その中での交友・交流の次第は、その戦中時の消極的戦争肯定の態度と、敗戦時の反軍的発憤は、草思社・文春両本を熟読して頂くことを前提として、余り目立たぬ事項の一つであるが、私としては「日記」から取り出したい強い心情があるので、その点を以下で詳述する。

2　戦中期のアジアからの目

従軍作家と呼ばれた

昭和十八（一九四三）年十月末、羽田を発ち、十一月初めにかけて同盟通信社の嘱託として沖縄・フィリピンのマニラを経由して、約百日間、日本軍占領下の東南アジア各地をまわった。それが「南方日誌」として五冊、当時の巡路に沿って記録された。見聞録は十九年から二十年にかけて執筆され、前述した「敗戦日記」にも、更に二十数年後の昭和四十七年、朝日新聞社より刊行された「大佛次郎自選集　現代小説」第四巻「歸鄉」の「あとがき」にも触れてあるので、まずこの最後のあとがきから引用する。

戦争中私は、同盟通信の嘱託の名義で、自費でマレー半島、ジャバ、スマトラを廻り、ビルマに近いニコバル、アンダマン島にも行き、その間にマラッカに立寄り、一高、大学の同窓で外務省の鶴見憲さんがこの地の司政長官をしていたので、その官邸に客となり、鶴見君が役所に出勤した後の一日を書棚からマレー半島やマラッカの歴史書を持出して空気の冷たく涼しいテラスの椅子で読み、倦きると、外に出て昔の和蘭占領時代の史蹟を歩いて廻りました。

「南方日誌」は十一月七日、ノート購入の件から書き始め、シンガポールで客死した二葉亭四迷の墓に詣でた後、十一日にはマラッカに鶴見長官と遇い、旧交を暖めた。

マラッカでは、原住民への占領軍としての司政の実施状況を記録。ゴム園などの農事指導、日本語教育を含めて宣伝活動などを視察。作品が中断のままになっている「阿片戦争」の続稿資料収集を頭に置いての日程と思われる。

シンガポールの二葉亭四迷墓碑前で
（昭和18年11月 9 日，昭和18年10月から翌19年 2 月まで同盟通信の嘱託として東南アジアへ派遣される。右より佐藤春夫，大佛次郎，深田某〔読売新聞写真部〕）

華僑独特の家造りや墓地、教会などは略図を入れて視覚的描写を残した。結局「歸郷」を書く時に使われた南の海や草木、花の色まで鮮やかに頭に残ることとなった。

日記の記述は勤勉である。酒だけは忘れないで飲むが、日記の方も忘れないで記録する。毎日書くはずだったのが、用事があって抜けると、四、五日分纏めても書き続ける。

各地での風物記録、それと美術への関心、歴史の本を読み、古本屋に立ち寄っては買い、新しい土地を訪れると挨拶廻り、同盟通信の支局廻り、時には訪問した土地独自の踊りを見て、その美しさに感動し、勿論、占領軍としての占領政策の実施状況の数々、日本語教育の実態、時には頼まれて講演や対談なども忘れない。

そんな中で楽しく印象的な事件に出遭うこともある。「鞍馬天狗と三十年」（サンデー毎日、昭和二十九年十一月、中秋特別号）の書き出しが、よく引用されるが、書き落とせない話である。

戦争中、南方へ行き、スマトラ島の最北端のサバン島から、印度洋上のニコバル、アンダマン島に飛んだことがある。（中略）

私を連れて行ってくれたのは、ビナンで知り合いに成った海軍の主計少佐だったので、ニコバルの主計大尉が、

「では、報告は、飛行機の上でしましょう。」と言って、アンダマンまで同行することに成った。

（中略）

話は終ったらしく、ふたりは、私に近いもとの席に戻って来た。

ニコバルの大尉が、ふいと、笑顔で私に話かけて来た。

「僕は、子供の時分、鞍馬天狗をさかんに読ませて貰いました。鞍馬天狗の大佛さんと、ニコバルで会おうなんて、考えてませんでしたね。」

私こそ、驚いて顔を上げた。少年雑誌に出た鞍馬天狗ならば、「角兵衛獅子」か「山嶽党奇譚」であった。

「そうです。「角兵衛獅子」から読みました。夢中になって次の号を待ったものです。」

私は軍人の大尉が、幾才ぐらいのものか知らなかった。印度洋の日に黒く焼けた顔は若いように見えたが、年齢を尋ねるのも遠慮した。（中略）

これも情況の悪いせいだろうか、主計少佐の公用が二時間ばかりで終ると、飛行機は、すぐサバン島に帰ることに成った。（中略）

途中またニコバルに寄って、無人島のような椰子ばかりの中に鞍馬天狗の読者をおろして、私たちは島を離れた。

「お大事に。」

と、私は挨拶した。ひそかに私は感動していた。

大尉は、軍人の敬礼をして降りて行き、地上に立って見送っているのが見えた。

その後の消息を私は知らない。健在であって欲しいと思う心持は、その時から尾を曳いて今日も残っている。「鞍馬天狗」については、書いた私が、時に心の負目を感じて来た。が、その時は、鞍馬天狗を書いたのも悪くなかった。明日戦死するかも知れぬこのひとの子供の日の思い出と成って残っているなら、と、――

夕日の色を流している印度洋の上を飛びながら考えた。私は、もう、その時、五十才に成ろうとしていた。

この昭和十八、九年にかけて南の各地をまわった時の「日誌」を毎日詳細に記述し、その中のエピソードの一つが「鞍馬天狗」と主計大尉の思い出だったのである。「日誌」の方については、前述した通り、客観的な見聞記が主体で、その占領地での感慨は全く記述はない。

従って、南方視察に対する感慨は、全て戦後に発表されたものばかりである。

国の文化の問題

例えば「東京新聞」に戦後の二十年十一月十四日から十七日にかけて連載した「文化局の創設を要望す」と題して書いた文章中の南方体験での印象は、心の裡に潜めながら発表できる日を待ちわびた思いであった。

南方視察での体験こそ、文学者としての新しい転機を促がすことになった「国の文化の問題」とも言える強い印象を残したものであった。

当時、南方には日本的なものが氾濫していた。しかし、この状況を前にして、率直な疑問を感じていたのである。

日本的ということが、如何に日本人によって誤られているか。また、どれだけ日本人が日本を知らずにいるか、これが南方で何よりも強く大佛次郎をとらえた問題であった。

観念化され概念化された時、あらゆるものの生活の機能は停止する。命令だけで人が動くもの、仕事は完成したものと獨善的に信じて済ませる世界には、進歩もなければ生命もない。働きかける力は皆無である。日本の文化が、何故に、こう歪んで、乾からびて、力のないものにされ、しかも東亜の友人として手を握りたい異民族に向けて、無理やりに力づくで押しつけられやうとしたのか。その結果は、反感と敵意だけを日本は買つた。美しいものを、故意に殺して腐らせて相手に贈つたのだ。彼等が怒るのも當然なのである。

強い怒りの感情である。むろん前提したところの状況を肌で感じ、その時の印象を大切に持ち続け、発表できたのは前述した如く敗戦後のことだった。

ただ、この戦時下における百日間の南方視察の旅は、それまで内地にいて全く自覚しなかった時代のうねりが、いやおうなく身近なものとして肌を打ち、その後における大佛次郎の思想と行動の軌跡を決定づけたことは間違いない。そして、この認識がやがてライフワークにまで発展していくのであった。

昭和四十年一月、荒垣秀雄連載対談「時の素顔⑳」(「週刊朝日」一月十五日号)の中で、「パリ燃ゆ」により朝日賞を受賞した折、次の発言を残した。

大佛　僕は晩熟《おくて》なんです。すべて。

戦争ちゅう南方へ派遣されてね、情勢の悪いことはわかるし、帰りに海南島を飛び立ったとたん敵機が来るというんで、海面低く飛んだんです。ああ、おれはこれで死ぬのか、と思ったら、つらくなっちゃって、おれはなにをして来たんだろう、ただ書いて食って来ただけだ、これじゃ困るなあ、もう少しまじめにしよう、そう思ったんです。不良が改心したんですね。

荒垣　ライフワークをのこそうとお考えになったんですか。

大佛　いえ。そうじゃないけど、そのあと「乞食大将」を書いたんです。（中略）ぼくはあれで自分の文体をさがしたと思うんです。文体ができたんです。それまではね、原稿紙埋めてカネとりゃよかった。あれで少し、まともな道へはいったんです。

この荒垣対談の前、昭和十九年から書き始めた「敗戦日記」の十月九日の記録を前提としていたことを思い起したい。

「敗戦日記」（「文春文庫収録に際し「終戦日記」と改称）の該当部分を以下引用する。

十月九日（月）

四十七回目の誕生日である。不満を云ひ得ない境遇にゐる。はたから見たら幸福過ぎるかも知れぬ。その責任を忘れてはおらぬ。酒を飲みすぎること。もう少し勉強が出來ていい筈だと云ふこと、そのことも忘れてはゐないのである。先日も記したやうに勝負はこれからであつた。南方の旅行を境界として従前あつたやうな己れに対する不満なり不安は明らかに減じて來てゐる。自分の出來ることをすればいいのだと云ふ心の置き方が落着きと成つて來てゐるやうに思われる。その出來得ることを怠りなく推し進めて行くのである。近頃になつてから生きてゐることが楽しくなつた。勉強特に読書に心のふるへると云つてもよいほどの悦びを感じる。誇張ではなく別の生き方が初まつてゐるのである。どこまで行くか当分はこれを追つて行くであらふ。いい仕事も無論したいが、それよりも自分といふ人間の évolution である。

敗戦前後の「日記」と大池あて書簡

昭和十九年九月から書き始めた「日記」も年末近くになるにつけ、一日ぶんの記録が次第に少なく、短文が多くなる。それは二十年に入っても続く。「乞食大将」の連載だけは続ける。

あとは読書を忘れずに、人の出入りは相変らず多い。飲酒も相変らずである。とにかく読書熱には感心する。直木三十五が指摘するとおりである。中心は前から続いてトルストイが多い。これでは本人も述べている通り、執筆中の「乞食大将」に影響が及ぶのは無理もない。

二十年正月十二日の日誌の一部分を引用する。

終日トルストイを読んで暮す。「ハジムラート」「舞踏会の後」「壺のアリョーシャ」「神父セルギウス」「鶉」「夢に見たこと」「浮浪人と百姓」「フョードル・クジミーチの手記」「ホドウインカ」、床に入つてから睡れなかつたので夜中ツルゲエニエフ「煙」を読み続ける。

○「ハジムラート」は終末の見事な点を除き、ほかの作品を読んだ目には人が特に賞讃するほどの異色を見るのは困難である。ト翁が生前に發表しなかつたと云ふ理由も恐らくその辺にあつたのではないか。コサックに出て來るコーカサス人の方が短い描写で印象が強い。神父セルギウスは鷗外訳がひどく省略のあつたものだつたのを發見し驚く。なるほどこうならなくてはならぬのである。作品として玉のやうな感じは失われたれど内容はこれで明瞭である。やはり感動した。（中略）

それにしてもトルストイといふのは何と頑固な人間であろう。ほかの物も続けて読んで見ようと思ふ。復習のつもりで。

何という努力家だろう。前にも同趣旨の引用を行ったが、十月三十一日の日誌には、

去年の出發前には随分荒れてゐた。それから南に飛ぶ空の上でつくづくと死ぬのだつたら無念だな今ぐらい仕事が出來るやうな時はないと感じ、帰れたらほんたうに働いてやると繰返し考へたことを思ひ出す。目の前に亂立する雲の峯を見ていたことを思出す。（中略）

年も追いかけて來てゐる。これからの勉強で何かに成るだらうと考へるのは嬉しい。僕は他の人間のやうに固つて了つてはゐない。いつまでも子供の皮膚をしてゐる。酒も出來ればやめたく成つてゐる。しかしやめなくてもいいとも考へてゐる。自在に任せておくのである。労作が全部のことの中心だ。五十にならうとしてこう子供染みた初一念を持つてゐると云ふのは恐らく他人にはない

ことらしいから心強いと思ふ。作家の経歴にはこれはいいことに違ひないのである。これからの勉強で何とかなりさうな希望があるのだから幸福である。五十になると作家たちは同じことを繰返してゐるだけのやうに見える場合に僕のは何もかもこれからだから愉快なのである。

〈いつまでも子供の皮膚を持って、生涯、純朴な中学生〉そして〈野心を持ち続け、革新作を目指した〉のは、小学五年生の時の作文「二つの種子」の表題で書いた信念、

きんべん誠実の二種のこやしをやらねばこやしなき木と同様つらき目にあふならん（中略）諸子よ小さき時より誠実にせよきんべんにせよ。

この心掛けが五十になろうとしても、こう子供染みた初一念を持っている、真面目な子供の表情が再確認できる。まさに「一代初心」の生涯を貫いたのだ。

こうした心情で書き上げた業績三点を私の目の前に並べて以下の叙述を続ける。

資料

1　阿片戦争　　昭17・1↓17・6・4　東日・大毎（夕刊）一一〇回　長篇「阿片戦争」第一部了

同右　単行書　昭17・10・17　モダン日本社刊　三七五頁　後書　三七八頁↓三七九頁
　函入
2　乞食大将　昭19・10↓20・3　朝日　一一〇回
　同右　単行書　昭22・6・30　苦楽社刊　本文三一七頁
（注・1・2ともに数日前に「作者の言葉」がある。）
3　大佛次郎　大池唯雄　往復書簡〈昭12・4・23↓昭44・2・8〉
　大池唯雄から大佛次郎への書簡四十四通
　大佛次郎から大池唯雄への書簡五十八通
（注・ともに大佛次郎記念館、仙台文学館におさめられており、平成二十六年十一月、「往復書簡集」として
　仙台文学館より刊行された。）
4　大佛次郎著「敗戦日記」（一九九五・4）同右「終戦日記」と改題され、野尻みか子、後藤安代、
山本泰明あて書簡、昭和20・8・17、20・8・21、20・8・31朝日新聞、昭20・9・9↓9・11
東京新聞、昭20・10「文藝春秋」所収のエッセイを増補、文春文庫として発行。
草思社刊
5　大佛次郎作品集　第二巻「乞食大将・阿片戦争」二九六頁、「あとがき」二頁、昭和26・
6・5　文藝春秋新社刊

以上の「資料」を主な材料として、昭二十年八月十五日前後の大佛次郎について略述したい。

3　昭和二十年八月十五日前後の大佛次郎

氷の階段と阿片戦争

「南方日誌」や「敗戦日記」にも触れていない心情の告白が、大池唯雄あての書簡の中に含まれていたりする。前に述べたとおり、大池唯雄との書簡による交流は大池作品への大佛次郎の注目、助言によって始まる。その前、昭和十六年三月、「氷の段階」完成の喜びを素直に伝えている。

曲りなりに、「氷の階段」を完成した。下手な小説だが、こんなものを書く男は現代にはゐない。

翌月、同作について前便で書き切れなかった思いを次のように続けた。

今は「氷の階段」を校正中（補注、十四年「都新聞」連載のものに加筆、中央公論より刊行。担当した藤田圭雄の発言あり）これはまた不評を豪るか、黙殺されるでせうが、僕のこれまで書いたものの中で一番いいものです。正当に評価されるまでには時間がかかりませうし、一般（日本）の讀者には消化不良を起させるでせう。しかし僕はここまで書いたといふことで報ひられてゐます。この数日中は非常に幸福に、また次の仕事への意欲をたくましくして暮してゐます。誰れもこんな馬鹿な小説を書くものはありませんから。

本気で作家を志したわけではない大佛次郎が、「僕の生徒」と愛情を込めてこう呼んだ大池唯雄あての、この書簡は大切で、文中、「僕は『氷の階段』に辿りつくまでに二十年かかりました」と言い、「これは僕の力作です」と言い切った発言は忘れられない。

ところで「阿片戦争」である。昭和十七年早々、やはり大池あて書簡で次のように心の裡を明かしている。

この正月から日々に、阿片戦争を書きます。引き受けてから、えらいものを背負い込んだと思つたが、考へて見たら、僕以外にこれを書ける奴はいない。何とか物にしやうと思ひ苦労中。気がついた本でもあつたらお知らせ下さい。僕はそれらしく書くといふだけでは満足出來ない男だ。ところが、これは、それらしく書くといふだけでも大変な仕事。考へて見たまへ。英國人と支那人が主役だ。日本人でさへなかなかうまく書きにくいものを風俗習慣も知らず、彼らをどう料理しやう。しかし、僕をのけて他の誰れもこの広い視野と重い良心を処置出來ぬことだけはうぬぼれでなく確かだ。僕は日本の作家と自分とを比較しやうとは思はぬ。外国へ出しても羞しくないものに、こいつを書いてやる。その気でこの仕事をする。吉川君には内緒だが太閤記や宮本武蔵を撫でるのは易しい。世間の群盲が簡單に喝采する支度をして待つてゐるのだ。阿片戦争で僕は読者に媚びる気は毛頭なし。この最初から難しい材料を如何に僕が冷厳に公平に扱ふか見てゐたまへ。僕の良心は時局などにびくともしない。正しいことを正しいとするだけだ。自分の力を伸そうとする瞬間は楽しい。酒も少しつつしむ、つもり。（後略）

昭和十七年一月四日付の速達便で、鉛筆書きの珍しい書簡である。「氷の階段」刊行と、「阿片戦争」連載に賭けた意気込みの強さが、ひしひしと書簡の背後から伝わってくる。

最後に「酒も少しつつしむ」と前と同様、加筆しているのが微笑しい。

これは「天皇の世紀」執筆に至るまで変らぬ。酒を飲まずにいられぬほどの力作なのである。「南方日誌」「敗戦日記」でも時局が動いている間は、客観的な記録に終始して、作者自身の心情と文面の間にはオブラートが挿まれている感じを拭えなかったが、この「僕の生徒」と親しく包み込んだ大池唯雄あての書簡には、強い〈自信〉と〈内心の告白〉がストレートに表れ、読者の心を打った。

が、「阿片戦争」は百二十回で打ち切り。その後は、浜本浩「海援隊」の連載に転じる。もとに戻って、「阿片戦争」掲載の背景から考えてみたい。昭和十六年の暮れ、「氷の階段」を書き終えて一仕事をやり通して一息ついた大佛次郎のもとに、東日、大毎両紙の夕刊編集より新小説連載の依頼があった。日本に止まらず、グローバルな構想のもと、「阿片戦争」執筆を考えた。

単行本の「後書」で述べているが、この作品を書くように奨めてくれたのは木村毅であった。「木村氏こそ阿片戦争を書くのに最も適当な作家ではないかと感じたのに、いや、君が書けということで、多年集めていられた夥しい資料を自分で持って来て下さったし、なお、今はなかなか手に入らない貴重な本まで神田の古本屋にあったのを捜し出して贈ってくれました。これはいい仕事にしなければならないと私が熱中し初めたのも、木村氏の熱心な支援があったからのことです。」と書き、木村毅との友情を素直に披露した。

そもそも木村毅と大佛次郎の友情の歴史は長い。博文館の「少年傑作集」で投書少年として同時に出発、その後、木村毅が編集者として活躍し出した時は、改造社の「現代日本文学全集」の一冊に大佛次郎の「赤穂浪士」の入集を推薦、戦後に丸善で開催された「パリ燃ゆ」完成記念展では珍蔵せるワインを展示、生涯を通じ深い愛情・友情で結ばれた。

この日本人のための小説と意気込んだ作品は情勢の変化もあって、第一部、百二十回で未完。「怠け者の私が今日までやったことのない書きおろしという方法で第二部以下を書き続け、この小説を是非とも完成させようと意気込むに到ったのも木村氏の友情に多少でも答えたいからです。」とも決意を披露したが残念ながら第二部の書きおろしはならなかった。

連載開始にあたって書いた「作者の言葉」を読むと東日・大毎両紙の力の入れ方と共に、戦後に文藝春秋から刊行された「作品集第二巻」（「乞食大将」と共に「阿片戦争」も収録）の「あとがき」から作者の愛情が窺える。

これは書くのが容易なことではないが、いづれは自分が書いて見度いと考えていた題目である。皇軍の力で支那大陸からユニオンジャックの旗が全く退こうとしている瞬間に、この旗が最初に老大国支那の領土に樹てられた歴史を振返って見るのも無意味のこととはいえない。当然に支那大陸が舞台の小説ではあるが、この戦争と黎明期の日本との関係にも筆を及ぼす。支那人や英国人だけでなく日本人もこの東亜を蔽った大きな運命のドラマの中に登場するのである。

新聞に出した「阿片戦争」は第一部だけである。本選集に収めたのが、またその最後の部分を除いたことは、読み返して見て、書き切れてないと気づいたからである。こうした未完のものを選集から捨てられなかったのは、著者としてこの小説の前半に愛着を抱いているからである。「鞍馬天狗」風の髷物ばかり気軽く書いて来た私は、この一篇を境にして気軽な男ではなくなった。確かに戦争の影響だったと思う。時代物を書いてありがちのヒロイズムの色を薄くしたのが、戦争の影響だったとは、自分にも思いがけなかったことである。そんなことで、私はこの未完の小説が捨てられない。いつか書き続けて完成して見たいと思っている。（「大佛次郎作品集第二巻「乞食大将・阿片戦争」あとがき、昭和二十六年六月、文藝春秋新社刊）

先に挙げた大池唯雄あての昭和十七年一月四日速達で発信した大佛次郎の書簡には「自分以外にこれを書ける奴はいない」と大言し、その後、三月の速達便で、阿片戦争120回で打切り、あとは浜本君が書いています。新聞では戦争へ入りませんでした。阿片の匂いをちょっとさせて、おさらばです。後編ちょっと急ぎましたが、これから悠々と書くことにします。夜明け前と違い、異国の話なので甚だ書きにくい、しかし今のような時代にめぐり合せた記念として、必ず書き上げます。この夏中に第二部を書き上げ、秋に第三部を仕上げましょう。

（後略）

十月四日付の大池あての書簡になると、「小生相変らずいそがしく阿片戦争の続きに手がつかず、まいっています（しかし、これは段々と始めます）。」と書き、続けて「阿片戦争の為にも支那へ行きたいと思っていますが（中略）、いいものを読むといいものが書きたくなることだけは確かです。阿片戦争はいいものにしましょう。今までの分は最近に本になります（前に引用した「後書」収録の昭和十七年十月、モダン日本社発行の単行本のこと）。

この二カ月後の大池あての書簡（十七年十二月四日付）でも「今年は、なこうどを三度したり、なかなか多事。来年は阿片戦争の続きを書きます。あの作をよくも悪くもするもこれからの話。」とこだわり、更に翌十八年三月の書簡で「寒いですね。庭に梅は咲いているが、物を書いていると手が冷たい。そろそろ阿片戦争にかかります。気の向かぬ原稿はもうやめることにします。」と書いて意欲を持続。同年九月の書簡は、「僕、一週間ぐらいの内に南にたちます。（中略）帰って来たら阿片戦争を書き出します（改造）。まずは一旦のお別れの為」と東南アジア視察の旅と意欲の衰えない報告、そして帰国後の昭和十九年四月の書簡は「ここ数年の勝負といってよいでしょう。差当って僕、今年は阿片戦争を書き上げます。のろのろと支度して来ましたが、数日中には筆を起すつもり。今日はその前祝いにかみどこへ行って来ました。」と南方視察中も阿片戦争執筆へのこだわりは持ち続けていたことが読み取れる。

書きおろしを断念し、「南方日誌」に記録した資料が戦後の「歸鄕」の材料に変るのは同年秋、朝日への「乞食大将」執筆へ気持の心変りした頃で、大池あて書簡、十九年九月に「今度朝日の依頼で後藤又兵衛を書きます。」と明言した。

これほどのこだわりを持ち続けた「阿片戦争」は、どんな作品だったのか。

「文化五年八月十五日朝のことである。長崎の出島にある和蘭陀屋敷へ、和蘭陀船が港の外まで来ているので奉行所から検視の船を出すから、人を寄越してくれと迎いが来た。」と「東日」、昭和十七年一月六日付夕刊「旗」の章、第一回が始まる。

この当時、日本はオランダと唐の二国のみに国を開いて、長崎の出島が出入国の拠点だった。その長崎港にオランダの旗をかかげ、イギリス船フェートン号が不法に入港、オランダの商館員二名を人質にとって、食料と水の供給を要求した。

対応した長崎奉行は松平図書頭《ずしょのかみ》康平である。心は決まっていた。「武士の面目にかけてオランダ人を取戻すと誓い、海岸一帯の番所に戦闘配備につくよう伝令を走らせ出動の準備をさせた。(中略)伝令が行って見ると、どの番所にも人がいない。隊長たちも不在だし、長い海岸線に沿って、六、七十人の人数がいるだけなのが判った。これでは、目の前に敵船を置いて見ているだけで手が出せなかった。奉行は落胆した。しかしヅーフ（商館長）には自分が責任を以て、解決を計るから心配しなくともよい、と慰めた」。

「奉行はヅーフに、英国人の要求を容れれば人質のオランダ人を間違わず返してくれるとお思いですか、と念を押すように尋ねてから、水と食料を送るのに同意した。まったく人質を救出しようとする人道的な意味で、武士として、忍び難いものに屈服したものである」。

「同じ朝に風が東に変った。順風を見てフェートン号は人々が海岸から見ている前で出帆して遠く外洋に出て行った。逃げられてしまったのである」。

「その夜、松平図書頭は事件の責任を一身に引受けて切腹して果てた」。

「遺書には『天下の御恥辱、異国へあらわれ申訳なき仕合せ。』と認められてあった。その自決を最初に見つけた小姓の陶《すえ》小吉には、英国船への怨みが、胸底ふかく焼きついて離れない」。

「阿片戦争」第一部の冒頭部である。続篇の執筆をあれほど執念深く心に潜めた大佛次郎だったが、単行本の出版、そして昭和十九年秋の朝日からの依頼による後藤又兵衛への関心の転移があったのか、阿片戦争の全貌は「天皇の世紀」第一章「外の風」の執筆まで延期された。

乞食大将に賭ける

戦国時代の武将、後藤又兵衛の話である。「朝日新聞」昭和十九年十月二十五日に連載開始、二十年三月六日、用紙不足のためこれまた〈第一部了〉と書き休載。

豊臣秀吉の九州征伐に参陣した黒田長政、後藤又兵衛の主従は、筑前の土豪、宇都宮鎮房から手痛い敗北を喫する。敵味方共に疲れているその夜、夜討ちを実行した黒田軍に鎮房は敗れ、鶴姫を人質に出して降伏した。一年後、やっと挨拶に来た鎮房の暗殺を命ぜられた又兵衛は、自分の納得できぬ意志と関係なく、廊下の途中で名乗りをあげ、槍の穂先は鎮房の胸板を通り抜ける。土の香りのする豪快な武将、宇都宮鎮房の最期であった。

如水の死後、長政との不和が重なっていった又兵衛は、ひとり黒田家を退身、自ら好んで浪人生活に入る。秩序を重んずる長政にとって、戦国時代の根性骨一本を貫き通そうとする又兵衛の生き方は、次第に無用の者と感じられて来ていた。一介の浪人となり、明日の食事さえ思うにまかせぬ又部衛ではあったが、かえって精神の自由に目が開け、戦乱のなかで生きる庶民の強さに気づいたのだった。

無一文の又兵衛にとって、怖いものは何もなかった。過去を捨て、新しい日の始まるのを感ずる。残るのは、無骨で頑固なまでの自分との戦いだけだった。

自分を父の敵と思い、つけねらい続けた鶴姫に、欠けたお椀を差し出して、「合力《ごうりき》……お頼《たん》の申す」と、飯を求める又兵衛の姿には、楽々とした空気が溢れ、自由そのものなのであった。大坂の陣で、徳川方を最も悩ませたのは、弱者に味方した、大将でもあり、乞食でもあった後藤又兵衛だった。

落城と共に、弾雨のなかで〈一分を立てた〉生涯を終えた。

「阿片戦争」と違い第一部中断後、浪人生活を叙する第二部は、掲載誌を換えて「新太陽」昭和二十年十二月号、「モダン日本」二十一年一・二月号で完結。敗戦の混乱期をはさんで連載された特異な作品となった。

背景には、前年に同盟通信社の嘱託として、日本軍占領下の東南アジア視察の体験があった。誤まれる日本的なものを、異民族に無理矢理押しつける、支配者としての日本人の姿を実際に見て、日本人の原体質や国の文化の問題を真剣に考え直したい気持に駆られた。

連載前の「作者の言葉」（昭和十九年十月十四日）で、「死所を得るということが人間の脚下の生活に離れられない関係にあった時代の話だから、歴史小説には違いないが、私はまた、これは現代小説かも知れぬとも考えている。明るい好い話にしたいと思っている。主人公は小説に取上げて、面白くならぬ筈はない人物である」と述べ、敗戦直前の日本人の生き方にひとつの指針を投げかける意図を籠めて執筆した。

トルストイの「戦争と平和」をノートを取りながら熟読していた時期なので、その影を作品中に窺うことができ、のちに「阿片戦争」と一緒に組んで一冊に纏めた前述の文藝春秋新社、昭和二十六年六月刊の「大佛次郎作品集　第二巻」に収めたもので、そのあとがきに、

私が舞台を過去に取った作品の中で、一番いいものではないか、と、ひそかに考えたことがあった。作風も、それ以前のものと甚だしく変化して来ている。大衆物の中から、これだけのものを出したと思ったら、自分が大衆文壇の沼の中に生い立ったのを、先づ多少の意義はあった、と自負した。

と、この著者にしては珍しく誇りを表に出し、〈自分の文体を見つけた作品であった〉とも述べた。政治思想家、小泉信三が「知識人の成長のために必要な書」と讃辞を贈ったことでも知られる。

4　内閣参与就任

政治への直接参与

昭和二十年八月十五日の「終戦日記」（平成十九年七月、文春文庫刊）には、以下のような記述がある。

晴。朝、正午に陛下自ら放送せられると予告。同盟二回書き上京する夏目君に託す。予告せられたる十二時のニュウス、君ケ代の吹奏あり主上親《みずか》らの大詔放送、次いでポツダムの提議、カイロ会談の諸条件を公表す。台湾も満洲も朝鮮も奪われ、暫くなりとも敵軍の本土の支配を許すなり。覚悟しおりしことなるもそこまでの感切なるものあり。世間は全くの不意打のことなりしが如し。人に依りては全く反対のよき放送を期待しありしと夕方豆腐屋篠崎來りて語る。午後感想を三社聯盟の為書く。岡山東取りに來たる。昂奮はしておらぬつもりだが意想まとまらず筆を擱《お》くやへとへとなり。（後略）

同文庫末に「大詔を拝し奉りて」と題し三社聯盟のために書いた感想が収録されており、同じ長文の感想「英霊に詫びる」（朝日新聞、昭和二十年八月二十一日掲載）が続き、日時を置かずに書かれた「合理・非合理」（朝日新聞、八月三十一日）、「日本の門出（上・中・下）」（東京新聞、九月九日、十日、十一日掲載）、最後に「忘れていた本」（文藝春秋、十月号）が纏まって収められていて敗戦時の大佛次郎の感想を窺い知ることが出来る。

むろん、敗戦については世間の人々と違い情報通の友人の出入りが多かった大佛家であるから、ニュースは聞いていたと思える。

それより八月十六日の「日記」に、鈴木貫太郎内閣の辞職、東久邇宮の大命降下と朝日の緒方竹虎の助力就任が発表されたとの記述があり、続く十七日に毎日新聞の小説依頼の件が舞い込んでくる。早速の作家再開である。

二十一日、小説の打合せで上京、毎日社へ行き、題材は前田慶次を主人公にきめる。新聞社の意見は、なるべく戦争を忘れさせ楽しませてくれということだった。

二十七日に「毎日」の原稿、第一回を執筆。題未定である、と日記にあり、三十日には、毎日新聞三回分書く。やや筆が動いて来た感あり。昔物語か老骨とつけるつもりと続けた。

小説は九月十三日「予告」、「作者の言葉」はない。翌十四日より戦後初の新聞小説と言ってよい「丹前屏風」の連載開始。豪放無頼の主人公、前田慶次の破天荒ぶりが江崎孝坪の挿絵と合体して読者の心をゆさぶった。昭和二十六年八月、啓明社から単行本が発刊される際、歌人・吉井勇が「丹前屏風」を読みてと題する序文を寄せ、大佛次郎君の「丹前屛風」は、同氏近業中の傑作にして、主人公の風格の豪宕なるところは、蝸牛庵主人の史伝小説中の人物を髣髴せしむ。敢て読後の感激を歌に托し、遠く湘南の友の机辺に寄す。

徳川の太平の代の寛潤《くわんくわつ》を書きたる文字のいみじさを見む
われもまた無《む》苦《く》庵《あん》のごと冬をゐむ狐の皮の袖無しを着て
弄斉《ろうさい》のひとふしありて友の書く小説の文字いや澄むごとし
おもしろききんの天窓《あたま》のひよつと斉《さい》いま若しあらば酒酌ましを
不適なるこの入道《にふどう》のまへにあれば蝙蝠組《かうもりぐみ》ものならぬかな
おもしろと思ふものから読みさしてやぶれ菅笠われもうたはむ
宋板《そうばん》の史記の評語《ひやうご》を書きしひとの心の高さここに見むとす

と七首を詠んで敗戦直後の人心の低落に活を入れた。が、小説の連載は戦中同様、用紙不足のため同年十一月二十日（三十回）で中絶。掲載最終回（「問答無益（六）」）の構想を再検討の上、文意を附加、前田利大の宋板史記評語の逸話を入れ、「その頃は、こういうきれいな男がまだいた。」と夢物語を閉じた。

書ききれなかったというほかない。

この間、大佛次郎の身辺が急変した。

九月二日。晴。いつまでも暑いことである。（中略）本多助太郎と電話連絡、明日首相官邸へ行く件。

九月三日　上京。暑い日を焼あとを歩いて首相官邸へ行く。虎の門で佐藤基に会い道を聞く。総理の宮の演説原稿の文章を書くのかと思ったら太田君に会うとそうでない。参内前でいそがしい時間を宮の部屋へ伺うと「この度内閣参与になって貰う。しっかり頼みます」と上を向いて笑いながら云われ、こちらはお辞儀をして退室して来た。同列の児玉誉士夫というのと別室で話す。大西中将の最終の話、児玉の部下の愛宕山で手りゅう弾で塊って自殺した話が頭に残った。帰宅、吉野永井岸木原を呼んで話して酒をのむ。門田君も様子を聞きに来る。

九月四日

新聞に出たので小杉さんから祝いの電話。四合の酒を持って挨拶に行き、追って来た同盟の記者と話しながら北鎌倉へ行き関口泰さんを訪ね教育方面の話をいろいろ聞く。勉強の第一歩である。

政治への思い

こうして大佛次郎の敗戦後の活躍が有無を言わせず開始された。前月の八月十六日に東久邇宮内閣が成立。朝日の緒方竹虎が内閣書記官長となり、民間人を内閣参与に任命して、〈国民と政府の直結方式〉を意図した上、敗戦国家の方向づけが定まり、いやおうなく大佛次郎の生活は日本国の表舞台に登場することとなった。

「日記」も今迄のオブラート一枚が挾まった積み残しのある表現から、ストレートに生活と表現が露呈した裸むき出しの文章に変った。東大法学部政治学科卒という閲歴がジャーナリズムの一面に躍り出たのである。存命であれば、父・政助の感慨いかような思いであったろう。

在学中は学校の門前まで行きながら、入らずに喫茶店でとぐろを巻いていた不良学生が二十五年ぶりに六法全書を引っぱり出し、治安警察法その他について勉強を再開している。忙しく、健康のため酉子夫人はスッポンの血をしぼり元気づけた。

内閣における仕事の分担は、賀川豊彦は総懺悔運動と太平洋諸国間の親和増進、児玉誉士夫は新日本建設のための青年層の士気鼓舞運動、田村真作は日華親善に、そして大佛次郎は新文明建設に、それぞれ首相を補佐するはずであると、新聞は報じた。

偏見のない連絡係
大佛次郎氏を訪ふ

内閣参与当時インタビュー記事
（「アサヒグラフ」昭和20年9月5日号）

九月六日の「日記」である。

怖ろしく暑い一日だった。四度も水をあびる。午前中亀井先生が毛利家の雪舟の山水画巻及び清版耕織図を持って来て見せてくれる。水口大住君が来て輿論調査機関のことが話題となる。政府の反省の資料とするばかりでなく国民の政治に対する関心を深めさせるのである。水谷準及び吾妻徳穂が来る。徳穂姥ヶ谷の横穴のある家へ移ったら三日目に休戦となりし由、またもとへ戻るという。準さんと食事、久振りで話込む。昼寝が出来ぬのがつらい。夕方関口泰さんが言論出版結社の自由のパンフレット持って来てくれる。角田君硯雲山房よりのお祝いに退楼の聯を持って来てくれ、あなたにあまりつきすぎていると云う。

自奉雖微能敬友　此間有欲是蔵書

夏目君寄る。

九月七日

東京新聞の為に「日本の門出」第一回を書いて渡す。（中略）二十五年振りで六法全書を出して来て治安警察法その他読む。

九月八日　晴

上京。大映へ行き菊池寛に挨拶。朝日の賀川豊彦との対談会に出かける。賀川氏初対面なるが予期せしが如くクリスチャンらしい先入主の頭のある人にて、優れた人物なるもあるところまで行くとその先はわからなく成る。（中略）木村毅加藤武雄この度のことを悦んでくれる。（後略）

九月九日　晴

（前略）横浜で最初の献納機をせし大竹とか云うすし屋の主人、もう何もする気もなくなった田舎へ引込むといっていた人新聞を見てこれで漸く希望を見つけたと悦びし由、余の責任の重きことなり。殿下に全国民の希望集りおるに、下僚は混沌行く末不明の政局に陥りて怠業しおるなり。世路艱難のことなるかな。官僚はその黄昏の時にあり。保身のことに汲々として伝来の殻を一層固く鎧わんとす。

就任僅か十日もたたぬのに、官邸と大佛次郎との間に疎隔が生じ始めた。官邸は蚊が多く絹の靴下の上から数カ所刺される。

毎日上京しなくてよいことがわかり、官邸を出て毎日新聞社へ寄ると仕事は是非続けてくれという。「学者なんかが何かを初めると学事を捨てるからつまらぬことになる。小説を書いているのでこうなったのじゃないか」と水戸がいう。一見識なりと承知。朝日新聞社へ廻り、植村氏に会い、リーグ戦の復活が可能かどうかの研究を頼んで帰宅。三本飲み、書斎のソファに裸にて二時間ほど寝込んだ。

理想の政治家像

現在記念館に残された〈思いつき草〉と題するメモに、大佛次郎の閲歴をふり返えさせるに足る提言がメモされている。

一、戦災都市の清掃
一、道路、地下施設工事の重視
一、再建家屋の防災、防火設備と緑地帯設置
一、学校、工場などの衛星都市への配置
一、法律の早急なる改正と口語化

一、人間の権利の保持と社会秩序の建設
一、行政・官僚組織の改組
一、農村の近代化
一、鉄道、電力、放送の民間移行

そして肝心の政治家に向かっては、

一、経綸《けいりん》なき政治家は一人と雖《いえど》も存在を許してはならぬ。経綸の第一条件は清潔にある

と書き、最後に、

一、要するに国家一新には責任の限度を明示し、スピードを最大限に発揮し、民衆の性格改造の大業を果すべきである

と結んだ。
その後の「日記」を見ると、

九月十二日　朝の内小雨後曇る
十三時の電車にて上京、久米同行。朝日へ寄り植村氏にリーグの件催促し、居合わせた辰野隆と丸の内会館へ行き、発明協会の科学と文芸との座談会へ出席。
九月十三日
午後、辰野隆来たり、やがて中野好夫加わり香風園へ行き食事。文化（芸術）局のことや教育問題やらその他の世間ばなし。

「日記」は続けて、連合軍側の強圧が加わって来たのが目立つと記す。戦争犯罪人として召喚せられて自殺する者が日々の紙上に現われる（十五日）、一方新聞小説「丹前屛風」の続稿にかかる（十六・七日）、

九月十八日
文芸春秋に随筆「忘れていた本」五枚を書く。
首相宮聯合軍記者団と初会見。十二時の電車で間に合うよう心急ぐ。質問はかなり米国流で乱暴なり。（後略）
九月十九日
昼食後上京。電車最初の二輌を残して米水兵を満載せしため大混雑なり。東京市中、目立って彼

らがふえている。軀が大きいせいか日本の軍人の氾濫した時より数が多いように見える。官邸に行き太田君の用のすむのを待ち通訳者につきて注意す。今後二週に一度会見のある故なり。

現内閣の緊急に採るべき措置として治安警察法の廃止、暴力取締は強化（将来のファッシズムの発生に備ゆ）、輿論調査所を民間に設くる件、内閣の方針として情報局より公表するよう書面を以て申入る。朝日に寄り津村植村と話す。（後略）

次第に「日記」の内容が少なくなる。

九月二十七日

十一時少し過ぎ殿下に会い治安警察法その他の法令の廃止、暴力行為の厳重取締につき進言。この内閣の使命が積弊をブチコワスことにあり、国民もそれを期待すと話す。

辞去するに際し戸口を出るまでに、どうもありがとうと二度まで言われる。アメリカから言って来る前に果断にやって貰いたいのだが今の内閣の腰抜けでは心もとなし。

あきらめと残念の心で官邸を去り、以下、十月五日の内閣総辞職の発表を迎えることになる。やはり中心の治安警察法の廃止が問題だった。そして、

十月六日
十二時に乗るつもりが遅れ二時、参与室へ行って見たら空家のようである。太田照彦に名刺を置き立去る。
これでもとの小説家に戻るなり。松浦と会い昭和寮でナオシを飲む。

「終戦日記」は以下、翌日（十月七日）、翌々日から十月十日まで誕生日を挟みながら故里ヨコハマの被災状況の実態を体感、戦後の物価の変化を出来るだけくわしく書き留めて二冊目の半分以上の空白を残したまま突然終わる。そして、この空白の最後に入るのが「天皇の世紀」による近代日本人の精神の原点を求める、明治維新史執筆への熱望だったのである。

5　新雑誌「苦楽」の興亡

成人の文学

昭和二十年八月十五日以後の大佛次郎にとって一番大きな節目は総理大臣参与の任命であったことは間違いない。

九月七日には二十五年振りに「六法全書」を引っぱり出して勉強の仕直しをした上、作家としてまず「治安維持法」の廃止を総理に進言した。官僚群のやる気のなさ、総理御自身の勇気の不足が、残念ながら十月五日内閣総辞職の発表へつながり、「これでもとの小説家に戻った」。実はそれ以前、鎌倉在住の文士連によって「貸本屋・鎌倉文庫」が開店しており、大佛次郎も設立委員に名を連ね、重役ではあったが、実際の運営は久米、川端、高見らの手にあった。九月に始めた出版の仕事も大佛次郎は監査役という閑職の立場に追いやられ、後述する須貝正義の目に写ったのは、敗戦後の国政参加当時のやる気は、髀肉の嘆を喞《かこ》っていたというのが実情だったとみえる。

このあたりの事情は、平成四年十一月刊行のもと「苦楽」の編集長、須貝正義の回想本「大佛次郎と『苦楽』の時代」（平成四年十一月、紅書房刊）の巻頭に書かれた内容の引き写しである。

そして昭和二十一年の春になると、新雑誌発刊の機が起こり、騒然たる敗戦直後の世相を背景に、改めて官僚組織などとは無関係な一個人としての作家・大佛次郎が直接読者へ向って働きかけたい意欲が一気に噴出するところとなった。

編集長として雑誌の中心柱となる須貝とは数回お会いして筋金入りの編集者気質を直接伺った印象を持ったが、それが二十一年春から夏へかけての新雑誌発刊へと水の流れは加速することとなったと思われる。

須貝本回想記には大佛次郎と須貝のつながりを、へり下った態度で次のように記している。

どうして私が先生の眼鏡にかなったのか、一度も先生の口から聞いたことがないので、判らない。以下は私の単なる推測だが、戦争末期、「乞食大将」が朝日に連載され、昭和二十年三月の新聞減頁で、新聞小説が消え「乞食大将」も中止されてしまった。私は連載が始まるとき、先生から、この作品で、いまの軍人たちに、真の「侍」の精神、真骨頂をみせてやるんだ、と執筆の動機を聞かされていたので、作品の未完が惜しまれてならなかった。

「先生、〈乞食大将〉の骨を拾わせてください」と乞うて、「新太陽」誌上で、完結して貰ったことがある。私の台詞も気障だったが、一流誌とは云えない「新太陽」によく書いて下さったものと感激したものである。

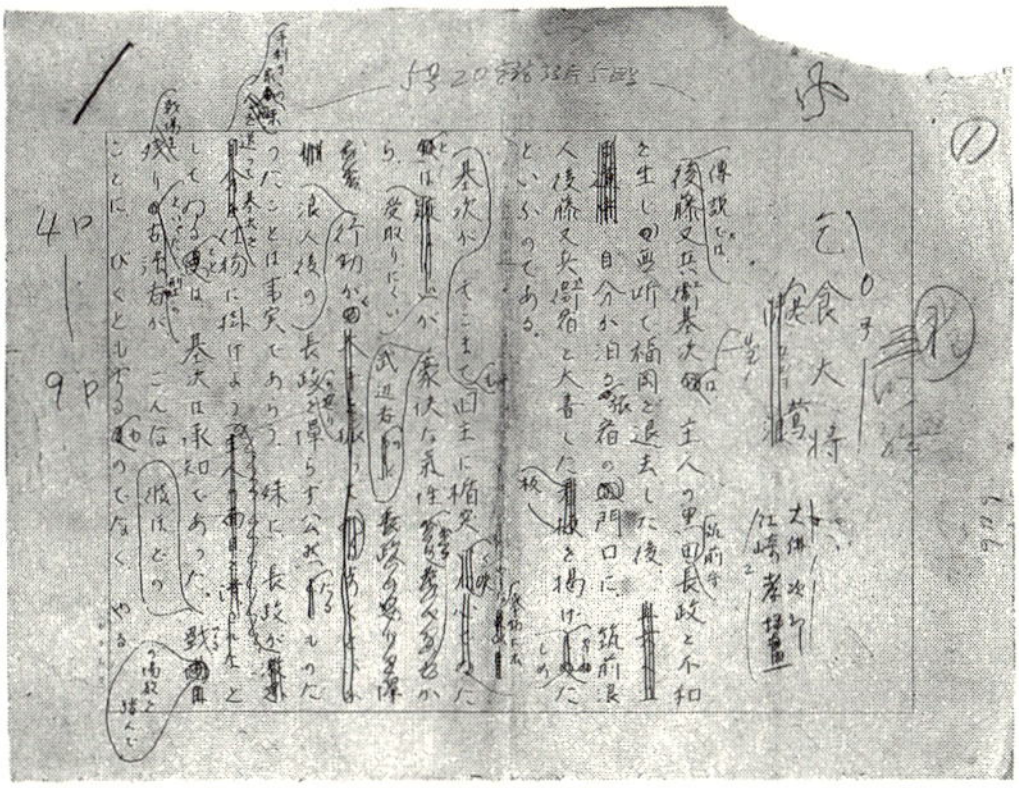

「乞食大将」の原稿

それについて、昭和二十年四月二十七日付の先生の書簡がある。

お変りありませんか　おいそがしいのだと思ってゐます　乞食大将についてはいろいろ有難う存じました　漸く完了したといふのも須貝君の賜物です　厚くお礼申し上げます（後略）

この「乞食大将」を挿んでの大佛・須貝の関係の上に、初めて「苦楽」の発刊が立ち上がったと見る。

ともかく以上の背景があって、昭和二十一年九月、新雑誌「苦楽」は大正末年の同誌名を譲り受け、旧誌面の特長の一部を継承した上、発刊の挨拶状を各方面に発送することとなったのである。

以下「苦楽」本誌の内容、及び関係者の数々については「千葉大学　人文社会科学研究」第二十六号（平成二十五年三月）、および「おさらぎ選書」第二十二集（平成二十六年五月）の両誌に詳細な報告があるから具体的には参照して頂くことにして以下、小生の手元に積み上げた本誌及び苦楽社出版の図書について感想の幾つかを述べてみたい。

発刊の挨拶全文については既述の各誌に掲載されているところだが、大佛次郎の本音は次の創刊号の編集後記に述べ尽くされている。

「苦楽」は青臭い文學青年の文學でなく社會人の文學を築きたいと志してゐる。なまぐさくつて手がつけにくいと云ふ代物でなく、洗練と圓熟を求めてゐる。文學に縁のない生活をしてゐる讀者が讀んでも、素直に平明に文學なり人生の明るい理解に立ち入り得ると云つたやうな小説を生む機縁と成れば有難いのである。讀者の側からの御協力を願ひたい。我々は所謂大衆雜誌や娯楽雜誌を作つてゐるものとは信じない。誠實に、謙抑にもつと大きく明るい世界を拓きたいと志してゐるのだ。（坐雨盧）

「挨拶文」と同趣旨の「成人《おとな》の文学」を提唱したものだった。

二十一年十一月創刊号より二十四年九月終刊号まで、大佛次郎自身が「坐雨盧」の筆名で、「苦楽」

誌の現状と将来へ託す思いで「編集後記」欄に欠かさず書き続けた意気込みである。「やりがいのある仕事」と思い、やり残した内閣参与時代の思いが烈々とほとばしった文章群である。

表紙を毎号描き続けた鏑木清方の美人画は、書店頭で異彩を放ち、本文の「名作絵物語」と並び同誌の名物となった。

小説についても同様で、洗練され円熟した作家で誌面を飾るのは大変な作業であった。ちなみに創刊号の目次を飾ったのは次の小説家である。

久保田万太郎、上司《かみつかさ》小剣《しょうけん》、菊池寛、長田秀雄、白井喬二、加藤武雄、吉屋信子、宮川曼魚、そして大佛次郎の各作家であった。

伝統尊重主義　この伝統尊重主義の編集方針は最後まで貫き通したもので、以下私の好みで数例を挙げて説明したい。須貝本にその一端が述べてある。

作家のリスト・アップの中で、特に先生が欲しがったのは小杉天外で、自分で買って出て、単身小杉家を訪問した程だった。勿論、後のフォローは私達の役目だったが、なにしろ「魔風恋風」を代表作とする、慶応元年九月十九日生まれの高齢。昭和二十三年四月号の小説「くだん草紙」百三十枚と昭和二十三年〈海外版〉四月号・小説「竹西兄弟」が最後の作品となった。（昭和二十七年九月一日歿、享年八十七歳）

大佛次郎が小杉天外の作品にこだわったのには理由があった。「私の履歴書」の小学六年生の想い出に説明がある。

前に書いた談話会で話の上手な「天外氏令嬢」がいて、先生が教場で小杉天外の「魔風恋風」「こぶし」の作者のことをあまり敬意をこめて話すので、私は小説を書くひとはそんなに偉いのかと思い、天外先生の家を見に行った。二木榎に出る坂の裏手の静かなところにあって、いわく窓のついた物々しい表構えであった。高輪御殿に背面をつけていたから、細川公の家中の屋敷の一軒だったのではないか? 外から家を見るだけで、敬意を表して帰って来た。天外先生ともその時の天外氏令嬢、高柳夫人とも、晩年に鎌倉で会い、葬儀にも出た。たしかに、人間の相会うとは、ふしぎなものである。天外さんの一家は、もうどなたもなくなって誰もいない。

長い歴史と心を寵めた文章で、「苦楽」の掲載作品としての希望はそれだけ強く深かったのである。その「くだん草紙」は、二十二年四月号の巻頭を飾る一篇、百三十枚読切の同号特出作であることはいうまでもあるまい。

旧幕時代には、参勤交代の藩公の通られた要驛であるから、此の石高の街路の、杉皮葺と、木羽葺と、茅葺、藁葺の、今でも土下座して居るやうな、低い木ばかり列らんだ町であつても、東京と縣廳の間をつなぐ電信線だけは、空高く架かって居た。

この書き出しで始まる明治初年の寒村での話題である。村でも名の知れた旧家で、実子がなく家を継がせるため養子・養女の組合せから出来た長女の出生に疑いを抱いた養子は、何とか結婚以前の秘密を探ろうと努力するが、絶対にそのことだけは口を開こうとはしない新妻の態度はかたくなで、その裡、ことは次々と進んで式も終わり、やがて長男さえ出生するに及んで、ことさら事件を起こす気持ちも段々と薄くなり、やがて弟まで生まれて、姉弟の仲も良く、秘密は夫婦の間だけに収めて、新時代の流れに沿って妻の不倫も表に出ぬまま、事業も順調に進み、加えて村の大黒様の到来などの事件が利益を生み、家業はますます繁昌の一途を辿り、上京のための無尽の話などもあったが、養子の球治と養女のお亀の仲が次第に不和を生み、それに加えて周囲の人々との複雑なやりとりがあった末、お亀は球治の顔を叩いてしまった。怒った球治は家から飛び出し、兄が住む実家に駆け込む。丁度、兄は県庁への用事があって出かけようとする所だった。球治はやむを得ず、同じ村に住む友人の伝吉の家に移って、間もなく、お亀が尋ねて来て、球治の今要るものを尋ねるのだった。

気がかりなのはお亀の許に残した二人の姉弟だった。特に自分の種ではない姉のお才のことが気になってならないのだった。

そのうち、お才は時々尋ねて来るようになり、話すのは家族や家の日常生活のことで、どうでも良いような話であった。そして、このお才が仲立ちのようになって、家を飛び出した球治も、一年ぶりに帰宅するようになった。

夫婦喧嘩も、お終いは結局、犬も食わぬ仲の出来事だったようである。

この作品が掲載された号の「編輯後記」で、「今月は小杉天外さんの原稿を頂戴出來た。天外先生は八十三歳の翁である。お若い時の思ひ出の記でもとお願ひしたら、いや、私は小説家ですから小説を書かうと仰有つた。立派と云はざるを得ない。（中略）お作は『コブシ』以来のレアリストとしての先生の面目を老來いよいよ研ぎすまされた觀がある。水墨の枯淡な筆の背後に、八十年の人生のわけ知りの翁の慈眼が、ゆたかな色彩を搖動させてゐる。讀者諸君も考へて下さい。世の常の八十三翁が、求めて、かう云ふ骨の折れる仕事に精を打込むことでせうか？」（坐雨廬）の筆名で書かれた、この雑誌ならではの名作だったのである。


作品「虹」　発刊三号目の昭和二十二年一月、新年号の小説「虹」高浜虚子（伊東深水画）が話題になった。俳句界の巨匠虚子の小説は遠い遠い昔の話で（明治四十年「風流懺法」、明治四十一年「俳諧師」）、虚子の小説執筆など、誰も思い浮かばなかった。「虚子さん、どうだろう」と云いだしたのは先生、「さあ、小説はどうでしょう。長い間書いてないから。」二の足を踏んだのは編集部。しかし先生は積極的だった。直接のお願いは勿論だが、虚子さんの次女、俳誌「風花」主宰の星野立子さんに手を廻したりして、やっと書いてもらった。

須貝正義は「高見順日記」を引用しつつ、次の記述を残した。拙文を加えて書く。

母と別れて、久米家に行く。(中略)「苦楽」新年号の虚子の小説「虹」が話題になり、久米さん激賞す。私は未読だが、私の故郷が小説の背景になっている。三国の名家森田家の娘が登場しているようだ。(中略)帰ってから虚子の小説〈虹〉を読んだ。なるほど、いい。日本の小説だとおもう。日本の小説のよさをおもう。以下、内容を紹介する。

北陸の句会に出席した後、芭蕉忌に参加するため同地を出発した虚子は、見送りに途中まで随行した弟子と同車する。


その時ふと見ると、丁度三國の方角に當つて虹が立つてゐるのが目にとまつた。

「虹が立つてゐる。」

と私は其の方を指した。愛子も柏翠もお母さんも體をねじ向けてその方を見た。それは極めて鮮明な虹であつた。其時愛子は獨り言のやうに言つた。

「あの虹の橋を渡つて鎌倉へ行くことにしませう。今度虹がたつた時に……」

それは別に深い考へがあつて言つたことゝも覺えなかつた。最前から多少感傷的になつてゐるところに、美しい虹を見た爲めに、そんなおとぎ噺みたやうなことが口を衝いて出たものと思はれた。

私もそこに立つてゐる虹を見ながら、其上を愛子が渡つて行く姿を想像したりして、

「渡つてゐらつしやい。杖でもついて。」

「え、杖をついて……」

愛子は考え深さうに口を噤んだ。

（中略）

其後私は小諸に居て、浅間の山かけて素晴らしい虹が立つたのを見たことがあつた。私は愛子に葉書を書いた。其には俳句を三つ認めた。

浅間かけて虹のたちたる君知るや
虹たちて忽ち君の在る如し
虹消えて忽ち君の無き如し

久米さんの指摘したとおり、「七十翁」の慕情が美しく悲しく感じられる。虚子はもとより慕情についてはひとこともいってない。いってないだけに、鮮烈に感じられる。

——いい小説だ。

しかし私の小説とは違った道に属する。

（「大佛次郎と『苦楽』の時代」）

なお、苦楽社は図書の出版にも手を染めている、単行本「虹」は、二十二年十二月二十日に刊行されているが、同書には「虹」のほか、「愛居」（昭和二十二年一月「小説と読物」）、「虹」の続編となる小説「音楽は尚ほ續きをり」（昭和二十二年七月「苦楽」）、「櫻に包まれて」（昭和二十一年七月「ホトトギス」）。以上の四編が「虹　小説集」の題目で昭和二十二年十二月、苦楽社より刊行された。

須貝編集長も書いているように、虚子の〈写生文〉は、明治四十年代から飛んで、大佛次郎の依頼があって改めて文学史の一頁を飾ることとなったのである。

「苦楽」の発刊によって読者に提供された作品群は、そのほかに安藤鶴夫の新生面を引き出した名著「落語鑑賞」（昭和二十四年七月刊行）を始め、「海外版」の刊行、青少年を読者とした雑誌「天馬」（ペガサス）の創刊も忘れ難い。

第七章　作品「帰郷」と「パリ燃ゆ」

1　「帰郷」と芸術院賞

シャンハイの車屋

昭和二十五年五月二十九日、大佛次郎は小説「帰郷」により第六回（昭和二十四年度）日本芸術院賞を受賞する。同じ〈文学〉部門では翻訳家の山内義雄が「チボー家の人々」の翻訳に対し同時受賞者となった。

その後、三十五年三月に芸術院会員となる。そして三十五年の吉川英治の文化勲章受章に次いで、三十九年十一月三人目の大衆文学出身からの文化勲章の栄誉にかがやくことになる。

作品「帰郷」は昭和二十三年五月十七日より「毎日新聞」に連載され、十一月二十一日、百八十四回で終結したものである。

挿絵が新制作派協会の画家、中西利雄が担当、四月十四日に予告があって、作者の言葉が発表され

中西利雄画「歸郷」第125回挿絵

た。

小説らしい小説を書いて見ようと思い立った。現代が舞台になるが、日本だけでなく、ヨーロッパと、東亜に來てマラッカも出てくるはずである。主人公のひとりは、不思議な過去を持つていて、敗戦がなければ日本の土を踏むのを許されなかつたのが、浦島太郎のやうに帰つて來て、現代の東京の銀座の舗道を歩く―考えて見たら私は毎日新聞には「赤穂浪士」以來何度となく小説を書いて來て、いつも時代もので、現代小説はこの「歸郷」が始めてである。新しい舞台を踏む思いで作者の心も新しくしてかからう。

こう心づもりを決めて、四月二十日、庭前の薔薇《ばら》の茂みを風がしきりに動かしている中、執筆と「創作ノート」を作る。

その第一頁に、「軽く見える手重さ」「出来るだけ、ゆっくりとした運筆、しかも簡明で単純な展開」「力は内部に追い込まれる」「日本の小説にないもの」と書いたが、過去の閲歴を振り返ってみれば、これはいかにも初々しいばかりの心掛けで、胸に響く言葉であった。

驚異的と言ってよい忙しさの毎日であるのは不思議ではないが、それにしても「歸郷」の連載は綱渡りの連続から始まった。

雑誌「苦楽」の主宰、執筆は内閣参与の仕事を終えて間なしに始まっており、前年九月の開化もの「幻燈」はこの年の一月に終結。その隙間を縫うように「苦楽」誌上には「鞍馬天狗　新東京絵図」の連載を引き受け、二十一年一月からは長兄・野尻抱影主筆だった研究社発刊の雑誌「学生」に青少年に向けて期待をこめた随筆を通して「時流に流されない、自分の頭を働かして物事を判断する人間になってもらいたい」と呼びかけ続けていた。

昭和二十三年という年は、敗戦直後で人々は食べることのみに追われていた混乱期であり、文学的事件としては、この年の六月、太宰治の玉川上水自殺事件があり、その前から進駐軍によって出された戦争協力による文筆家二百七十名の公職追放が続いていた頃でもあった。

三月三十日、突然「毎日新聞」の村松喬記者が連載小説依頼に鎌倉の自宅を訪れた。この依頼にはさし迫った事情があった。同紙連載中の丹羽文雄の「人間模様」が、四月中に完結することになっていた。次に予定していた作家は獅子文六で、作者の承諾もとっていた。しかし、そこに突然吹き荒れたのが公職追放の嵐であり、戦時中の「海軍」その他の執筆が原因で、追放仮指定のリストに獅子文六が挙げられ、新聞執筆で公職に顔を出せない危惧が生まれたというのである。毎日新聞ではこの突発事件に対処すべく、まず仮指定を解除してもらうため全力を挙げた。

同時に、獅子文六に代わる連載小説執筆の作家に依頼する必要が生じた。ここに大佛次郎の名前が挙がり、村松記者は文化部長同道、鎌倉へ日参した。

四月初めになって、ついに承諾をとった。口説き落とされ、「シャンハイの車屋《くるまや》」なみに客を競争で奪いあい、行き先も聞かずに走り出したとは結果からみての「落としばなし」に受け取られそうだが、実は大佛次郎には漠然とした見取り図があったのである。

それこそ戦時中、東南アジア視察の際、「阿片戦争」第二部に使う目的で、現地における詳細な「南方ノート」が未使用のまま手元に残されてあったのである。前に書いた〈大佛、大池両書簡〉でのこだわりが実現できるのである。

書き出しは四月二十日、「薄日あれど風騒がしき午後、執筆にかかる」と記し心定めた。

事件はこれだけではなかった。翌年五月、苦楽社から纏めて単行本として刊行の際、記した「後がき」で明かすことであるが、この年の夏、歯の治療のため横浜の十全病院に入院。病院では最初癌の疑いが濃かった。医師の様子から大佛次郎は、それが分かった。

夜中に起きていて、それと決定したら、友人の例からみて、あと二年の命かと思った。

小説を書かうなどと云ふ未練がましい無理な努力はしないで、別れる前に日本の土地を能う限り廻つて歩いて故國に寄せる思ひを紀行文にでも綴つて置くことにしようと決めた。

そこで癌ときまつたら、「歸鄕」は小説として私の最後の作品になる筈だつたが、幸か不幸か、さうでなくなつた。

医師に悦びを告げられた日の午後に、不意と新聞の学藝部の人たちが病室を訪ねて來て、挿畫を描いてゐる中西利雄君が当人はまだ知らずにゐるが癌を患つていて「歸郷」の最後まで畫を描けるかどうか疑はしい。

ずっと寝たまゝなのを、気分のいゝ時だけ床から匐ひ出して描いてゐるやうな状態なので、原稿の方をなるべく早くしてくれと云ふ話で、まつたく驚いた。私は免れ、彼は倒れようとしてゐたのである。

（中略）

それから一箇月足らずの十月六日に中西君はなくなつた。（中略）中西君に贈る爲に單行本の「歸郷」は出來るだけ美しいものにしたいと念じた。（中略）私自身も現在のところ、この小説には愛着を抱いてゐる。讀者次第で、いろ〳〵の讀み方が出來るのではないかと多少の自負も殘してゐる。病気を中西君が持つて行ってくれたと思ひ、勉強して、兩三年後にはもつといゝものを書かないと申訳ないと考へてゐる。

昭和二十三年初冬

（「歸郷」の「後がき」より）

五月十七日に始まった「歸郷」は、九月十八日の百二十五回まで中西利雄の挿絵が続き、翌十九日から佐藤敬に代わった。

十一月二十一日、百八十四回で完結した。

色んな重荷を背負って完結した作品だが、「全体の輪廓がおぼろげに泛《うか》び、永年外國生活をして來た人間の目で、日本の過去なり現在を批評させて見たら」というのが作者の頭にあった筋だった。その後、出来上がった筋はこう始まる。

占領軍批判

太平洋戦争も末期に近い昭和十九年の夏、日本軍占領下のマレーシアの古都マラッカで、高野左衛子は海軍大佐、牛木利貞に誘われ、華僑の家に隠れ住む守屋恭吾を紹介される。左衛子は、漁色家で生活能力のない夫、信輔を見限り、シンガポールで将校相手の高級料亭を経営しながら、将来の生活のためダイヤモンドを買い集めるというたくましい処世術を身につけた美貌の女性であった。恭吾は昔、牛木の同僚であったが、若気のあやまちから公金費消の罪を一人で引っ被って、妻子を日本に残したまま外国に失踪した元海軍士官で、ヨーロッパの放浪中、自分を守るだけの腕力と財力を身につけていた。

数日後、シンガポールの繁華街で偶然に出会った恭吾と左衛子は、激しく相手を求めあい、一夜を共にする。翌朝、左衛子は、自らのダイヤの闇買いを見破り、一回だけの交渉で自分の心と体を変えてしまった恭吾に強い憎しみを覚えた。彼女は、恭吾を不良日本人として憲兵隊に密告する。捕えられた恭吾は、若い憲兵士官から理由もなく苛酷な拷問を加えられた。

このシンガポールの場面について、作者は「創作ノート」に次のように書いた。

十五回以後に、恭吾の面目を示すギャンブラーで紳士、左衛子が砥石《といし》の役、このくだりに〈古風

な〉小説の面白味を、臭くなく表現する

新聞小説が、自分のために書くよりも、人に聞かせるために書く性質の方がいつも強かったと自覚していたことをうかがわせる言葉だ。

小説は、敗戦後の話になる。監獄より解放された恭吾にとって、華僑の一家とマレーシアの自然は優しいものだった。

だが、恭吾は変り果てた日本軍の姿に衝撃を受け、祖国の不幸を思いやり、二度と戻るまいと誓っていた日本への帰国を決意する。

「創作ノート」にも、「内地へ還ってからが問題だし、やはり作品としての眼目となるので充分に準備したい」と、気持をひきしめている。

敗戦後の日本、それはアメリカの植民地文化の洪水であった。その中で、左衛子はダイヤを資本にナイトクラブや待合を経営し、軽薄な大学生の岡村俊樹らをとりまきにして、たくましく活躍していた。ただ心の中では恭吾のことが忘れられず、密《ひそ》かにその行方を追っていた。

ところで、日本に戻った恭吾が最初に出会ったのは、忘れもしないあの残忍な憲兵士官だった。権力を失って、すっかり卑しい姿に変わった男を、恭吾は仮借なく一撃のもとに叩きのめす。

その後、鎌倉に隠棲している牛木を訪ねた恭吾は一人息子を戦争で亡くし、過去に囚われ続ける牛木の消極的な生き方に我慢がならない。口論のすえ、牛木が背負っている死神を引きはがす。

恭吾の妻の節子は、夫の失踪後、幼い伴子を育てるため大学教授の隠岐《おき》達三と再婚していた。実父の顔も覚えていない伴子は、洋装店と雑誌社に勤めながら、のびのびと明るく、母親思いの娘に育っている。義父の達三は、時流に乗ってジャーナリズムを泳ぎまわる節度のないエゴイストだった。伴子は、在学中軍隊に入り、復員後、働きながら学校へ通っている岡部雄吉の誠実な生き方に好感を抱いている。

一方、左衛子はマレーで知り会った従軍画家の小野崎公平を通して伴子の存在を知る。洋装店の客として現れた左衛子は伴子を見て、実父の恭吾に会わせたいと思う。が、それより自分が会いたいのだった。

仕事を終え、自宅のある横浜へ帰る途中で見る桜木町駅付近の様子を自分が見た印象をもとに作者は次のように書く。

復員者の雄吉には、とくに、この人々のよごれて真黑になつたカーキ色のシャツや、ズボンが暗く印象的であつた。（中略）およそ色の中で、一番日本人の心を暗くする色だらうと信じてゐる。（中略）茫漠とした瞳を据ゑ、口をきく者もなく、道路に腰をおろしてゐるのだつた。人間と云ふよりも無感動な物の塊を置いた感じである。

この敗戦後の街をうずめていた色彩と、動こうとしない人の心を発見して、作者は深い悲しみと怒りを吐露しているのだ。裸の人間喪失の醜さへの怒りだった。

同じ横浜の港がよく見える丘の様子は、空き地が多いものの、新築の洋館が建ち始めている。画家と伴子と雄吉は、山下町から山手へ歩きながら、小野崎が選り好んで、きたない景色ばかりを探して描こうとするのを、「(きれいなところを)描かないとは言はないが、亜米利加色の風景だつて、本国の出店だけのものだからね。(中略)この街には個性なんて、まだ出來てゐないのだ」と、画家は放言する。山下公園をはじめ、町の大部分が占領されている実情を見てだった。

当時は、坂口安吾が、日本の現状に対し、形式にとらわれた政治・道徳観へ「堕《お》ちるところまで堕ちよ」と書いたエッセーを発表して話題となっていたが、大佛次郎は、「もつと、日本人はおつこちなければ駄目だ。僕はさう見てゐる。(中略)苦しみの底を嘗《な》めたら、どんな人間でも目をあくよ。歯をむいて怒りだすよ」と、怒りへの勧めを述べた。

「歸郷」のテーマについて、作者が最も早く触れたのは、昭和二十六年の「作品集」(第四巻、文藝春秋新社刊)のあとがきである。

「歸郷」については、戦後に心にきざした或《あ》る怒りから生まれたと簡単に記して置く。その怒りを露呈させず、努めて奥に沈めて静かな形で置くようにした。

とだけ書いた。〈怒り〉の対象は、敗戦、そして占領下の日本の社会であり、日本人そのものへ対してのようだ。

「歸郷」が書かれた昭和二十三年は、まだ占領下にあって公刊物は検閲され、占領政策への批判は難しい状況にあった。

時計の振子のように、それまで右の方へだけ傾いていた日本が、敗戦によって極端に左の方へ一方的に雪崩現象を起こしていた。植民地文化の洪水といってもよい状況であった。

この敗戦と占領がもたらした荒廃への批判を作者は直接にではなく、静かに紙背に置くようにして描く。

「歸郷」が英訳された時、書評の中で、アメリカの占領下にありながら、その描写がないことの不備を指摘するものがあった。それに対し、テニスコートに照明灯をあて、京の町の夜を夜でなくするような強引なやり方をさりげなく記し、自分はアメリカの「ア」の字も書きたくなかったのだと作者は言い切り、それだけその怒りが深かったことを想像させる。

敗戦と占領がもたらした特殊な状況下での日本や日本人の姿を、繰り返し描き続ける。

例えば、鎌倉に隠棲した牛木を訪ねた恭吾は言う。


もともと軍人に限らず、日本人の生活が、常に何かを怖れたり何かに遠慮して來たものだつたのだ。新しい世の中になつたといつても、その習性は變つてゐない。卑屈な事大主義だけだ。常に自分を何かの前にジャスティファイ（正當化）することだけに身をやつしてゐる。弱い者のすることさ。自由といふものは、弱い者には決してありはせぬ。

また、京都の風物に接し、伝統的な文化を、外国人の眼になって、次のように言う。

> 歐羅巴に慣れた恭吾が、歸國してから氣がついたことは、日本人の生活が代々實につつましくて貧乏なものだつたといふことであつた。戰爭の結果、極度に下つたことは判つてゐるが、本当はそれ以前から、ずつと昔から贅澤といふことを知らずに來た民族ではないかといふことなのである。
>
> （中略）
>
> わびとかさびとか、西洋人の企て得なかつた美の世界を日本人が發見したのは、やはり、貧乏だつた結果のやうに恭吾は見た。

それだけでなく、軍人、坊主、学者といった人々が地位や権威にもたれかかろうとするのも貧しいのが原因と考える。

戦火に遭わず古い日本の姿を残しているのに惹《ひ》かれて、恭吾は京都を訪れる。

「歸郷」の筋は左衛子が伴子を連れて京都を訪れる。この後半部が大切なのだ。「創作ノート」にも、

「京に入ってから恭吾がどう書けるかが問題である。歸郷の勝負はこれで決まる」

と書き、さらに、

恭吾を書くこと、残った一番大きい問題である、筋ではなく彼を彫刻して鮮明な像として残し得るかどうか。京都へ行ってゆっくり考へて見たい。「眼」である。成功すれば新聞小説に何かを加へたこととなる

とも書いた。

ところで、京都を訪れた左衛子と伴子は、京都に滞在している恭吾の所在を確かめる。そして、ここまで来ると偶然と恭吾と行き会う危険を感じた左衛子は、伴子一人で恭吾に会うのを勧める。「林泉園」の章は、二十年ぶりに遭う父と娘の感動的な場面を描くことになる。宿で恭吾が金閣寺へ行ったことを聞いた伴子は、多勢の見物人の中でどれが自分の父親か、さがしあてるのに疑問があるわけだが、伴子は思いのほか、その点は平気であった。

恭吾は、他の見物人がするやうに靴を脱いで縁に上つて來ず、日影に立つてパナマ帽を脱ぎ、池を眺めているだけであつた。

（中略）

立ち上つてその側へ行くことを考へながら、伴子は釘づけになつたやうに動けなかつた。

何か云ひたさうに彼女は唇を動かした。そして、父親に向けてゐる瞳はいたづらを企てている小さい子供の目のやうに不逞で、無邪氣で、きらきらしたものに變つて來ていた。

父親は何も知らずに云ひ出した。

「私も海軍にゐたことがある。あなたぐらいのお嬢さんのある方だと、兵学校もあまり違つてをらん筈のやうに思うが。」

伴子は不意にそれを遮つた。

「お父さま。」

と、素直に、すらすらと口に出て、

「あたし、伴子なんです。」

と名乗る。二十年ぶりの再会だった。恭吾は、成長した伴子の素直な様子に救いを覚え、感動しながら、感傷的になろうとする自分を抑えるのだった。

再会後、隠岐達三からの書状を受け取った恭吾は、東京へ戻り、隠岐と会って、妻子についての自分の気持に整理をつけた。牛木もまた、新しい仕事を始めていた。

恭吾はもう日本に留まる理由がなくなったように感じた。

箱根の宿で、静かに日本での最後の夜を過ごそうとしている恭吾のもとに、左衛子が突然現われ、将来の自分の運命を恭吾に託そうとする。

しかし、運命を決するトランプの勝負に左衛子は敗れ、翌朝早く恭吾は一人、「刑場へ曳かれて行くキリストを辱めた劫罰《ごうばつ》で永久に死の安息に恵まれることもなく、地上をさまよつて苦しんでゐる伝説のユダヤ人」〈エヘジュルス〉の署名を残し、そこに淋しさと切なさを込め、二度と戻らぬため日本から去って行った。

ロマネスクな作品

「創作ノート」に、「終末の飛躍を内部に押し込める。しかし、最初の明るい夕ッチへ戻る。光の輝いている世界、心の輝き、強く生きている人間の明るさ」と書いて筆を止めたのは、いかにもこの作者らしかった。

もう一つ、恭吾に託した作者の戦後社会に対する文明批評と、同時に恭吾という新しい人物像の創造とその描写を付け加えておきたい。

京都から再び東京へ戻った恭吾が、石鹼《せっけん》会社の発送主任として再出発した牛木と会い、次のように語り合う。

「陶淵明なんて柄にもないものを見ていたら〝日入りて群動息《や》む〟といふ文句があつた。群動とは好い言葉だ。正に、日本は、群動だつたからなあ。正体なんてなかつた。」

「しかし……」

と恭吾は、この頑固一途の古い友達が見出した自由な立場を悦びながら、云つた。

「まだ、群動らしい。」

「……」

「国亡びて群動息まずさ。確固たる自分の意志で動いてゐる奴があるのか、と思ふ。」

作品中描かれた恭吾の人物像について、次の二カ所の表現に注意したい。まず箱根での最後の夜に、左衛子の目に映った恭吾の姿である。

肩の厚みや筋肉の緊りようがやはり美しい男振りであった。にくらしいほど平静でいる空気が粗野や性質ではなく、潜伏している深い力を暗示してゐた。

また、この内に潜《ひそ》む内部からの力については、帰国した恭吾を電車の中で見かけた小野崎の目を通して次のように描いている。

画家は、恭吾の顔立ちを見てゐて、畫《え》になる顔だなと感じた。殊に、一種ひき緊つた強い表情に心を惹かれた。鼻筋も通つていたが、その目は一点を強く凝視して動かない。その癖、顔を形作つている線は、柔和な性質のものであつた。云はば、力は内部から出てゐる。（中略）柔和でいて強いのである。

しかも、長い外国での生活が、人間としての甘さをそぎ落とし、自分を措《お》いて外に主人はないという独立心と、物事に囚われず、平静に限界を守ることのできる〈節度の美しさ〉を備えた人間として恭吾は描かれている。

大佛次郎は、この恭吾という人間像を作ることが「歸郷」の眼目と考えていたようだ。戦後の〈群動〉にこだわり、日本の将来を案じた大佛次郎も、「歸郷」を書き上げてみれば、やはり生来の明るい体質を失うことはなかった。

本章の最初に述べたように日本芸術院賞の受賞が決まった時、授賞推薦の理由は以下のようであった。

これは敗戦後の混乱した社会を舞台として、ここに活躍する初老の亡命海軍々人を主人公とし、しかもその主人公は祖国の自然、歴史、人柄に深き愛着を感じながら、かれのコスモポリティズムはついにかれをして再び祖国を去って海外放浪の旅に向わしめるという筋である。

この小説は、結構としてはやや通俗小説めいた趣きがなくもないが、読者を動かすに足るかっこう、変化に富み、心理の分析に無理がなく、現代思想のすう勢を顧慮して、しんしんたる興味を覚えしめる点は、昨年中現われた小説作品中、最も注目に価するものであって、日本芸術院賞受賞作品として推薦するゆえんである。

フランス文学者、辰野隆の執筆による推薦理由である。

〈大衆作家〉として、長い間、〈蔑視〉の対象の地位に置かれた大佛次郎であってみて、初めて嬉しい知らせだったろう。

ちなみに、吉川英治は、芸術院賞、芸術院会員を経ずに、文化勲章の受章者となっている。

観念小説

この作品について山本健吉が戦後社会への批判と怒りを述べていると書いた解説、「このような批判は、作者自身が日頃抱いている観念に違いないし、そのような思想表現のための傀儡《かいらい》として、守屋恭吾という人物が創出され、無国籍者というその位置が設定されたのに違いない。だからこの人物は、その経歴と境遇とにおいてはなはだロマネスクであるにも拘わらず、実は作者の観念のための登場人物だとも言えそうである。従って、これは新聞小説でありながら、実は一篇の観念小説だと言えないこともない」（新潮文庫）。この山本健吉の解説と、前述した〈怒り〉の内実とを重ね合わせて考えるなら、「歸鄉」の通俗性と見られるものが、実は戦争直後の社会において、大佛次郎自身が積極的に抵抗の姿勢を持って立ち向かうために必要とした〈虚構〉であり、〈小説的衣装〉にすぎなかった点が明らかとなるのである。

大佛次郎が、死の前年に「歸鄉」にふれた次の文章（昭和四十七年七月一日「大佛次郎自選集　現代小説」第四巻、朝日新聞社刊、「歸鄉」あとがき）は大切な注目したい遺言の一章なのである。

そこまでは言いたくなかったのですが、私の新聞小説は、もとが時代物の作家ですから、現代の歴史のひとこまと理解しているし、ただの葛藤を扱ったものでなく、出て来る人間に時代なり社会が投影する光をとらえて描こうとしています。

これに依ってその時代を追及しようとする点です。人間よりも、その額縁となっている社会が小説の軸なのです。

この〈社会と人間との関係〉を描きつづけてきた帝大法学部政治学科出身で、敗戦直後に総理大臣参与を務め上げた大佛次郎が、まだ〈作家としての自覚と自信〉を身に着けていなかった昭和八年十一月、改造社発行の「日本文学講座　第十四巻（大衆文学篇）」の中の一章「西洋小説と大衆文芸」の章末で、

純文学が人間の心の内部の世界を掘り下げて行くのに対して、大衆文芸は人間の外部の世界を、人と人との交渉、延いては一つの社会の構成なり動向を、伝統的な小説の形で書く。こういう空想を、将来の大衆文芸の重要な一部として主張するのは欲張っていようか。伝統的な小説の形とは、読者を引きつけるだけの魅力を失わずにというのである。

と書いた主張と無縁であるはずはない。

つまり山本健吉が観念小説と言っているのは、作者が頭だけで考え、書き上げた作品で、肉体がないということらしい。

さきほど挙げた芸術院賞受賞の際、辰野隆の「通俗小説めいた趣き」という評価も同趣の言葉に受けとれる言葉である。

書き慣れ、読み慣れ、読まれ慣れすぎた紙芝居的作品だというのである。

企業の社長まで登りつめた社会人が、脱ぎ捨てるように一靴みがき職人に転身（冬の紳士）、専門企業の社長まで登りつめた一社会人が、全てを投げ捨て京の裏街に生きる一うちわ絵描きに転身（風船）、後に身体の虚栄美になったつけやきば的な美は全部脱ぎ捨ててしまう。

残っているのは、役立たない長靴下をあみ続けている若い女（旅路）、童女「桜子」など大佛文学独自の女性の美。

役職に着いた〈長〉の位の人は嫌いだ。

書いてはみたが、昭和六年の「白い姉」に始まる現代小説の殆どが失敗作ばかりで、昭和二十三年の「歸郷」も〈色っぽいマダム〉と〈賭〉などの非現実的で通俗的にみえる美人ばかりで、これが山本健吉などの言う観念的作品の通俗性なのだ。

それが「桜子」のような子供とか、靴下の長い長い普通でない編み物作りの女、何か社会から一歩ズレているような可愛い娘にも表われている。

それが時代小説だと現実性がなく、維新以前の夢の時代を背景にしているので、書き易いのかもしれない。「その人」「三姉妹」で何とか纏めて肉体をもった女を仕立てたいと思ったが、中の上の出来である。

「天皇の世紀」は、女があまり出て来ない若者だけの話だから、これは充分、書きたいように書けたのである。

明るさ・上品さ・健康さ

「帰郷」を書き上げた時、吉屋信子に「お終《しま》いの箱根のくだりに来て、人物の肉体が急になくなったようだ」と批評された。それに対し、

この小説は、成人のお伽話で終わらせた方が、これまでの日本の小説になかった別の美しさが出るだろうと気がついて、わざと、ああやって見たのである。メルヘンの王子も王女も急にすき透って青空に消えて行ってしまっても構わない。戦後の苦しい時に書いたので、特に、その誘惑を感じ、読後の印象を爽《さわ》やかなものにしようとした

と、答えているのは、深く納得できる発言だ。これまでも、爽やかな人間像を描こうとしてきた、いかにも大佛次郎らしい受賞の言葉で、見事である。

同時にこの文章の終わりで、「新聞小説だった「帰郷」が芸術院に認められたのを自分を離れて心から悦んでいる。新聞小説が甘いもののように見られて来た不随意な迷信に仕返しをしてもらったようで、ちょっと、うれしかったのである」と、生涯に六十一編の新聞小説を完成した作家の誇りを珍しく素直に述べているのも忘れられぬ。

哲学者、天野貞祐は、大佛次郎の特徴について、「上品、明朗、健康」の三語に要約した。前に挙げた文藝春秋新社刊行の「作品集」第四巻月報に載った、

なぜ私は「歸郷」を愛するかというと、それは前篇に漲《みなぎ》る明るさ、上品さ、そうして健康さのゆえであります。これは現在、日本の社会に欠けており、したがってひとが心の底からあこがれ要求するヴァテュー（徳）だと思います」「思うに人生のいかなる絶望者も人生に美しきものの存在することを否定しないでありましょう。（中略）天井において観たイデアの姿を想起しうることは人間の無上の特権

という推薦文ほど、作者に嬉しさを与えたものはなかった。

この言葉が書かれてから六十数年、この人格は現在に近づけば近づくほど望ましいものであり、同時に、法学部出身の文学者の存在はそれほど不遇だったことを忘れてはならない。

「歸郷」の魅力は、骨太で勇気を持ち、真剣を打ち合うに足る上品な会話、地の文を持ったすばらしいものであることを指摘しておきたい。

「歸郷」が書かれてから二十年後、「私は『天皇の世紀』を現代の目で見て書いております。決してお目出度い文章でなく、共通して日本人の心の動き方に在る無目的に一方に雪崩れがちになる性格や今日も在る前々代の一遺産についても一々考えて行きたいと思っています。つまり天皇の世紀のあいだに現われた日本的な現象を読み取りたいのです。」と書いたことを心に刻むとき、作者の〈歴史意識〉が、どの時点にまでさかのぼることができるかは、極めて象徴的で興味の深い課題である。

「歸郷」の通俗性と結びつけて考えられる〈怒り〉の性質は、まさに大佛次郎の精神の次元からす

れば、戦前も戦中も戦後も、息詰まる抵抗体であった社会のなかでは、常に同一の核として存在しつづけたのであった。

自分自身がひとりあることの淋しさに耐え、精神の自由獲得の戦いに生涯を捧げた一文学者であった。そのことを思えば、「歸郷」執筆直後に、自分が生きている時代相を描いた「歸郷」の世界だけに満足できず、個人的な世相への〈怒り〉を止揚させ、大きく日本人の精神の歴史にまでその〈怒り〉の原質を探ろうとすることになるのは、きわめて当然の精神の遍歴であった。

このような作家としての態度を明瞭に自覚する契機として、「歸郷」は大佛次郎の精神史のなかに位置しているのである。作者の戦後は、あらためて「歸郷」から始まったのだと言えそうである。

大佛次郎が「歸郷」の「あとがき」に、「心にきざした或る怒りから生まれた」と書いたのは昭和二十六年のことであった。また、「十年後、資料を集めた日本人の精神史を小説の形で残したい」と、自己のライフワークについて語ったのは、翌昭和二十七年春のことであった。アメリカによる占領は、前年の講和条約調印によって終結している。

大佛次郎が、念願のテーマと取り組み、「歸郷」に感じられた私憤が、真に民族的な公憤にまで高揚し、「天皇の世紀」を執筆するまでには、あと二十年を待たねばならなかった。

2　「パリ燃ゆ」とノンフィクションの系譜

第六回「日本芸術院賞」の受賞式が行われた昭和二十五年五月末から一年後の昭和二十六年の秋、同賞の受賞作「歸郷」の推薦理由書を執筆した東大仏文科教授であった辰野隆が創元社刊行の文庫の一冊、大佛次郎著「ドレフュス事件」の「解説」を巻末に発表した。

仏と露への関心

同作は大佛次郎全集の一連の系譜に属するノンフィクション全集（全五巻、朝日新聞社刊、昭和四十六年）の第一巻「ドレフュス事件、ブゥランジェ将軍の悲劇」収録のもので、本人が「あとがき」で触れているように、昭和五年四月から雑誌「改造」に連載された著名な作品といえる。と同時に、同事件を日本で扱った最初の作品なのである。

その後、「ドレフュス事件」は戦前戦後を通じ、各種異装の単行本として刊行されてはいるが、ほぼ同時期に、同一の解説者が書いた印象の深い文章なので、本章はその紹介から始めてみたい。

解説者の辰野隆は、大佛次郎より十歳年長の類似した経歴を持つ仏文学者で、自分の旧い想い出話を混えながら同作を解説しているので印象に残る。昭和二十六年刊の創元文庫そのものが現在では珍しいものになっているので、わずらわしさを恐れず詳細に紹介したい。

僕の小学生時分、毎朝、時事新報の外電欄は「ドレフュス事件」という見出しがあったことを今でも覚えている

と書き出された「解説」は、その後、小中学校から大学仏文科へ進学して後まで、その文字が記憶に刻まれたまま、更に授業「ドーデー、最後の教室」の時は愛国主義を語り、

獨逸ユダヤ人扱いにして当時もなお憎しみを抱いていることを知った。（中略）先生の父君は、普佛戦争の際、巴里軍が降服した後もなお独軍に対して頑強に抵抗し続けたベルフォール要塞地帯の勇敢な市民であったし、戦争中も家族をスイスに避難させて、唯一人郷里の家を守っていた愛国者でもあったから、先生に伝わる抗独精神は熾烈であった。（中略）

後年、ゾラの作品や伝記を読んで、ドレフュス事件の大要を知るに至ったが、ドレフュス事件そのもの、ブゥランジェ将軍事件そのものについて更に精しく知るようになったのは全く大佛氏の著作に依ってであった。今、氏の著作が再び上木されるに当って、僕は創元社からゲラ刷りを取りよせて再読し、ゾラが当年の大統領フェリクス・フォールに宛てた公開状「余は弾劾す」（新聞オーロール掲載）を読み、且つ、裁判の記事、ゾラの強烈な弁論を読んで、深く感動したのである。

と書き、「ドレフュス事件」について、大略を知り、大佛作を読めば、一層深甚な興味に惹かれて、

最後まで巻を措くに能わないであろうと推薦解説の辞を綴ったのである。

この辰野隆の体験談の中から、同事件がフランス一国にとどまらず、極東の小国日本の社会にまで強烈な影響を及ぼした事実を理解できるだろう。

大佛次郎が「改造」に執筆し、翌昭和六年に加筆訂正の上、天人社から刊行され、それが当時の時代背景の中で大きな意義のあったことを具体的に年代記と並べて説明するまでもあるまい。

大佛次郎は、何時訪れても机に向って書いている多忙な生活の中で、大きな自信を抱いて「ドレフュス事件」を執筆し、同時に多くの知識人、同時代人の心をゆすぶったことだろう。

大佛次郎自身が、前述の「ノンフィクション全集」の「あとがき」の中で、

「ドレフュス事件」を「改造」に書くに当り、私はこの先輩たちのひそみ（社会講談）にならい、平易で興味ある読物にして、軍部というものが近代国家でどういう地位を占め、誤った場合には、如何なる方向へ国そのものを曳摺って行くかを書こうとした。

ノートルダム寺院前にて夫妻で
（昭和36年５月）

と、自信をもって記しているのを忘れてはなるまい。

「事件」概要、大佛次郎の「社会講談」の一作品とへり下った言い方は、この朝日全集の編集室を通して八尋舜右氏が、これら二作品が掲載された雑誌「改造」における扱われ方、それは〈創作欄〉に堂々と掲載されたのでなく、大衆作家などの執筆が多い小論とでもいうべき〈中欄〉に掲載されたと指摘し、差別的扱いであった事情を述べているのを忘れられない。

大正末年、外務省の嘱託として勤め、「ポケット」などに講談執筆の明け暮れであったのは、同じ外務省に勤めていた小牧近江から「事件」の関連文献を教えられ、友人、木村毅の励ましもあって、この時代の先駆的作品が出来た背景もまた忘れてはならぬことかもしれない。

昭和五年の「改造」発表の「ドレフュス事件」と並び、大佛次郎のノンフィクションの三大作として挙げられるのが、昭和三十六年「朝日ジャーナル」から舞台を「世界」に広げ、昭和三十九年に刊行された「パリ燃ゆ」であることはいうまでもない。

一八七一年三月、パリに成立した民衆政権の興亡を詳密に描いた作品で、執筆の時代背景もあって大きな話題を呼んだ作品である。

露伴「運命」との比較

この作品の内容および概評は多く、作品そのものも村上光彦氏の解説、注解を附記して朝日新聞社刊の「ノンフィクション全集」(三〜五巻)に収録されている故、入手は容易に違いない。ただこれも私が数度、刊行後の賛辞の筆頭に引用し、その文学史的位置づけに定着している小泉信三の文章を再度引用して、その適確な評価を胸にたたき込みたい。

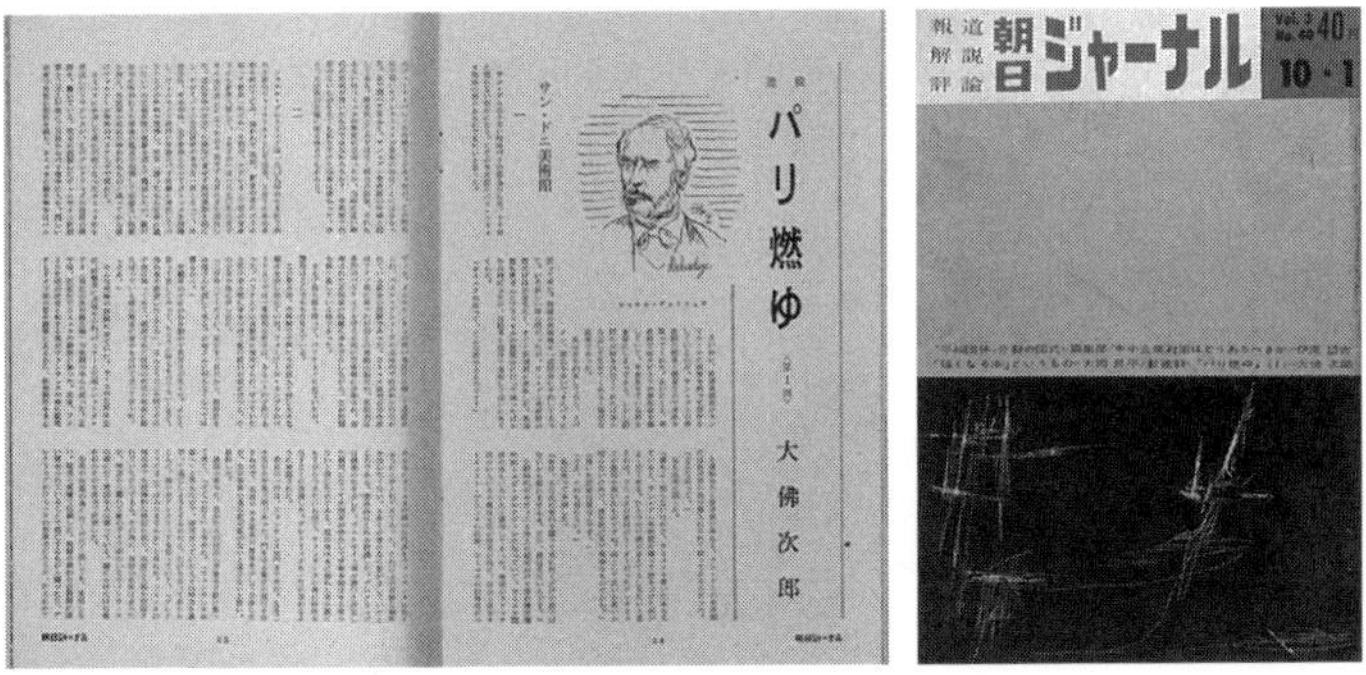

「パリ燃ゆ」第１回が載った「朝日ジャーナル」（昭和36年10月１日号）とその冒頭

「この大作を読みつつ私は屡々《しばしば》幸田露伴の『運命』のことを考えた。『運命』と『パリ燃ゆ』とはちがうというのは易しいが、一国の運命を左右する簒奪または叛乱という政治的大事件を取扱い、帝王から庶民に至る無数の人物を登場させ、しかもそれを、根拠ある史料によって叙述し、そうして、しかも読者を捉えて篇中の人物とともに喜憂させるという点において、両者がともに稀にみる大作であることは争い難い」と書き、「運命」は、中国明朝の皇位をめぐる政変を語ったものだが、共に「史譚にして叙事詩にして歴史小説」であると讃めたたえたものである。

「パリ燃ゆ」は、一八七一年三月十八日未明、パリの民衆が第二帝政の専制政治、普仏戦争、長期の籠城戦などを背景に、時の政府に反旗を翻し、フランス革命の故事に倣ってコミューンを組織、新政権は多くの民主的改革を断行し、〈社会共和国〉のモデルを示そうとしたが、政府の大反撃に遭い、七十二日間の短命のうちに崩壊した、この成立から壊滅までの詳細な歴史を描いたもので、大佛次郎のノンフィクション系列の作品群を集大成し、作者自身の畢生《ひっせい》の傑作であると同時に、〈評伝〉の最後を飾る「天皇の世紀」の序幕が上ったことを読者に語りかけた作品でもあったのである。

第八章　「天皇の世紀」を超えて

1　「天皇の世紀」を読む

掲載の背景

「天皇の世紀」第一巻は「序の巻」で書き始められる。たいへんに正統的な叙述で、天皇のお住まいである京都御所を、作者の大佛次郎が拝観に訪れる場面からはじまる。掲載が昭和四十二年の元旦からなので、その前年の暮れの二十八日に御所の正殿である紫宸殿《ししんでん》を訪れたのである。

丁度、消火演習の日に当っていたので、そのまま作業を見学。掲載初日の叙述は、その体験談である。書き出しから引用する。

二日前に雪が降り、京都御所では清涼殿《せいりょうでん》や常御所《つねのごしょ》の北側の屋根に白く積もって残るのを見かけた。
大きな建物だから寒かろうと覚悟して行ったが、冬暖かい青空で、光に恵まれた昼となった。天気がいいせいだろう。一番大きな紫宸殿の二段となった高い屋根に防火用の水を噴出して、二百坪からあると言うひはだぶきの大屋根の面をつたわって流れる水が、見る間にひろがって屋根の色を変えて行き、檐《のき》のところで飛沫を上げ始める。

見事な書き出しである。巨大な屋根の色が防火水でみる間に変色する様を述べ、以下急転する幕末維新の激変を象徴する。御所を一覧した大佛次郎は、維新前の天皇の日常生活を記憶している老人の談話を詳述する。
天皇の日常生活である。
全てが伝統を保守する一日の生活振りで、石炭で平らにかためた板に坐って神宮はじめ神々への御拝から始まり、夜の御殿へお越しになるまでの一日が詳細に叙述される。

江戸幕府の政策もあって、禁裏の時計は悠久に中世の時を刻んでいた。

何事も古いしきたりを守って暮らす日常だったのである。時に孝明天皇は、お酒がお好きであったエピソードなどが例外として語られる。現在は公園になって広々とした御所も、内実は苦しい生活であったらしい。

内大臣が住まわれ、梨木町の名で知られた公卿町について、落首が伝わっている。

一文もなしの木町の内大臣
忠義は人が百も承知ぢゃ

どんなに苦しい生活ぶりだったかが窺われる一首で、「物売りも中山邸の前は売声を止めて通る」と伝えられた。

貧乏公卿の一人で、維新時に活躍した岩倉具視が、幕府の捕手が入り難い自分の屋敷をばくち場にまた貸しして、寺銭をかせいだエピソードは、あくの強い岩倉ならではの生活ぶりを伝えて興味深い。

幕末まで並らんでいた公卿屋敷も、今は全て御苑となって広々とした公園に変わっている中で、一カ所、明治天皇御生誕の旧中山大納言邸だけが残って、面影を留めている。

嘉永五年十一月三日、孝明天皇の第二皇子で、のちに明治天皇としてわが国を象徴する皇子を、中山大納言の息女が出産。幼時は母のもとで養育された。

大佛次郎は、特に翌日と二日かけて旧中山邸を訪れた。天皇の幼名、祐宮《さちのみや》にかけて祐井《さちのい》と誤って信じた古井戸や、幼帝が鶏や豚の鳴き声を耳近くお聞きとめられたかもしれないエピソードなどを拾って書き残した。

「序の巻」の最後を飾るのが次の二首。

君をつゝむ心のふすま重ねても
むねのいた間に風ぞもりくる
日の御子はこゝにいませり天津空
さむきよあらしこころして吹け

翌嘉永六年、ペリーの浦賀来航があって、二百余年続いた天下泰平の日本社会の眠りが破られる。その後の疾風怒濤の到来を前に、「祐宮は、まだその運命を知らず側近の不安と看護の中に新しい年を迎えた」。

印象に残る「序の巻」の文末を終え、いよいよ舞台は第一章「外の風」が吹き始めるのである。

昭和四十二年はちょうど〈明治維新百年〉にあたる記念すべき年であった。朝日新聞社は、この記念すべき年をひかえて、特別企画として維新と明治天皇をテーマとした期限なしの連載ものを発案した。

競争紙各社も、それぞれが記念にふさわしい企画をと知恵をしぼった。「読売新聞」は同時代の身近な人物の回顧で綴る「昭和史の天皇」を連載、「産経新聞」は司馬遼太郎に日露戦争をテーマとした「坂の上の雲」の連載を依頼した。

企画の検討が始まったのは二年前の昭和四十年正月。日本史学の泰斗、坂本太郎が発案者で、社内に別室を設け、学芸部記者、櫛田克巳らが調査を始めた。大切なのは執筆者である。「朝日新聞」と縁故が深く、最も多く連載ものを書いた作家は、大佛次郎だった。

大正十五（一九二六）年、「照る日くもる日」を「大阪朝日新聞」に寄稿連載したのが始まりで、昭和六年には初の現代小説「白い姉」を連載、続いて横浜を舞台とした〈開化もの〉の作品「霧笛」を昭和八年に、以後、昭和十九年には自分の時代小説の中では一番いいものと自負した作品「乞食大将」を発表。

そもそも、大佛次郎の歴史好きは中学時代に立派な先生の指導を受けたのに始まり、東大に進んでから吉野作造に傾倒し、政治史、特に維新後の歴史に注意が引かれてきた。娯楽小説の手始めに書いた「鞍馬天狗」シリーズも維新が舞台だったたし、品川東禅寺事件の翻訳紹介を行うなど、維新史の史実や資料に対する目配りも忘れていなかった。小説と歴史の両面からの作業が続き、その結実が「からす組」「天狗騒動」「安政の大獄」「逢魔の辻」「阿片戦争」「激流」「その人」と続き、昭和四十年以後も「新鞍馬天狗　地獄太平記」「夕顔小路」「赤屋敷の女」、さらに戯曲「三姉妹」を完成させている。また、ノンフィクションの傑作「パリ燃ゆ」を書き上げたことが、このライフワークに着手する決定的な自信となった。

前にも述べた戦争中の体験、その後の政治参加、出版事業などを経て、自分のライフワークを、明治・大正・昭和三代にわたる〈日本人の精神の歴史〉を維新時まで遡り、その原体質を明らかにした

「天皇の世紀」連載予告ポスター

いという大胆な構想を抱き続けていた。

作者の宿願と、因縁深い朝日新聞社企画とのつながりが、偶然結びついて、この大作執筆へと結実したのであった。

連載のなかで

朝日新聞社挙げての支援が決まり、連載期限なし、読者を顧慮せず、という破天荒な作業が始まった。

作品の題名は、なかなか決まらなかったが、取りあえず明治天皇一代記と考え、資料の収集、整理、現地取材や関係人物からの聞き取り作業も進められた。

昭和四十年の暮れにはガリ版刷りだが、立派に整本された別室編の「明治天皇関係資料所在目録」ができ上がった。

昭和四十一年十二月二十二日の朝刊第一面の中央枠組み「朝日新聞」社告として「新春より本紙を飾る作品」は、大佛次郎のノンフィクション「天皇の世紀」の題名が明らかにされ、「明治改元百年」にあたり、「今回はじめて、長年月にわたり想を練った近代日本史と取組」んだ作品とその構想を鮮明に開示した。

さらに毎日の紙面を安田靫彦《ゆきひこ》、前田青邨《せいそん》、奥村土牛、福田平八郎、中川一政らの一流の日本画・洋画家の装画が飾った。

大佛次郎は「作者の言葉」において、次のような抱負を述べ、執筆へ賭ける意気込みを開陳した。

明治百年になりますので、日本が世界史の上でエポックを作った明治の時代について自分なりの回想や考え方をまとめて見ることにしました。（中略）

明治時代と言う貧しかったにしろ雄渾《ゆうこん》な日本民族の努力と冒険と飛躍のことを、この時代についてすべて無関心になっている今日の若い方たちにも素直に正しくお話出来ればしあわせだと存じます。（後略）

作家歴五十年にわたる大佛次郎の堂々たる自信にみちた「作者の言葉」としての発言であった。しかし、この堂々たる「天皇の世紀」の構想と執筆は、実はこの明治百年記念が最初の着想ではなかった。

昭和二十五年七月号の「文学界」（文藝春秋新社刊）掲載の「大佛次郎氏との一時間（一時間訪問記Ⅵ）河盛好蔵」での対談において、〈青春苦闘の時代〉〈外国文学と私〉〈荷風先生について〉〈日本文学論〉〈フランスか南米〉〈「帰郷」前後〉〈大衆文学論〉〈合作小説〉〈これからの小説〉〈文学の社会性〉について語った後、河盛が「今計画のお仕事でございますか」と尋ねた質問に答え、

大　佛「実はもっと先になってですけれども幕末前から現代まで、何冊になるか、十冊位の小説を書きたいと思っています。これは自分のライフ・ワークにしようと思って、この三代の日本人の精神史みたいなものを、何というかぼくの広い門口を縮めるのでなく、その全部を利用するわけです。それは他の人には出来ないです。現代ものを書く人には髷ものは書けない。ぼくはどっちも書けるので間口を全部使って……だけれどもそんなものを出してくれるところはないし、これだけは書き下ろしで書いてみたいと思っています。だから余り酒を飲まないで身体を丈夫にしようと思っています。」

と鮮明に発言した歴史を背負っていたのである。

しかもこの昭和二十五年の発言と責務について、発言の対談者、河盛好蔵は昭和四十八年五月一日の「東京新聞」第十四面に、「大佛次郎を悼む」と題し、次の追悼文を掲載し、二十五年の対談を思い、丁寧な言葉で故人を偲んだ。

（前略）いつか大佛さんは、自分は幕末、明治、大正、昭和のどの時代もよく知っているから、それを通じた大河小説を書いてみたいと話されたことがあるが、絶筆となった「天皇の世紀」はその試みと解することができよう。またこの大作には小説家大佛次郎の全才能が動員されている。これを最後まで書きつがれなかったのは大佛さんとして定めしお心残りのことであったろう。その最終回の原稿を朝日の記者に渡されたとき大佛さんははげしく涙を流されたということをきいたが、これを書きながらも胸がいっぱいになってくる。その次の日からめっきり弱られたそうである。

大佛さんは出発の当初から文壇と一線を劃して、独自の道を悠々と歩いてこられた。といって大佛さんには狷介《けんかい》なところはみじんもなく、心の広く暖かい、稀に見る立派な紳士であった。しみったれたこと、女々しいことの大嫌いな大佛さんはかつて弱音を吐かれたことがない。それでも「水戸黄門」を書いていた頃は生活にも文学にも行きづまって、ひそかに自殺を考えたことがあると、いつか洩らされたことがある。大佛さんの小説のなかで永久に国民に愛読されるであろう「鞍馬天狗」のように自由闊達に生きた華麗な一生であった。

長々と引用したが、大佛次郎の人と作品そして「鞍馬天狗」にまで触れた珍しい追悼文なので御了承頂きたい。

そして、前に叙述した戦中体験も一つの決意を促したものとお読み頂きたい。さらに、父・野尻政助の脱走的な離郷事件とその後の我が子に寄せた期待と、十二分に答えた大佛次郎の営みこそ見事な作家魂であったと言い切れるであろう。

平成二十七年に公刊された「おさらぎ選書」第二十三集（大佛次郎記念館、平成二十七年刊）所収の「野尻正英（抱影）書簡集」、特にそのNo.42、昭和四十四年四月二十日付の〈明治の長男〉が末弟へ書き残した感慨は忘れ難いものがある。引用する。

毎朝読まされては、あとは明日までオアヅケ。時には議會記事で休載。かうして釣られながら読み通して来たのが、一冊二冊と纒まって読むと、かうも印象が違ふものかと驚嘆させられる。最初に中村星湖君が「いづれ本になるのだろうから、その時に一息に読むつもりだ」と言って来たのに思ひ当った。コマギレに読んでゐたそのコマギレが巧みにつながってゐる　極めて当然の事さへ、不思議な感動を覚えさせる。複雑な筋も大きく廣く統一されてゐる。宮廷がそっちのけになってゐると思ってゐたのに、時々中心に入りこんでゐる。大老と水戸の隠居の対立、松陰に多数頁を割いてゐる目立たない情熱も、本になって初めてはっきりした。「パリ燃ゆ」では最初の部分と中半からとでは何かツマヅキを感じたが、「天皇」は一貫して読者を厂史の大滝にさらひこみ、息をもつかせない。むろん、はしくれの人間まで血肉を与へられて生きてゐる。大した作で、史眼も冴えてゐると思った。

用賀のお宅でお目にかかった抱影先生のお姿を偲ぶ。

2　維新史を描いた蘇峰と潮五郎

若い人々にこそ読んでもらいたいと作者が語ったことを踏まえ、改めて〈史伝と歴史叙述について〉書いてみたい。

日本文学には〈史伝文学〉と纏め得る文学史上の系譜がある。作者自身が、時々叙述の中で顔をみせる書き方で、大佛次郎の「天皇の世紀」の場合、約千点にものぼる史料を駆使しつつ、その積み上げた史料に語らせる中で作者は自分の顔を忘れずに最後まで覗かせるやり方を貫き通した。

「序の巻」は書き上げたものの、明治天皇生誕に続く「維新史」本章の書き出しと構想こそ、これからを踏まえ作者の最も苦心のあったところである。以下、何度も振り返るところではあるが、この作家独自の歴史叙述の進め方を思いついたやり方の大略を述べておきたい。

①　「維新史」といえば必ず第一に取り上げる「黒船来航」に始まる叙述を〈外発的開化〉ととらえ、対称的に南部三閉伊《さんへい》一揆を日本国内より封建制をゆるがす〈内発的開化〉とみて、内外あわせての維新の変革史を描こうと努めた。

②　叙述の仕方も、とかく渦中の人となりがちな日本人の書いた史料にとどまらず、一歩離れた地点から描く外国人の

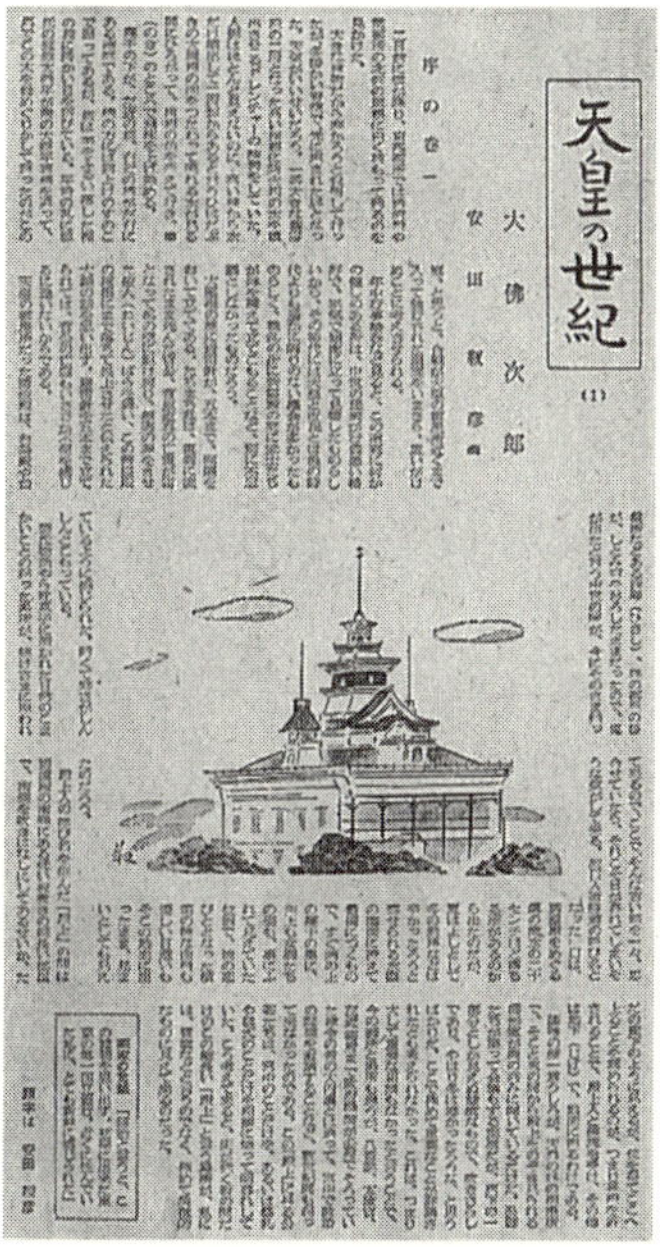
天皇の世紀 (1)
大佛次郎
安田靫彦画
序の巻一

「天皇の世紀」連載第１回
（昭和42年１月１日）

記録を多く使った。

③「維新史」といえば、必ず手元においた徳富蘇峰の「近世日本国民史」百巻と、海音寺潮五郎の未完の大作「西郷隆盛」とを身近な作品（原史料そのままの本文表記と、対称的に口語訳して読者に近づこうとした「西郷伝」の両書の特長を意識の裡に秘めながらの叙述を心がけた。「パリ燃ゆ」執筆の際、表記の上で結論を出せず、迷いのあった〈会話の問題〉は、全く念頭に浮かぶことさえなかった）。

④庶民や不遇の武士に焦点を置くことに決め、登場人物の掘り起こしは勿論、人物群像を包み込んで流れる非情な歴史の恐ろしさまで感じさせる国民の文学を目指した。

⑤現代から維新を見るだけでなく、読む人に維新時から現代を見通す目も与えた作品の創作を目指した。

「天皇の世紀」の叙述

ところで蘇峰と海音寺の歴史叙述、この二つに挟まれたようにして大佛次郎の「天皇の世紀」の叙述の特長をとらえてみたい。

つまり大佛次郎は、

①歴史人物像の形象、例えば斉昭、慶喜の人物像などが詳細に描かれている。

②非情なまでの歴史の流れを描く。例えば桂小五郎を包み込みながら、時の変化を読みとれる。

この二系統をないまぜにしながら書き続けて行く。

具体的には、黒船来航前の「外の風」の章では特に阿片戦争へのこだわりが目立つ、続いて「先覚」章として高島秋帆《しゅうはん》、高野長英、同時に水戸学の攘夷運動と徳川斉昭を挙げ、次は各地に起こった「野火」の章では松陰を先頭に、黒船同乗への期待、対照的に斉昭の尊皇開国、条約交渉を述べ、その思想が京都へ飛んで維新の志士の活躍から井伊直弼の大老就任、一方で「大獄」「反動」の章に波及して、その行き着く所に桜田門外の変と東禅寺事件の勃発。続いて公武合体の動勢の中に久光の上京と生麦事件発生、同じ頃に八・一八のクーデターが起こり、「義兵」の章で天狗党の動きと、敗れる攘夷が長州、薩英戦争を呼び込んだ。その間、大佛次郎自身の入院騒ぎがあって連載は中断、作者の希望もあって紙上「維新のはなし」さらに最後の入院時には「流域紀行」の挿入による変化、力を振りしぼっての病院内での執筆は、四十八年一月より改めて紙上掲載され、明治新政府の出発から隠れキリシタンの発見を描く「旅」の章、そして戊辰戦争の「武士の城」から「金城自壊」の章に続いたが、河井継之助の負傷を書いて年表・内容索引で結ぶのである。

この連載翌年に始まる入院はしばしば繰り返すことになる。この四十三年五月から七月にかけての入院、休載に際し、紙上では「明治維新のころ」の総題で山川菊栄「攘夷をめぐる水戸藩の苦悶」が、続いて猪熊兼繁が「維新前の公家」の題で御所の様子や公家の生活を、維新学者小西四郎が「幕末期の女性」の題で唐人お吉や皇女和宮の話題を、次いで高橋邦太郎が「史料採訪の旅」を、中原雅夫が「白石正一郎のこと」を長州藩を舞台に描き、友人の木村毅が「おけい物語」の題で最初の移民女性として知られる隠れた明治女性の生涯を、最後は維新研究家としても知られた大久保利謙が「佐幕派論議」の題名で旧幕臣の明暗を書き、大佛次郎休載のすき間を埋める話題を掲載した。これらの諸作品は、同年十一月、朝日新聞社から集録発行され、「天皇の世紀」休載の欠を補完した作品群だった。

一方、「天皇の世紀」の単行本化は四十四年二月から、第一巻「黒船」が、翌三月には第二巻「大獄」がそれぞれ注解・索引を付載の上、朝日新聞社より刊行された。

同時に三月三十一日、大佛次郎にとっては初めてと記憶する出版記念会が勢大に催された。出版記念会以前、連載後十カ月、朝日新聞PR版に英文学者、福原麟太郎が、「史伝の美しさ——『天皇の世紀』を読みつつ」の文題で、何とも見事な素晴らしい読後感、感動的とも言える賛辞を掲載していたのである。この文章は、「天皇の世紀」について最初に触れた、すばらしい批評、PRであった。

内容は三十九年十二月、他の寄稿家と共に「形影問答」と題して、日本の国造り、大和の形勢が書かれた。次いで翌四十年春から初夏にかけ同じPR版に「義経の周囲」というエッセイが載った。これは「題目どおり義経の周囲を史実と想像とで固めてゆかれると、だんだん義経という貴公子が英雄としてその真実の姿を現わしてくる。」といういかにも大佛次郎の小説家としての取材上の選択や技術を思わせる面白さだけでなく、ある重厚さをもって迫って来て、次第に形をなしてくるところのある「何という威厳のある物語」と敬服堪能させられる作であった。

これらのエッセイの直前、大佛次郎には三十六年十月から三十八年九月にかけ、「朝日ジャーナル」

に「パリ燃ゆ」の総題で長篇ノンフィクションの執筆があった。

この経緯を踏まえ、いよいよ「天皇の世紀」なのである。

何時まで、どれほど広く深くなるかは分からぬが、幾十年かかろうとも「どれほどの歳月を貫いても、書き終えて頂きたい」と福原麟太郎は熱く切望する。そして「私はその度胸に感服した。これは大変なものが始まったと思った。これだけの序詞（プロローグ）をあえて書いて止めないというのは、余程の自信と覚悟があるに相違ない」。


こんどの「天皇の世紀」で、私が一ばん爽快に読んだのは、今までのところ、米英仏和露の船舶が、かわりばんこ、わが近海を遊弋《ゆうよく》し、あるいは港へ入って来て、わが国民の不安と好奇心を呼びさますくだりであった。その動静が明確に語られ、はじめてよく解ったと思った。（後略）

しかし決して小説ではない。きびしい態度で史実を集め整理して、時の移ってゆくあとを、はっきり記録しようとしている。史伝というものなのだ。事実そのものに事実を語らせようとすると、その配列が生命的である。人間や社会のことをよく知っている人の想像力がそれを適正に決定する。それは事実を再現する歴史であるとともに、芸術の美をも備えているものである。

見事な評価である。わずか十カ月しか連載開始から進んでいないのに、まだ黒船渡来の章なんかそのあたりに過ぎないのに、それぐらいのところでもって「天皇の世紀」の核心的な素晴らしさを、これほど見事に、的確に評価した方は殆ど見当らない。

「美しい歴史叙述――『天皇の世紀』の文学芸術」という証言こそ貴重で、正しく残さなければならぬ〝天の声〟なのである。

3 「天皇の世紀」の周辺

開国と攘夷こそが主題

この維新史十五年の歴史の中で、山場となるのが禁門の変に始まる敵味方に分かれていた薩摩と長州が坂本龍馬の強引ともいえる〈斡旋〉に引きずられて、攻守同盟を手合わせする場面こそ本書の中で一番強い感動を覚えるところである。

こうして三者の手が重なる場面である。

「天皇の世紀」でも木戸文書に残された裏書きと六カ条の同意が詳しく、具体的に記述してある。読んでいて最も興奮させられる場面であると同時に、木戸孝允が文春文庫本索引で見ても納得できるように、第一～十二巻までの全巻に亘って登場している主要人物であるのを忘れてはなるまい。

しかも、この三者の綱渡りで完結した場面を彷彿させる幕府への危機感を具体化し、同時に龍馬の朱書きの「薩長同盟」の成立を裏書きした原資料が眼前にありありと検分できるのである。

平成二十二年九月から十月に亘って、皇居東御苑の三の丸尚蔵館において、この書陵部蔵の木戸文書が一般公開され、その頃より公刊された維新史には必ずと言ってよいぐらい朱書きが鮮明に収録されている。

宮地正人「幕末維新変革史・下巻」(岩波書店刊)巻頭は、この薩長同盟の成立の詳細な状況が史学者の目を通して具体的に記述、大佛次郎は「客の座」(文春文庫本第七巻)の章において龍馬が西郷吉之助と桂小五郎とを会見させる企画を立て、両者の連合を実現させるべく幾度も具体化に努め、ついに慶応二年一月二十日、二十一日にわたって連合の具体的談合にこぎ着けるに至った。

この薩長間の密約六カ条については会談後、木戸が龍馬にあてて書状を送り、六カ条を列挙し、その間違いないことの証明を求めた時、龍馬が木戸の書簡の裏面に朱筆の確認を記した。そして、「慶応二年(丙寅)二月五日」の日付と「坂本竜」の署名を記して木戸に返した。

これが「木戸家文書」として宮内庁書陵部に所蔵、平成二十二年九月から十月にかけ、北畠親房所有の「日本書紀」の写本などとあわせて二十七件が、同時に初めて一般公開されたのである。

この公開の背景となった「禁門の変と薩長攻守同盟」の締結こそ「維新史」十五年の中心となる山場で、しかも生々しい証言と言えるのではなかろうか。

無論、「天皇の世紀」が描く維新史十五年の歴史は、前述「序の巻」で描いた明治天皇生誕に続いて事件は「外の風」から「先覚」そして「黒船渡来」の章へと入ってゆくのである。

明治維新を語る時、まず黒船来航から始めるのが通例である。つまり維新を日本の近代化の視点からとらえるなら、この事件は疑いもなく〈外発的開化〉としてしめくくることができる。それに対し、南部藩で起きた百姓一揆は農民達が、人間としての最低限の〈生きる自由〉を求めて、自藩による秩序を拒否したのである。封建制の急速なる自壊作用を招く結果となった。〈内発的開化〉と呼べる、維新の知られざる一面であった。

また、吉田松陰は、高杉晋作、伊藤俊輔、久坂玄端らの門弟に、身を乗り出すようにして、その精神を誠実に訴える。この後、倒幕の一線に立った志士たちは、「皆、松陰が孵化させた小さい蝶たちである」と書き、続けて「死刑と定ったたと見ゆる牢獄の中にいても、先生はまだ教えている。」と結んだ。現在進行形で「教えている」と書いた作者の意を深く汲み取りたい。

ともかく時代は荒れ狂う攘夷一色で、ただ、この時期はまだ個々人の動きが中心で、藩全体が同じ動きをするまでには至っ

吉田松陰の墓を訪れる

ていない。つまり闔藩《こうはん》攘夷とまではいえず、風は強く、突風ではあるが、外国輸入の槍が日本国内をかき廻し、大波までは押し寄せていない。

憂国の志士たちも、直情径行に攘夷を唱えたが、それも大橋訥庵《とうあん》などの捕縛斬首で一段落したようである。

ただ〈黒い風〉は、次に藩単位の大きな風となって日本国中を吹きまくるのである。

勤王攘夷と佐幕開国。両勢力の分裂から始まった維新史十五年の歴史は、普通、黒船来航から記述される。国交と交易を迫った欧米列強に対し、異国人や異国文化の徹底拒否を貫くことこそ攘夷本来の意義であった。

一般通史をひもとく時、外国の刺戟によって政治、経済、文化が変化、交流した時期は、次の四つの時期に分類定義できる。

①奈良時代に起きた仏教伝来の受容
②戦国時代の南蛮文化、鉄砲、キリシタンの渡来
③明治維新時の黒船渡来による欧米文化の受容
④太平洋戦争敗戦によるアメリカ文化の受容

この四つの交流期のうち、第三の維新時が他と大きく異なるのは、それ以前に約二百五十年に及ぶ鎖国と、固有文化の形成があったことである。

京の中心に居住して世界の事情に暗く、祖先の崇拝に明け暮れしていた朝廷社会は、来航した黒船の脅威に理解、受容をみせぬばかりか、これらの外夷を日本の土地から武力で追い払えばよいのだと単純に信じていた。この攘夷の動きは、今迄あまり意識しなかった先祖伝来の日本国と日本国民への自覚をもたらした。しかし、雄藩であればあるほど自藩中心で、特に時勢を引っ張って来たと自負す

る長州藩では、ここで一気に国運を自藩に引き寄せ得るとまで確信するようになった。攘夷親征の動きである。

この急激な変化を懸念した孝明天皇は、ひそかに会津藩の松平容保《かたもり》などに意を下して、現在の秩序を守ろうと図った。攘夷は希望したが、幕府を倒してまでの国情の変化を期待しなかったのである。自国意識が危うく旧来の型を守らせたというべきだろう。

作者は「攘夷」の章をしめくくるに当たって、次のように述べている。

　二世紀半にわたって藩を分けて封建の世の中に住み慣れて、日本の国を全体として認識することが一般に稀薄であった。黒船が渡来し、水平線上に異国が大きく現れたので、初めてこれに対するものとして、全体としての日本の国、地図の国境の線が考えられ始めた。異国の脅威あっての日本である。

「天皇の世紀」の中で、「攘夷」の章に最も多くの紙数を使って、その特殊性を詳述したのは、この異国文明との衝突が、新たに〈東と西の問題〉として捉えなおされているからに他ならず、それは大佛次郎終生のテーマでもあった。

「攘夷は時代の狂気であった」という一節で、その激しさを明瞭に示しているだけでなく、「攘夷の高汐」「攘夷の御大業」「攘夷の急激」「攘夷一辺倒」などなど、様々な語彙を用いて、攘夷に狂う廷臣の動きと各地から入り込んだ浪人の動きに筆を尽くしている。また、大佛次郎の〈東と西の問題〉をメーン・テーマとして扱った小説に「その人」があったことを思い出したい。

維新史を彩る主要人物

西郷隆盛、勝海舟、坂本龍馬などがいっせいに歴史の表舞台に登場し始める。数々の娯楽小説で大衆を魅了した、大佛次郎の腕のふるい所である。

それらの人物群像の各々について検証する必要があるが、詳述は「天皇の世紀」本文にゆずり、（幸いこのあたりのくだりは読み易い）中心人物の一人で、維新史十五年のほぼ初めから登場する桂小五郎（木戸孝允）に焦点をあててみたい。

フランス文学科出身でありながら、専門以外にも、日本史、日本文学に数多くの著書を持つ村松剛が、昭和六十二（一九八七）年、「醒めた炎――木戸孝允」（中央公論社刊）と題した部厚い評伝を書いている。「天皇の世紀」（文春文庫）十二巻本の「京都」の章（第五巻に所収）「長州」「奇兵隊」（第六巻）の章については、同書を参照しながらの読解が判り易い。特に村松本は、はっきりした歴史小説であるから、内容が稠密《ちゅうみつ》で具体性がある。例えば桂小五郎が、禁門の変を控えて因州藩に持ちかけた天皇御動座をめぐるやりとりなども、会話による当事者間の心の動きが描かれる。無論、史料をもとにしてはいるが、人物の胸の裡《うち》は作者の創作である。

客観的にみても、桂が立てた作戦はきわどかった。鷹司邸を中心に各藩兵が入り乱れての激戦が続くが、長州藩の敗北が次第に明らかとなる。参戦を約束した因州藩が、その場になって裏切ったのに対し、桂は憤慨することもなく、「左様でありますか、それでは是まででありますす」と、落着いた声で言い放つ。それは自分の心を無理にも納得させる言葉であった。村上剛が「醒めた心」と名付けた桂の態度は、切羽詰まった因州藩とのやりとりの中でも実に従容としており、全てを自分の心に収めて、断念のほかは黙して言わない。大佛次郎は、「この場合の桂小五郎の心中は実に暗澹としたものだったに違いない」と、短く感慨だけを記した。

禁門の変は、いわゆる池田屋事件が火付け役となっているが、桂はここでも冷静に、「天王山に兵を出す。これに基づけり」と、僅か一行で事件を位置づけている。

洛中、二万数千戸を焼失させ、来島又兵衛らの戦死、久坂玄瑞らの自刃から、真木和泉らが天王山に集結、全員自害する結末まで、息をもつかせぬ緊迫したシーンの連続となる。大佛次郎は、この地一帯を実際に歩き、維新史の分け目となった土地を目に焼きつけた。同行した「朝日新聞」記者の櫛田克巳が、この時の大佛次郎について、「京都への道すがら、山崎街道から天王山を見上げ『ここをのぼるのはなかなかたいへんだ、のぼれなくなったら仕事もできないな』とよく言っていたが、真木らの自刃などたくさんの歴史を語るこの丘に、なにか懐しみを感じているように私にはとれた」と書き残している。また、大佛次郎自身は、「神奈川新聞」連載の随筆「ちいさい隅」(天王山)の中で、素朴な感慨を表出している。

桂の長州復帰を、「天皇の世紀」は印象的な一節で迎える。

桂小五郎が帰って来た。大きく言えば長州藩の運命を決定することである維新において桂の果した役割が、いかに重要であったかを物語る一節であろう。さらに桂の来歴にも触れ、「桂は、安政大獄以前からの古い志士で、師松陰が刑死した時も伊藤等を伴い遺骸を牢獄に引取りに行った。その後に活発に運動を続け、致命的となった禁門の変にも裏面でさかんに尽力して、遂に全く敗北して、同志の者多数が仆れるのを見送って、自分も命からがら逃れて出石に隠れた。〈志士〉の時代がこれで亡びたと見てもよい」と、時代の大きな推移を的確に叙したのであった。

先覚、有志者の活躍が時代を作っていた時から、一藩あげての運動、つまり〈闔藩《こうはん》勤王〉へと時代はさらに大きく変貌したのである。禁門の変が、維新史十五年の分水嶺であったと見る所以《ゆえん》である。

その後の桂小五郎の活躍は、薩長攻守同盟の締結と討幕運動でますます盛んとなり、新政府においても日本の明日を模索し続ける。

桂小五郎の平衡感覚を、大佛次郎は淡々と書き続けるのである。

幕府の終焉

幕末期の日本を取り囲む列強の出処進退を振り返ってみれば、薩英関係が世界情勢の中での日本の将来を暗示し、今も変わらぬグローバルな問題をかかえていると読むことが出来るのではあるまいか。

大佛次郎が「天皇の世紀」執筆の際、「時代の条件は違っても、東南アジア、アフリカの諸国家が今日、入口に立って解決に骨を折っている諸問題とも深いつながりがあり、その苦難の中を若い日本が通り過ぎて来た一世紀だったと信じます」と述べ、作品の今日的意義を強調していたことを思い出してみようではないか。

慶応二（一八六六）年十二月二十五日、孝明天皇が三十六歳で崩御され、「連続する未曾有の困難に直面し、方角なく揺れる波に揉《も》まれた御一代」が終わりを告げた。

年が改まった正月九日に践祚《せんそ》の式が執り行われ、明治天皇が誕生する。数え年で十六歳の若き新帝であった。

これらの諸事情を背景として、坂本龍馬が土佐藩の重役である後藤象二郎に提議した「大政奉還論」が浮上してくる。これを巡る朝廷、幕府、諸藩、諸外国列強、それぞれの「かけひき」が文春文庫第八巻所収「諸家往来」の章の読みどころである。

大政奉還による平和的解決を目指したのが龍馬と後藤の「船中八策」であれば、一方の武力倒幕は岩倉の「討幕の密勅」ということになる。新しい時代を開こうとする両者の特質がよく現われている。大佛次郎は、この「船中八策」をはじめとする統一国家の設計図が構想される過程を、実に面白く描いている。

慶応三年六月九日、後藤が藩で入用の品々の手配を終えて長崎から京へ向かう時、龍馬が大政奉還後の日本の体制について進言するシーンは、驚嘆する後藤象二郎が作家に乗り移ったかのような生き生きした筆致である。この冷静な対処は、ある意味では見事なものであった。

しかし、一方で岩倉具視、大久保一蔵のコンビは、すでに倒幕の準備に取りかかっている。岩倉の発案によって〈錦旗〉の作成までもが進んでいる。つまり、ここでは「大政奉還」と「討幕の密勅」が同時に進行しているのである。

この複雑な動きの理解を助ける史書は、石尾芳久の「大政の奉還と討幕の密勅」（昭和五十四年、三一書房刊）であろうか。この書の巻頭で石尾は、奉還と密勅の二つの動きが全く同日に挙行されたこと、しかも二つの動きを一方の当事者である薩摩の小松帯刀《たてわき》が熟知していた事実に着目する。大佛次郎は、この小松の両天秤にかけた動きを「二重のゲーム」という言葉で表し、西郷や大久保などの下級武士の尖鋭的な動きを重役であった小松が批判的に見ていたこととともにおわせているが、この叙述は石尾の書でも紹介されている。

石尾によれば、平和的解決を目指した大政奉還と、クーデター的性格を持つ討幕の密勅は、対立・競合の関係にあったのではなく、必然的因果関係にあった。岩倉、小松、大久保らが、まず慶喜に大政奉還を行わせて政治的空白を作り出し、そのうえで密勅の宣下を実行していることを考えれば、その分析は妥当と言えるだろう。

同時に動いた坂本龍馬の活躍もまた見事で、中島作太郎（信行）、戸田雅楽《うた》（尾崎三良）らの有志による政治機構改革案は、大政奉還後における初めての官制機構の構想であった。

だが、慶応三年十一月十五日、坂本龍馬は京河原町三条下ル蛸薬師の近江屋において、同じく土佐脱藩の陸援隊隊長、中岡慎太郎とともに何者かに襲われ、三十三年の短い生涯を閉じる。志半ば、突然の死であった。

龍馬の遭難に続いて、本巻末には岩倉の主導による王政復古の大号令、次巻では小御所会議、天皇を巡る岩倉と山内容堂との対決場面へと、緊迫の場面が続く。そして戊辰戦争へと向かって、「天皇の世紀」も雪崩のごとく滑り落ちてゆくのである。

徳川慶喜の複雑な精神構造についての考察は、「天皇の世紀」においても度々なされている。「波濤」の章からあげれば、「何か問題が起る毎に、性格が曖昧で決断を欠くとは、過去にも慶喜が非難を受けて来たところである。やはり、江戸という古い都会が人間に加えた洗練された性格があって、貧乏公卿の苦境に育った岩倉具視や、西南九州の地方人の大久保一蔵の如くに、太い棒を押出すように無慈悲になれる強い性格ではない。都会的に言って、まことに良く出来たひとであったが、実父水戸の烈公の放埒なまでに烈しい行動を、側に付いて心配しながら成長して来たひとであって、強い苛酷な決断を下すのを反《かえ》って慎む気質と成ったのではないか?」という評語を加えている。

大坂に下った慶喜に追い討ちをかけるように、辞官納地が督促される。暴発寸前の臣下を抱えた慶喜は沈静化に努めるが、新政府の方針に唯々諾々と従うものではなく、十二月十六日には列強六カ国の公使と引見する。この場で慶喜は、外交の権利と責任は従来どおり自身にあることを表明するのである。

これを知った大久保は激怒し、同時に危機感を強めた。諸藩は右往左往の有様であり、徳川家に対する同情も根強い。クーデターを主導した薩摩への反感もある。この機会を逃すことなく徹底的に幕府の勢力を削がなければならない。二条城に残って残務処理にあたった永井玄蕃頭、新政府と慶喜の間に立って平和的解決を周旋しようとする土佐の後藤象二郎、越前の中根雪江、この三者による折衷案が奏聞されるが、大久保はあくまで慶喜の領地返上をゆずらない。大久保、岩倉には、慶喜を新政府に参加させる考えは全くなかったのである。

こうした政治抗争が繰り広げられている間に、激昂した大坂城内の将士による出陣騒ぎが起こり、江戸では薩摩藩邸の焼き討ち事件が勃発する。「燃え立とうとしている火中に、油の樽を投げ込んだよう」なこの事件が、鳥羽伏見の戦いを引き起こす。

大佛次郎は、戦いの成り行きを詳密に叙述し、幕府、新政府両軍の人名を細かに挙げて史実の再現に努めている。とりわけ会津藩兵の奮闘ぶりは、淡々とした筆致ながらも作者の感慨が滲みだしており、印象深い。

長州征伐の失敗後、新たに調練した兵力を擁し、かつ数的優位にもありながら、幕軍は呆気なく敗れた。結局、慶喜は一度たりとも戦いの中心に身を置くことはなく、また近臣の誰れに相談することもなく、東帰恭順を決めている。大佛次郎は、この慶喜の大坂城の曖昧な放棄が幕府の運命を終局的に決定したものと見る。

「波濤」に描かれる政治抗争と、次の「内乱」の章に詳述される軍事抗争は、一対となって実に読み応えがある。あらためてご味読されたい。

慶応四（一八六八）年一月十二日、徳川慶喜は海路、大坂より東帰する。鳥羽伏見の戦いに敗れた将兵を大坂城に置き去りにしたまま、その真意を誰にも明かさないままの孤独な旅路であった。

慶喜はまだ恭順の意を明らかにしていない。同日布告された上意書には、松平修理大夫（薩摩藩主、島津茂久）の家来が幕軍を一方的に「朝敵」とみなしたのでひとまず帰還したとあり、敵はあくまで

「修理大夫家来共」であって「官軍」ではないという態度である。一月十五日、老中小笠原長行《ながみち》がイギリスの書記官ロコックへ渡した書簡にも、江戸幕府こそが日本の正統政府であるという主張がある。江戸城内が主戦論一色に塗り潰されて、恭順を言い出せる空気ではなかったことは事実だが、慶喜自身にも抗戦の意思はあったと見るべきだろう。

だが、結果的には慶喜は東帰から一カ月後の二月十二日、恭順の意を固めて上野寛永寺に謹慎し、翌月十五日には、江戸城を官軍に明け渡すことが決まる。恭順か抗戦か、どちらに転ぶかまったく予測のつかなかったものが、二カ月の後に収束するまで、その一部始終を、大佛次郎は様々な資料を駆使して描出するのである。

まず、慶喜とフランス公使ロッシュとの三度にわたる会談がある。明治の末になってまとめられた「昔夢会筆記《せきむかいひっき》」には、徹底抗戦を勧めるロッシュに、「たとい如何なる事情ありとも、天子に向いて弓ひくことあるべからず」と答えたという慶喜自身の証言が残っている。

だがやはり、この時点で慶喜が恭順を決意していたとは言いがたい。徳川の領土を防衛する為には、彼は周囲の実情からも、戦争を辞するものではなかったからである。しかし、ロッシュの申し出た外国士官の採用と財政支援を受け入れれば、「植民地戦争の初期の方式を国内に導入すること」になり、当時のアジア諸国がたどった道を、同じく日本も歩んだ可能性は十二分にあった。そのような前提のもと、大佛次郎はまことに深遠な一節を導き出す。

慶喜の偉さは、幕府のために有利と知りながら、それに応じなかったことであった。天皇に弓引く

大蘇芳年画「慶喜大坂脱出図」(版画，明治10年)

つもりはないという言葉が、その時、他の全部の理由に代って有効のものと成った。慶喜はロッシュとの最初の会見から、それを口にしている。自分はあいまいに形式的に用いていることが、他人に度々話すとなると、言葉自体に重量が加わって発言者に拘束を加えて来る。

慶喜を賞賛するものでもなければ貶《おとし》めるものでもない。一見淡々とした歴史叙述があるばかりである。それでいてこの一節は、先の上意書で用いた「朝敵」の二文字が結果的に慶喜を追い詰めていったことを指摘したのと同じく、慶喜自身の言葉を手がかりにして、慶喜が図らずも招いた事態、至らざるを得なかった帰結点を言い当てている。

一方の西郷であるが、昭和五十二(一九七七)年の西郷の没後百年に際して、かねてより西郷に私淑していた野中敬吾が、「西郷隆盛関係文献解題目録稿」を私家版で刊行している。明治十年から昭和五十二年までの百年間に出版または発表された西郷の伝記、遺文と、その人物、思想に論及した文献を拾い上げ、主要文献には解説を施してある。四百頁に及ぶ詳細な目録である。

田中惣五郎の「西郷隆盛」(昭和三十三年　吉川弘文館刊)には、勝との談判が西郷の一代転機であったと述べられている。「生一本の自然児的存在」として描かれる西郷は、「軍事的に堂々たる陣容で敵を制圧し、これにおそれて敵が降伏し、妥協するさいは、情を以て処理し、一応片づいたと見るや、あとは敵の処理にまかせるという方式」を採る。「これが西郷の大腹中といわれ常賛されるゆえん」であった。前近代的な腹芸的兵法が西郷の魅力ではあるが、この談判に限って言えば、その西郷に影響を与えた勝の存在感が、むしろ際立つようである。

世にもっともよく知られ、本人も進んで執筆した西郷伝、海音寺潮五郎の「西郷隆盛」全九巻(昭和五十一〜五十三年　朝日新聞社刊)は、史伝でありながら自身の解釈を大胆に述べた独創的な作品である。第九巻の「江戸城受け渡し」では、パークスから降伏者を攻撃するのは道理にかなわないことを指摘され、外国人から道義的な教示をされたことを深く恥じたとの叙述が見える。「天皇の世紀」にもあるとおり、やはり「この談判で勝ったのは敗者の方で、官軍ではな」かったようである。

以上、様々な資料、作品に彩られた両雄会談を、大佛次郎は実に巧みに描き出している。皮肉屋の勝海舟をして「一見その人となりに感ず」と言わしめた誠実一途の人物、山岡鉄太郎や、パークス、アーネスト・サトウが果たした役割にも目を配りながら本章をご味読いただきたい。

五箇条の誓文

徳川幕府に代わって成立した新政府であったが、国民の信頼を得るまでには至っておらず、いまだ〈紙の城〉であった。この城を確固たるものにすべく、横井小楠、その門下の三岡八郎（由利公正）、桂小五郎（木戸孝允）、西郷隆盛、大久保一蔵（利通）らの武士と、岩倉具視らの公卿が、政府の基礎を固める仕事の中心となってゆく。まず、必要とされたのは、行なう政治の基本綱領、すなわち国是であった。「新政の府」（文春文庫刊、第十巻所収）の章では、慶応四年三月十四日に布告される五箇条の誓文の成熟の過程が詳述されており、「江戸攻め」は、また風合いを異にした国法倫理をテーマとした叙述である。

この五箇条の誓文の文案に初めに着手したのは三岡八郎である。三岡は前年に坂本龍馬と会談したときから国是の必要性を痛感しており、慶応四年の正月にはメモふうの文案を準備していた。そこに福岡藤次の加筆があり、さらには岩倉、木戸らの手が入る。もともとの三岡案では、第一条が「庶民志を遂げ云々」とあったものが、福岡案では「列侯会議を興し云々」となり、最後に木戸が「広く会議を興し云々」と一般化する。

庶民に近い立場の発想から、大名連邦の構想、「天皇独裁下の天皇と国民一体化論」へと変化してゆくのである。この経緯は、「日本の歴史　第二十巻」（昭和四十一年、中央公論社刊）で井上清が詳しくまとめている。

勝-西郷会談と同日の三月十四日、誓文が発布されるのと同時に宸翰も宣布される。作成には、木戸が深く関わったようである。この「億兆安撫の宸翰」と呼ばれる天皇の書簡は、「総ルビ付きの木版刷りにして全国に配布され」た。

誓文及び宸翰の波及については、新政府が〈紙の城〉と揶揄されたごとく、抽象的存在として扱われたと説く学説もあるようだが、歴史学者の原口清は「明治初年の国家権力」(『大系日本国家史④近代Ⅰ』昭和五十年、東京大学出版会刊)において、逆に誓文がその後どのように具体化されていったかを論じている。単なるタテマエではなく、実質的意義を有していたとの見解である。

大佛次郎も誓文の具体化を例示しているが、思い起こされるのは敗戦直後、東久邇宮稔彦《ひがしくにのみやなるひこ》内閣から内閣参与に任命された一件である。首相のブレーンとして、主に文化、教育方面への提言を期待されての人選であった。内閣がわずか二カ月で総辞職したため、短い期間にはなったが、この作家らしい生真面目さで仕事に取り組み、東大法学部卒業後二十五年ぶりに「六法全書」を開いて治安警察法などの知識を深めていた。誓文の普及について書きながら、新国家建設のために意欲を燃した日々を思い起こしていたのではなかろうか。

また大佛次郎本人の回想によれば、五箇条の誓文は大正末年の普通選挙運動の時にも持ち出されたという。これは、私自身の記憶にも残っていることであるが、敗戦時にも「神聖な御幣の如く担ぎ出され」ている。百年近く経っての再登場であった。誓文が国家統治上の極めて重要な政治理念として有効性を維持してきたことの証左であろうか。「安全保障問題」や「憲法第九条」を巡って揺れる日本の現状も、想起されるではないか。

4 「旅」と河井継之助

昭和四十六年九月二十日の夜、外出先で倒れた大佛次郎は、救急車で病院に運ばれた。血圧が異常に高く予断を許さぬ状態であったため、国立がんセンターに再々度入院することとなった。

大佛次郎とキリスト教

「天皇の世紀」は十月十三日をもって休載となり、十五日からは二回目のエッセイ「明治維新のころ」が始まっている。連載再開は三カ月後の四十七年一月五日である。「旅」と題された新章は、それまで一途に描いてきた明治維新史の主流から離れて、浦上切支丹の迫害がテーマに据えられた。比較的引用の少ない叙述法は直近の各章と趣を異にしており、「序の巻」（第一巻に所収）の如くである。

大佛次郎は構想メモやノートの類を残さなかった特異な作家であるため、なぜ「旅」のような維新史として類例の少ない本作の中で、産み出されたかの確証はないが、がんセンターに入院中の毎日を綴った「病床日記――つきじの記」や、本章執筆の典拠となった浦川和三郎の「浦上切支丹史」（昭和十八年、全国書房刊）を机上に置きながら、その謎を考えてみたい。

「天皇の世紀」掲載の実務担当者として、大佛次郎の晩年を傍近くで共に歩んだ朝日新聞記者、櫛田克巳は、大佛次郎の歿後、雑誌「社会主義」に十回にわたって回想録を発表、これが「大佛次郎と『天皇の世紀』と」（昭和五十五年、社会主義協会出版局刊）の追悼書となった。

当時、櫛田は「旅」の章が綿々と続くことに疑問を抱いていた。あまり例のないことではあったが、櫛田は思い切って大佛次郎に尋ね、問いかけてみた。

浦上切支丹の農民の抵抗の評価が高すぎはしないでしょうか？　当時各地に発生していた農民一揆をどうご覧になるのでしょうか？

大佛次郎はすぐには答えず、数日後、各地の読者から送られてきた浦上の信徒に対する同情と共感の手紙の束を櫛田に送ってきて言った。

思想よりもこういう感動がたいせつな場合がある。君もよく考えてください。

さらに章の結びに、他では見られなかった「注」を加えた。この一文を読んだ櫛田は、心深く納得し、「大佛さんの細心なきびしい歴史の見方に強く教えられるところがあった。〝公式主義〟への批判なのだと私は思った。大佛さんは長いあいだ歴史の片隅に置き去られていた浦上の殉教者たちの美しい魂を、日本の夜明けの舞台に書き出したのである」と思うに至った。

櫛田の言うところの「注」における大佛次郎の口吻は、全巻中、最も忘れがたい印象を残すものである。

大佛次郎とキリスト教との関係については、「私の履歴書」で内村鑑三や伊藤一隆、大島正健に感化を受けたと回想し、「正しいと思わないものにどこまでも抵抗する意志や、人間的にいやしいことは自分に許すことの出来ない心持」が、生涯にわたって自分の生き方を貫く指針になったと記した事実は、大佛次郎の人間性を語るうえにおいて重要である。「旅」の章においても、踏絵が人間の良心を踏みにじる精神的な拷問であるという直截的な記述はもちろんのこと、宗教に対する日本人と西欧人との態度の相違を述べる際に、「外国では信仰は単なる便宜でも手段でもなかった。これは精神上の問題で、人間の良心が原体質」であると指摘した。人間の良心という長い間の倫理的な問題を、改めてむし返し、繰り返し問うている。

明治新政府の浦上切支丹への迫害に各国公使が抗議したことに添えて、アメリカ公使が「特に良心の自由が絶対的で、しかも此方で圧迫なさる基督教をば国民が皆信仰しているアメリカ合衆国政府の精神を深く御考慮ありたい」と発言したのを引用しているのも大切なところで、これは前節で付記した小説「その人」の主題――「東と西」の問題とも連動してくる。良心の自立と自由を求め続けた大佛次郎であるからこそ、明治維新の歴史叙述の中にも、堂々と「旅」の章を挿《はさ》めたのであろう。

がんセンターに入院中の大佛次郎が、「病床日記」の昭和四十七年七月二日の頁に記した短文も忘れがたい。

「中公」の「日本の思想　吉野作造」を読み感あり。明治の基督教に着眼の点、現在のおのれに近し。

この書は「日本の名著48　吉野作造」（昭和四十七年、中央公論社刊）である。最晩年に恩師の著書を熟読し、キリスト教への思いを新たにするとは、いかにもこの作家らしいエピソードではなかろうか。病床で頁をめくる大佛次郎の指を追想し、追認したい思いにかられるのは、ひとり私だけではないだろう。

最後に大佛次郎が「旅」を執筆する際ずっと手許に置いていた「浦上切支丹史」についても触れておく。カソリック司教、浦川和三郎による六百四十頁にも及ぶ大冊であり、浦上切支丹についての無比無類の記録である。

自身もカソリックの信者であった作家の遠藤周作が、「私の心の故郷である長崎への恩返しのつもりで書いた作品」と述べる「女の一生　一部・キクの場合」（昭和五十七年、朝日新聞社刊）は、浦上の貧農キクと隠れキリシタンである清吉の純愛を、フィクションと史実を織り交ぜながら描いた力作であるが、これも大佛次郎と同じく「浦上切支丹史」を下敷きにしている。

「浦上切支丹史」の巻末「跋」文には、クリスチャン片岡弥吉が「旅」の原点ともいうべき状況を描いている。引用する。

田舎風の大きな囲炉裏に、あかあかと燃ゆる薪の火に顔を火照らしながら、祖母らから「旅」の話をきいた幼年の頃の思い出を、いまも私は大事にして心の奥底にしまっている。あるいは紀州に、あるいは土佐へと、思い思いの地方に流された祖母らは、囲炉裏の傍に寄ると、必ずおのおの回想を語り合うのであった。

絵本も、雑誌もなく、桃太郎の話も、カチカチ山のお話もあまり聞くことの出来なかった私たちは、祖母らが語る「旅の話」が、最も楽しい昔話であり、子守り歌でさえあったのだ。

寒中氷った池の中に、終日さらされたお話や、食物がなくて、うじ虫を食べたお話など、今考えると、慄然《りつぜん》とするようなむごいことも、その頃は、「天主様のために堪え忍んだ」貴い功《いさおし》として、心地よく聞かれたものである。いまここに浦川和三郎司教様が、苦心拾集二十年の成果として編纂された「浦上切支丹史」が、上梓さるるに当って、うたた感慨に耐えないものがある。

（新仮名づかいに改訂）

さまざまな史料を駆使した「天皇の世紀」の中にあって、この「旅」の章だけは、ほぼ「浦上切支丹史」一冊を頼りに書かれている。史料から得た感動を、ありのままに読者に伝えんとする大佛次郎の強い意志を感じる。

戊辰戦争の視座

王政復古の大号令によって出現した新政府が、慶応三（一八六七）年から四年にかけて次々と改革ののろしを上げ、四年九月、改元となって明治の幕が開く。同時にそれは、日本の国を二分した戊辰戦争の幕開けでもあった。

大佛次郎は病気をおして、昭和四十七年、国立がんセンターで執筆を再開、「旅」（文春文庫、第十一巻所収）を一気に書き上げ、江戸開城、彰義隊の乱に取り組んだ後、同年七月、最後の休筆期間に入る。

次いで戊辰戦争後半の奥羽戦争に入り、「武士の城」（文春文庫、第十一巻所収）を完成させると、翌四十八年一月、「金城自懐」の章（文春文庫、最終第十二巻所収）へと全身の力を込めた最後の執筆を進めた。

事実は、この慶応四年の春から夏にかけて、日本は東西の二つに割れて分離する危機に面していた。

最終章の巻頭は、この一文で書き始められた。

この両巻に亘って書かれた戊辰戦争については、読み易い叙述であるが、「天皇の世紀」本文を読みながら、中公新書の二冊の史書がおおいに参考になる。佐々木克「戊辰戦争——敗者の明治維新」（昭和五十二年）、星亮一「奥羽越列藩同盟——東日本政府樹立の夢」（平成七年）である。いずれも戦争で敗れた側に立って戊辰戦争をふり返った本で、刊行の順序からいって佐々木本が先駆的著書で、この本を踏まえて星本は出来ている。両書ともに大変に読み易く、著者が秋田および仙台の出身者である点も興味深い。私自身、山形の出身なので身近に感ずるのかも知れず、両書で触れられた「白河以北は一山百文」の汚名は、東北本線が白河を過ぎる際、列車のすぐ近くに残る旧白河城跡を望む時、必ず心に刻んだものであった。

この両書を読み終えた方は、原口清「戊辰戦争」（昭和三十八年、塙書房刊）、石井孝「維新の内乱」（昭和四十三年、至誠堂刊）に進み、さらに余力があれば大山柏の大著「戊辰役戦史（上・下）」（昭和五十四年新装版、六十三年補訂版、時事通信社刊）をお勧めしたい。

「武士の城」「金城自壊」の二章について、それぞれ中心テーマを抜き出せば、奥羽進攻に始まる「武士の城」では世良修蔵斬殺事件である。「金城自壊」の章は、言うまでもなく河井継之助である。

両章ともに個人の行動に焦点が絞られているが、それだけ今迄の「天皇の世紀」の特長であった〈時勢の流れ〉が色を薄くしている。作者、大佛次郎の病状の進行との関わりを実感させる悔しさを覚える。

「武士の城」は大佛次郎の叙述文の占める部分が多く、引用文は少ない。西軍の仙台着後、各処での行動が描かれ、世良修蔵の斬殺、奥羽諸侯の会津救済の動きから奥羽列藩同盟の結成、章の終り近くで彰義隊の壊滅と輪王寺宮の仙台行に触れたところで、四十七年七月に休載となった。

前述の如く休載の間は、日本の河川を列叙した「流域紀行」が掲載され、安岡章太郎「隅田川」から始まり、真壁仁「最上川」などを経て、海音寺潮五郎の「信濃川」で結びとなる。

無論この休載時の作品についても、文春文庫十一巻解説で触れた「明治維新のころ」と同じく、大佛次郎の意向を汲んだものであったことは言うまでもない。また「天皇の世紀」執筆の毎日の中で櫛

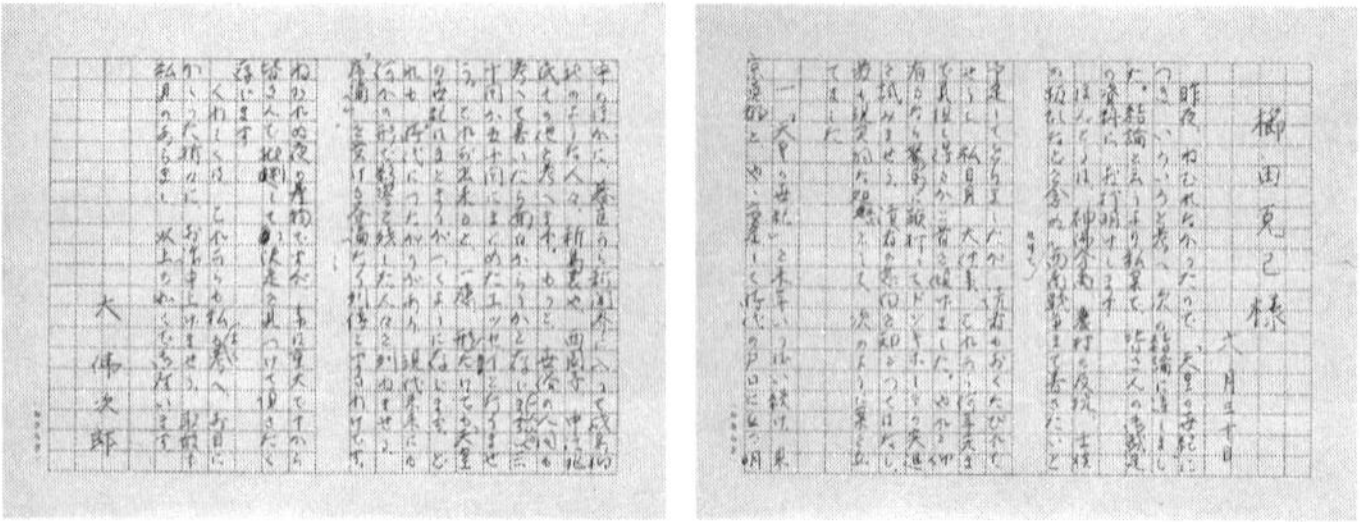

櫛田克巳あて書簡

（昭和46年６月30日，便箋３枚のうち２枚，せめて西南戦争まで書きたいと）

田克巳は前掲「記録」の中で、次の回想を述べている。引用する。

「天皇の世紀」執筆の毎日のなかで、大佛さんはあるときは疲労し、ある日にはこの大きな仕事の叙述の遠い道程にとまどい、眠れぬ夜もあった。一九七一年（昭和四六）の六月三十日、私は「私信」と封筒の表に書かれた手紙をうけとった。「天皇の世紀」の将来に思い悩んだ末の一つの構想がのべられていた。つぎのようなものである。そのままご覧にいれる。

櫛田克巳様

六月三十日

昨夜、ねむれなかったので、「天皇の世紀」につき、いろいろ考え、次の結論に達しました。結論というより私案で、皆さんの御裁定の資料に、お打明けします。

ほんとうは、神仏分離、農村の反抗、士族の叛乱などを含め、せめて西南戦争まで書きたいと予定しておりましたが、読者もおくたびれでしょうし、私自身、大仕事、これから何年先まで負担し得るかと首を傾けました。やれと仰有るなら駑馬に鞭打ってドンキホーテの突進を試みましょう。読者の意向を知るってはなし、最も現実的な処理として、次のような案を立てました。

一　「天皇の世紀」を来年いっぱい続け、東京奠都《せんと》と、やや安定して時代の戸口に立つ明治政府確立のくだりで、「天皇の世紀」序の巻を終ります。序曲でも、次いで来る時代の性格を提示できるでしょう。本にすると、十巻か十一巻になります。これで、ひとくくりで、「天皇の世紀」序論でも、「世紀」の任務を終えたことになりましょう。充分に、そう書いてお目にかけます。一休みしてまた続けて書いてもよろしいが、私は現在、七十三か四歳ですから、お受合出来ません。

そこで、一応、序論のまま終結の上、社の方でこれもよしと認めて下さるなら、十人ほどの明治の人間を選び、一人三十回ずつとして、随筆風に一々の史実を基礎にして、「天皇の世紀」の結論をまとめては如何でしょうか。主として各界の代表で、現在に影響のつながる人々を選びます。序論では時代の背景その他の説明は出来ていますし、一々「世紀」につながります。明治に入ってからの、西郷、木戸、伊藤、山縣などの、維新の洪水がめぼしい人々をさらって溺死させた後に、渚に残った連中のほかに、幕臣から新聞界に入った成島柳北のような人々、新島襄や、西園寺、中江兆民その他を考えます。もっと、世俗の人間も考えて書いたら面白かろうかと存じます。一人分三十回か五十回にまとめたエッセイとなりましょう。これが出来ると、一応、形だけでも「天皇の世紀」はまとまりがつくように存じます。どれも、時代につながりがあり、現代未来にも何かの形で影響を残した人々を列ねましょう。「序論」を受ける各論なり列伝とするわけです。ねむれぬ夜の産物ですが、事は重大ですから皆さんで批判して決定を見つけて頂きたく存じます。

くわしくは、これからも私もよく考え、お目にかかった折々に、お話申し上げましょう。取敢えず私見のあらまし、以上の如くで御座います。

大佛次郎

右の構想は実現されぬままとなったが、これが大佛さんの筆でまとめられたならば、日本近代の夜明けに働いた人物たちが躍動して類を見ないであろう特異な作品が誕生したにちがいない。

病気が悪くなると、連載を休み病院生活を送ったのだが、大佛さんはこの期間中の新聞紙面の企画を心配した。人に迷惑をかけまいとする心がけからだった。そして「よけいなことかもしれませんが」といって〝私案〟を私にしめした。

最後の武士

最終章「金城自壊」も五十四回、通算掲載回数一五五五回で同年四月、「天皇の世紀」は筆者大佛次郎氏が病気療養のため明日二十六日から休載します」と事務的で短かい社告一行で知らされ、読者は突然突き離されることとなった。

ただ、この章の主役河井継之助だが、大佛次郎が河井を取り上げたのは「天皇の世紀」が初めてではない。初期の作品に「蒼龍窟河井継之助」（「ポケット」大正十四年九・十月掲載、筆名は阪下五郎）なるものがあった。小千谷会談、長岡城の夜襲作戦などを伝奇的に描いており、〈独立特行の人〉へのこだわりが、河井の人間像を巧みに形象化している。

河井継之助という人物は人気があるとみえ、たくさんの作家・研究者が本を書いている。その際、作者が必ず参考にする伝記が、昭和六年に目黒書店より刊行された今泉鐸二郎の「河井継之助伝」である。昭和五十五年に小西四郎の解題をつけ象山社より復刻されているが、小西はその中で、この著は細かい逸話まで拾い上げて書き込んでおり、数多くの明治維新関係者の伝記の中でも地方の敗者側の人物伝として極めて稀な、史料的な面からもすぐれた伝記であると述べている。

安藤英男の「河井継之助」（昭和四十八年、新人物往来社刊、重版本多数）には、「世良修蔵が、奥州列藩を駆って戦争を挑発したように、いままた北越においても、白面の青年、岩村が、人心の機微を推察できず、相手を激昂させる大失態を演じたのである」という一節があり、世良修蔵と岩村精一郎の類似を指摘しているのは面白い。

司馬遼太郎の「峠」は、「毎日新聞」に昭和四十一年から四十三年まで連載された長篇小説で、四十三年に新潮社より刊行された。司馬が「あとがき」で、河井継之助は自分を客体として処理した稀な人物であると述べているとおり、河井（＝サムライ）という美的人間を抽象的に描いた作品と受け取れる。「峠」を読んだ大佛次郎の感慨は如何なものであっただろうか。

大佛次郎は河井継之助の人間像を、はっきり造型するのではなく、間接的にぼんやりと、周囲の視点を多用しながら描いている。悠々と遊んでいるような描き方をしているのだ。

継之助はなかなか決断しない。精一杯やってはいるが、狭く、小さい。やはり長岡一国しか頭にないのだ。そう読者に分からせるように書き進めているのだ。例えば、長岡城奪還を目指して八町沖渡河作戦実行の場面をみる際には、出来るだけ具体的に、当時の実際の行動を叙した引用を試みる。これが作品にリアリティを現出させる。そして、河井継之助を浮き上がらせるために岩村を対照的に取り上げ、さらに岩村と関連づけて世良の姿をも描出している。

ところで本書、残りの頁が少なく、手薄く感じられてくると、いったい「天皇の世紀」はどこまで書き、どんな目的で書き始められた作品だったのか、という疑問が自然に浮かんでくる。この答えの一端が、昭和四十七年四月十八日、つまり急死の約一年前、経団連午餐会で行った講演で、代表的な経済人を前に語っている。その時の速記が、大佛本の刊行で立派な業績を挙げた友人、豊島与志雄の息、豊島澂《きよし》が主催した光風社書店のPR誌「周辺」第四号に、両者の縁で「遺稿」として掲載され、その謎の一部が明かされている。演題は「『維新』生地のまま」とあり、ごく一部であるが、講演のまま引用する。

私が新聞に「天皇の世紀」を書くようになったのは、やはり明治百年というのが契機となっていますが、同時に、これまで書かれた明治の歴史、明治という偉大な時代の歴史が、実はたいへんゆがめられ、粉飾せられ、いろいろ色を塗られ、金箔をつけられて、はたして生地のまま真実が出ているか、そういうことに疑いを持ち、できれば虚飾のない、ありのままの史実を扱ってみたい、そういうふうに考えたからであります。

(中略)

明治の時代には少しお化粧が過ぎて、そのお化粧の痕跡がついこの間まで日本の歴史を蔽っていたので、ほんとうの明治の時代がどういうふうにつくられたか、明治の日本人がどういうふうにしてこの建設に当ったかというようなことを、粉飾を取り除いて、あらためて生地のままを素直に見て、その上に考えなければいけないというふうに考えました。

実は「天皇の世紀」は、及ばずながらそれをやってみたいということを考えて始めたもので、これまで我国にはなかった歴史の見方考え方をしているように思います。あとは皆さんのお考えにまかせますが、とにかく私としては私なりにそれをやろうと考えております。

書き始めてから四、五年目になりますが、これが小説か、歴史かどちらかという質問をよく受けます。しかしこれは日本のように小説好きの、小説でなければ文学でないというように考えている社会に出る疑問であって、外国でしたら、カーライルとか、エマーソンとか、ラスキンとか、いろいろの人たちが自由に歴史を書き、自然を書き、その文章を人に読ませて、小説以上にりっぱな文学となっています。日本人の文学に対する見方は少なからず狭いのであって、私は「天皇の世紀」は小説でなかろうが、歴史でなかろうが、どちらでもいいと考えているものであります。

(中略)

明治の時代の入口というものは、ずいぶんあやうい時代だったと思います。しかしそんな状態でいて、しかも庶民の上にある御家人、いやしくも武家階級に、そんな低劣な人間たちが、そろっていて、よく日本の明治の時代ができたと私は驚くのでありまして、またその理由原因を何とかして突きとめたいというのが「天皇の世紀」を書いている目的でもあります。(中略)

日本の明治維新の原動力になったものは、これもこれから探すので非常に困難ですが、日本の庶民の教育が寺子屋にしても非常に進んでいる。(中略)吉田松陰はとにかく学識はそうあるとはいえない人でありますが、学問に対してどういう態度をとるか、それから人間に対し、社会に対し、どういう態度をとるかというようなことを、吉田松陰は子供たちを連れて、畑の中に出て草を取りながら、しきりに話しをしている間に、何となく子供たちに悟らせるようなことをしていたのであります。それがやはり日本かアジアの中で近代国家として西洋の文明に追いついた唯一の国になった基礎になっていたのではないかというように考えるのであります。私はこれを結びといたします。

四月十四日、すでに原稿用紙に向かえなかった先生は、「天皇の世紀」一五五五回を和紙を袋綴じにした帳面に仰臥のまま書いておられ、私に字数を数えさせた。三枚分である。「感が悪くなったな」とつぶやくように言われて眼を閉じてしまわれた。一回の分量はきっちりと頭に収まって間違われなかった先生であった。

一日休まれた十六日に書き足されて、今度はぴったりと五枚になった。当日の「つきぢ記」(病床日誌）に次のように記されてある。

――最後の原稿を書く。豊、よしと言うのを聞いて櫛田君を呼び手渡し黙って握手する。思わず涙ぐむ。これで一生の全部の仕事より解放なり。あとのこと全部新しく考え直さん。「パリ燃ゆ」三巻。「世紀」未完十冊なり。よくぞ勉強せしもの。これだけ充実せる仕事のあとの感情人の知らぬころならん。

昭和四十八（一九七三）年四月三十日午後二時七分、東京築地の国立がんセンター病院で大佛先生は逝かれた。享年七十五歳。自身、完結を予期せぬ仕事を残したままである。

この講演は四十七年四月十八日、経団連午餐会でなされたものの速記である。百四十名の列席者のうち、途中一人の離席もなかったと、あとで植村会長が言われたという。

豊島澂氏が書き残された光風社書店刊の「周辺」第四巻巻頭巻末に掲載、熟読でき、数々の疑問の解答にもなり、「大佛次郎さんの死は残念である。生前『周辺』に好意を寄せられたご縁で、その遺稿を本誌にいただけたことはうれしい。ご遺族に厚く御礼を申しあげたい。」と、「『周辺』後記」に書かれたのは五月十五日発行の遺誌であった。

引用だけの評伝末になったが、これも関係者の殆どが彼岸に移りお住みなのが理由かもしれない。

ところで、「武士の城」「金城自壊」の両章が、「旅」の章に引き続いて庶民の目線を大切に扱って書かれている点には注目したい。これら終末三章には「いくさが来たいんし」と叫ぶ一老婆の声が底流として切れ目なく最後まで紙背に響いている。「天皇の世紀」の大河の底流に、一老婆の声に象徴される国民の姿を描き通して大佛次郎は逝去したのである。

逝去後の事跡、追悼文と日記・作品評そして大佛文学への評価については詳述したかったことは多いが、ここでは「天皇の世紀」第一巻（昭和四十四年四月、朝日新聞社刊）刊行直後に松浦玲が〈本・批評と紹介〉に書かれた「この美しい歴史『天皇の世紀』（一）」（朝日ジャーナル掲載）と大佛次郎の文学史的位置づけについては井上靖「つきじの記を読んで　大佛さんの一周忌に寄せる」（昭和四十九年四月三十日　朝日新聞《夕刊》）と、「昭和文学全集⑰」月報掲載「大佛さんの椅子」という日本文学史上、泉鏡花、谷崎潤一郎と並ぶ文壇外の偉大な作家と位置づけられた印象的な両文の出典名紹介だけをあげて「大佛次郎文学評伝」の結びとさせて頂きたい。

主要参考文献

大佛次郎「西洋小説と大衆文芸」「日本文学講座⑭　大衆文学論」昭和八年十一月、改造社。
＊「純文学が人間の心の内部の世界を掘り下げて行くのに対して、大衆文芸は人間の外部の世界を、人と人との交渉、延いては一つの社会の構成なり動向を、伝統的な小説の形で書く。」と結びの所で書いた。
河盛好蔵「大佛次郎氏との一時間／対談」「文学界」昭和二十五年七月。
＊広い門口を縮めず、初めて「天皇の世紀」執筆や社会性についての夢を口にした記念すべき対談。
櫛田克巳「大佛次郎と「天皇の世紀」と」昭和五十五年六月、社会主義協会出版局。
＊「天皇の世紀」担当記者が、成立の背景から世評、同行記から死後の思い出までを綴った見逃せぬ記録。
小林秀雄「歴史家の無私な眼――大佛氏」「朝日新聞」昭和四十八年五月一日、朝刊。
＊小林秀雄をしてフィクションの大家が遂に到達した興趣だと言わしめた大佛次郎追悼記事の中で最も秀れた名文。
笹本寅「大佛次郎論」「日本文学講座⑭　大衆文学論」昭和八年十月、改造社。
＊「特異な作家的成長をとげている。」「この作家の『視点』の問題」、大佛文学の特長を最も早く指摘した。
須貝正義「大佛次郎と「苦楽」の時代」虹書房、平成四年十一月。
＊戦中から戦争直後の東久邇宮内閣参与就任という表立った社会的行動を跡づける大佛次郎の最も華やかな閲歴を辿るに欠かせぬ特長ある著書。

千葉亀雄「新人評・創作家大佛次郎君」「改造」昭和四年一月。
＊法科大学出身で、謙遜、驚くべき読書家で、構想の雄大さを予告した、大毎記者の兄・抱影と並べて推薦した名紹介文。

鶴見俊輔「鞍馬天狗の進化」「講座現代芸術⑤ 権力と芸術」昭和三十三年四月、勁草書房。
＊鞍馬天狗を初めて文学史的観点より取り上げた画期的評論。

福島行一「大佛次郎」上・下、平成七年四月、草思社。
＊五度に亘る大佛次郎の家系と野尻家をめぐる人々を求めて、大佛次郎の故里紀州道成寺探索を始め、一中・一高・東大法卒という小説家として特異なコースを歩み、しかも女優・吾妻光と周囲の反対を押し切ってまで結婚した、類《たぐい》まれな独自の生涯と、命を削ってまで書き上げた見事な生涯を、「天皇の世紀」の全体像から返り見た。著者としては、ごく足がかりの部分までで書き足りない思いが深かった。しかし大佛次郎については初めての本格的評伝。

三田村鳶魚「赤穂浪士」上・中・下「日本及日本人」昭和六年十二月〜七年一月。
＊考証家から時代離れした作品を鋭く指摘した著名評。

大佛次郎研究について、今迄刊行した拙書には、それぞれの因縁のある参考文献目録を付載してある。本書掲載の大佛次郎主要著作目録と共に参照してお読み頂ければ幸いである。

特に本書刊行の起縁となった草思社本成立の背景である大佛次郎生誕百年記念〈大佛次郎展〉開催時に出版した「鞍馬天狗」から「天皇の世紀」までの図録（朝日新聞社刊）は、元気だった私の過去を振り返って必ず思い出される記念の図録である。また草思社本が背景にあったればこそ本書出版の縁ともなった。

本邦第一を誇る作家・大佛次郎を知る上でもぜひ参照してお読み頂きたい。

また大佛次郎のような正しく誠実・勤勉であった作家の生き方とその業績を、ぜひこの機会に振り返って頂きたい。

あとがき

昭和二十九年三月、慶應義塾大学の国文科を卒業した私は、佐藤信彦先生の御指導を受け、仏教説話集「日本国現報善悪霊異記」を研究テーマとして作業を続けていた。

昭和四十二年の春、佐藤先生から「待望の国民文学の出現」という「天皇の世紀」のお話を初めて伺った。これは衝撃的であった。

私は自分のテーマを大佛次郎研究に転換し、書誌の完成と年譜の作成に集中した。

その後、大佛次郎の逝去、大佛次郎記念館の設立があって、私の作業も「書誌」の作成、評伝の執筆、「大佛次郎（上下巻）」（平成七年、草思社刊）と続き、やがてテーマは「歴史と歴史叙述」へと広がって行った。

従って、本書上梓にあたり、何よりもまず佐藤先生への感謝と、拙筆をお詫び申し上げねばならない。

次いで、「大佛次郎時代小説全集第十五巻　付録月報⑮」（一九七六年五月、朝日新聞社刊）に「思い出のままに① 『浪士』の陰に」の題名でお書き頂いた大佛次郎の長兄・野尻抱影先生のことである。

まず福島行一氏にお礼申し上げる。氏の「大佛次郎年譜書誌稿」二冊は博捜究めざるところなく、私は初めて祖父一家の人名までも知り得て、感慨に堪えなかった（後略）

に始まるエッセイを読むと、数度お目にかかってこの〈明治の長男〉のお言葉をお伺いしたことが、今でもはっきり思い出される。佐藤先生に研究のテーマを次いで抱影先生に研究の方法をご教授いただき、感謝の言葉を申し上げたい。

本書出版の経緯は以上であるが、ここで改めて記しておかねばならぬことがある。

まず「天皇の世紀」（文春文庫、全十二巻）を読んでみよう。頁は何処からでもよい。読み進むうちに「天皇の世紀」の魅力に引き込まれる筈だ。

「朝日新聞」に日本文学研究家のドナルド・キーンさんが、日本人と読書について石川啄木の「ローマ字日記」を例にあげながら「啄木は、私たち現代人と似ているのです。」と書いていた。外国人からの指摘で恥しい話であるが、明治に生きた早世の歌人について何がキーンさんにそう言わせているのか、考えてみる必要があるのではなかろうか。

啄木は決して現在、多くの現代人に読まれているとは言いにくい。

「理由の一つは、文語文で書かれていることでしょう。でも、苦労して読んだ後に得るものは、とても大きいはずなのです」。

啄木が読まれなくなったのは、より安易で簡単な娯楽が本に取って代わったから、とキーンさんはみる。「天皇の世紀」も同じである。

「20年前、東京の電車ではみんな本を読んでいた。誇らしい光景でした。今はみなゲームをしています。簡単には面白さがわからないものにこそ、本当は価値があるのですが」。

この言葉は、残念ながら今の日本人が外国人にこそ教わらなければならない悔しさを適切に現わしている。

私が今こそ「天皇の世紀」を読んで頂きたい理由は、これではっきりする。大佛次郎の生から死への生涯は、言い換えれば〈父・政助が辿った生涯〉への反省とやり直しから向上への道を歩んだ生涯と言える。

そう考えまとめた時、丁度二冊の本を前後に挟んで入手した。一冊は、宮地正人著「幕末維新変革史」（岩波書店、平成二十四年刊）上下二冊本のうちの下巻である。その中で著者は数多い維新史から見落されがちな紀州藩の明治初年藩政改革について刮目に値するものであったと評価する。

改革の内容は伊達五郎・陸奥宗光兄弟らを中心とする旧勤王派グループ、津田出《いずる》を筆頭とする旧改革推進派グループ、そして在地の大庄屋層を中核とする豪農商の三者が協力するものであった。

藩政改革の中で民政改革とともに押し進められたのが軍政改革で、御雇い軍事教官、ドイツ軍人カール・カッペンの招聘のもと、ドイツ式兵制が導入され、数千丁の後装スナイドル銃を購入、特に徴兵制施行によって募集された農民兵の軍装を草履から洋靴に改めるとともに、食事を牛肉中心の洋食に、着衣もフランネルに改めた。これが後年、紀州における製靴、綿ネルの二大産業発展の礎地を作るきっかけとなった。

もう一冊は、父・政助出奔の背景となった紀藩改革「津田出の実行勤皇」に書かれた津田出の評伝である。

陸奥に関する著書は多いが、本書を挙げている例は少ない。戦中に書かれ、地方出版の稀書ではあるが、昭和十八年十一月、和歌山の撰書堂から発行された井上右《たすく》の「津田出の実行勤皇」と表題された四百余頁の大書である。

維新革明期の紀藩の実状、さらに京都における変革の数々を述べた後、藩主徳川茂承《もちつぐ》が大政奉還後二年も過ぎているのに、徳川一族にはまだ反逆のおそれありとして藩主が自国に戻れない事件が起った。これに答えるようにして陸奥宗光、津田出が洋制を手本に幕末期から想を練って暖めて来た藩政改革の実行を実施。ここに明治二年二月、新しく諸法規の改革例が布告、基本化されることとなった。

津田出はこれを「実行勤皇」と呼号した。郡県制度の完全な体裁であって、士籍の奉還による新徴兵制度の樹立を前提とする政治、経済、文化の各方面に亘る驚るべき革新であった。

この改革の渦中に大佛次郎の父、野尻政助を含む藩民総出の改革が行われたのであった。

改革は前述した職制、禄制、兵制に止まらず、産業、刑政、教育、風俗、衛生などにおいても、また広範囲に行われたものだった。

偶然とはいえ、たまたま手にした二著によって、私の「評伝大佛次郎」をより完璧な作にまとめることができた。

人の生涯は分らない。しかし先人の求めたところを辿り、より発展させることこそ生きている我々がやらねばならぬ仕事に違いない。

私はたまたま手にした先人の著書の中に、この忠言によく偶合した事象を発見できる喜びを覚えざるを得ない。

「天皇の世紀」を第一に大佛次郎執筆の書は、広く再読されるべき必読書なのである。

平成二十九年春

福島行一

大佛次郎作品目録

大佛次郎の全作品のうち、時代小説、現代小説、ノンフィクションなどを主に取り上げ、エッセイその他の作品は省略した。財団法人大佛次郎記念会刊行の内容目録を参照して頂ければ幸いである。

時代小説初出紙誌年表

発表年月	題名	発表紙・誌・書名（出版者）連載期間
大正一三年（一九二四）3月	隼の源次	ポケット 3↓4
5月	快傑 鞍馬天狗 第一話 鬼面の老女	ポケット 5
6月	快傑 鞍馬天狗 第二話 銀煙管	ポケット 6
	定九郎噺	ポケット 6
7月	快傑 鞍馬天狗 第三話 女郎蜘蛛	ポケット 7
8月	快傑 鞍馬天狗 第四話 女人地獄	ポケット 8
	夢の浮橋	ポケット 8
	宗十郎頭巾	独立 8
9月	快傑 鞍馬天狗 第五話 影法師	ポケット 9
	坂本龍馬	ポケット 9
	艶説蟻地獄	ポケット 9
10月	快傑 鞍馬天狗 第六話 刺青	ポケット 10
	月の輪お熊	ポケット 10
	村雨の清次	ポケット 10
	真田の蔭武者	ポケット 10
	玉虫のお兼	ポケット 10
11月	鞍馬天狗 第七話 鬢下地	ポケット 11
	月の舟宿	ポケット 11

	晦日の月	ポケット	11
	伊勢屋の娘　江戸の巻	ポケット	11
	伊勢屋の娘　常盤の巻	ポケット	11
12月	快傑　鞍馬天狗　第八話　香匂の秘密	ポケット	12
	恋のお花清七	ポケット	12
	悪夢	ポケット	12
大正一四年（一九二五）			
1月	快傑　鞍馬天狗　第九話　御用盗異聞	ポケット	1→11
	恋の天の辻	ポケット	1
	桂小五郎	ポケット	1
	武士の妻	ポケット	1
	幻の義賊	ポケット	1→12
	深川の唄	ポケット	1
	落城の歌	ポケット	1→2
	親ごころ	ポケット	1
2月	成田の甚蔵	ポケット	2
	瀧夜叉お喜多	ポケット	2
	鼻毛物語	ポケット	2
3月	鳥辺山心中	ポケット	3
	鳥追お蝶	ポケット	3
	三十年目	ポケット	3
	菊之助の罪	ポケット	3
4月	天狗騒動記	ポケット	4→7
	美人の秘密	ポケット	4
	源氏絵のお芳	ポケット	4
	馬の大八	ポケット	4
5月	今光源氏万歳	ポケット	5
	雨夜の三味線	ポケット	5
6月	花婿使者	ポケット	6
	女武蔵坊の恋	ポケット	6
	今様大杯觴酒戦強者	ポケット	6
7月	春宵和尚奇縁	ポケット	7
	娘の親	ポケット	7
8月	恋すてふ	ポケット	8
	昔の仲間	ポケット	8
	喜助の幸運	ポケット	8
	命の競売	ポケット	8
9月	蒼龍窟河井継之助	ポケット	9→10
	蔦屋の小花	ポケット	9
	侠艶明治五人女　或る夜の高橋お伝	ポケット	9
	侠艶明治五人女　権妻お辰		
	侠艶明治五人女　夜嵐お絹花の仇夢	ポケット	9

	侠艶明治五人女　鳥追お松	ポケット	9
	侠艶明治五人女　花井お梅外伝	ポケット	9
10月	呪ひの鬼	ポケット	10
	岩垂作之進	ポケット	10
	花に嵐	ポケット	10
	吉良の附人	ポケット	10
11月	侠盗龍王の源三	ポケット	11
	忍術飛加藤	ポケット	11
	遊女初紫	ポケット	11
12月	幕末秘史　鞍馬天狗　第十話　水上霹靂篇	ポケット	12
	恋の仇	ポケット	12
	兄貴	ポケット	12
	奇怪の女	ポケット	12
	木枯しの唄	ポケット	12
	蔵の中の賊	ポケット	12
	牡丹の吉蔵	ポケット	12
	吉岡拳法の最期	ポケット	12
大正一五年（一九二六）1月	神風剣侠陣	ポケット	1→昭2・2
	快傑　鞍馬天狗［第十一話］柳橋侠艶録	ポケット	1
	仇討三世相	ポケット	1
	春色のり合船	ポケット	1
	妖艶六花撰　入舟お辰	ポケット	1
	妖艶六花撰　毒婦鏡態院	ポケット	1
	妖艶六花撰　鬼神のお松	ポケット	1
	妖艶六花撰　六万坪の血の雨	ポケット	1
2月	快傑　鞍馬天狗　第十二話　東叡落花篇	ポケット	2→12
	袋入りの美人	ポケット	2
	吉蔵の最期	ポケット	2
	紛失した刀	ポケット	2
3月	春曙夢	ポケット	3
4月	西鶴五人女　但馬屋お夏	ポケット	4
	西鶴五人女　樽屋おせん	ポケット	4
	西鶴五人女　琉球屋おまん	ポケット	4
5月	西鶴五人女　大経師の妻おさん	ポケット	5

6月	西鶴五人女　八百屋お七	ポケット	6
7月	江戸の侠客	ポケット	7
	春色梅暦	ポケット	7
8月	妖婦お春	ポケット	8
	からす組	ポケット	8↓昭2・3
	照る日くもる日	大阪朝日新聞夕刊	8 14↓昭2・6 10
9月	南北の見た幽霊	ポケット	9
	大近松情話集　冥途の飛脚	ポケット	9
	大近松情話集　心中宵庚申	ポケット	9
11月	人情一夕噺	ポケット	11
12月	肌自慢	ポケット	12
昭和二年（一九二七）1月	地雷火組	講談倶楽部	1↓12
	猟奇館瓦解記	苦楽	1↓12
2月	坊主佐吉旅寝夢	ポケット	2
3月	角兵衛獅子　少年の為の鞍馬天狗	少年倶楽部	3↓3・5
	医師節庵	ポケット	3
	蝦夷の弁慶義経	ポケット	3

	新両国八景	週刊朝日春季特別号	3 15
4月	雪娘	サンデー毎日	4 3
5月	赤穂浪士	東京日日新聞夕刊	5 14↓3・11 6
6月	昼間の月	サンデー毎日夏季特別号	6 15
8月	鞍馬天狗余燼	週刊朝日	8 7↓3・2 19
9月	雪の夜がたり	サンデー毎日秋季特別号	9 15
昭和三年（一九二八）1月	山百合の草紙	婦人倶楽部	1↓12
	市井鬼	文芸春秋	1↓7
	悪魔の辻	女性	1↓5
	芝多民部の失脚	騒人	1↓3
	官女	講談雑誌	1
3月	杜鵑	中央公論	3
4月	鞍馬天狗	文芸倶楽部	4↓9
6月	ごろつき船	大阪毎日新聞夕刊	6 1↓12 31
	凧	サンデー毎日小説と講談号	6 15
7月	山嶽党奇談（鞍馬天	少年倶楽部	

	狗シリーズ）	7↓5・12
	仁義以上	改造 7
9月	銀簪	文芸倶楽部秋季増
		刊 9 5
	江戸地獄変	講談倶楽部 9
11月	かげらふ噺	講談倶楽部
		11↓5・5
昭和四年（一九二九）		
1月	海の隼	大阪毎日新聞夕刊
		1 1↓6 11
	狂言	改造 1
	からす組	国民新聞夕刊
		1 30↓12 20
3月	半身	サンデー毎日春季
		特別号 3 20
5月	休みの日	サンデー毎日臨時
		増刊 5 1
6月	由比正雪	東京日日・大阪毎
		日新聞夕刊
		6 12↓5・6 11
9月	怪談	改造 9
	唐茄子	週刊朝日秋季特別
		号 9 20

昭和五年（一九三〇）		
1月	山の娘	婦人世界 1↓12
4月	日蓮	読売新聞
		4 23↓6・3 15
7月	花嫁	文芸春秋臨時増刊
		オール読物号 7 5
9月	辻斬の男	講談倶楽部 9
昭和六年（一九三一）		
1月	鼠小僧次郎吉	講談倶楽部
		1↓7・6
	鞍馬天狗 青銅鬼	少年倶楽部 1↓12
	仮面舞踏会	新青年 1↓9
	一夜の宿	朝日 1
2月	愿蔵火事	富士 2↓7・5
4月	妖魔の絵暦	朝日 4↓7・5
5月	慶安異変 由比正雪	文芸春秋オール読
	続篇	物号 5↓7・9
8月	石川五右衛門	東京毎夕新聞特別
		付録 8 25↓□□□
9月	仲間同志	サンデー毎日秋季
		特別号 9 10
	天狗廻状（鞍馬天狗	報知新聞夕刊
	シリーズ）	9 18↓7・4 16

10月	遊戯	週刊朝日秋季特別号　10・1
12月	江川太郎左衛門	モダン日本　12
昭和七年（一九三二）		
1月	広野の果	主婦之友　1↓8・8
	女殺し権現裏	現代　1↓12
	薩摩飛脚	キング　1↓12
4月	素顔	中央公論　4
昭和八年（一九三三）		
1月	手紙の女	中央公論　1
	からす組遺聞	文芸春秋オール読物　1
	悪魔の辻	日の出　1
5月	新田大草紙	富士　5
6月	夕凪	改造　6
	もと旗本	文芸春秋オール読物　6
	颶風圏	週刊朝日初夏特別号　6・1
7月	霧笛	東京朝日新聞夕刊他　7・7↓9・26
9月	仮面の女	文芸春秋　9↓10

12月	狐	文芸春秋オール読物　12
	安政の大獄	時事新報朝刊↓夕刊　12・10↓9・10
昭和九年（一九三四）		
1月	鞍馬天狗異聞　地獄の門	講談倶楽部　1
	志摩の女	週刊朝日新春読物号　1・20
2月	鞍馬天狗異聞　密使行	講談倶楽部　2
	京の夜がたり	日の出　2↓4
4月	蘇生	文芸春秋　4
	本所小普請組	富士　4
	水戸黄門	東京朝日新聞夕刊他　4・25↓11・6
8月	瓦解の人々	講談倶楽部　8
11月	鞍馬天狗　江戸日記	福岡日日新聞夕刊他　11・21↓10・8・21
昭和一〇年（一九三五）		
1月	夢の浮橋	婦人倶楽部　1↓11・2
	死なぬ伊織	文芸春秋オール読

		物　1↓4
	鞍馬天狗異聞　宗十郎頭巾	講談倶楽部　1↓2
	雪の太鼓	週刊朝日新春読物号　1・21
2月	異変黒手組	キング　2↓12
3月	鞍馬天狗異聞　雪の雲母坂	講談倶楽部　3↓7
	異風黒白記	中外商業新報夕刊　3・12↓8・25
4月	大楠公	東京朝日新聞夕刊他　4・5↓8・6
5月	五重の塔	週刊朝日大衆読物号　5・1
8月	大久保彦左衛門	東京日日・大阪毎日新聞夕刊　8・13↓11・5 7
10月	黒い眼	週刊朝日秋季特別号　10・1
12月	敗軍	文芸春秋オール読物　12
昭和一一年（一九三六）1月	花火の街	週刊朝日　1・5↓4・26

	狭き門	週刊朝日新春読物号　1・20
6月	御存鞍馬天狗	文芸春秋オール読物　6↓12・8
	お文の場合	サンデー毎日夏季特別号　6・10
8月	鞍馬天狗	少年倶楽部臨時増刊　8・15
昭和一二年（一九三七）1月	緋牡丹伝奇	日の出　1↓12
	田舎侍	週刊朝日新年特別号　1・1
	除夜	アサヒグラフ　1・6
	生きてゐる秀頼	週刊朝日　1・3↓5・30
5月	逢魔の辻	東京・大阪朝日新聞夕刊　5・21↓12・29
8月	敵	週刊朝日鎖夏読物号　8・2
昭和一三年（一九三八）1月	薔薇の騎士	婦人公論　1↓14・2
4月	二度目の命	週刊朝日春季特別

		号	4・1
5月	江戸の黄昏	講談倶楽部増刊	5・15
7月	美女桜	講談倶楽部	7↓14・12
8月	灰燼	現代	8↓14・5
	お種徳兵衛	日の出	8
	焦土の上に	婦人倶楽部附録	8
昭和一四年（一九三九）			
4月	霜の花	日の出	4
6月	夕焼富士	サンデー毎日	6・4↓12・31
昭和一五年（一九四〇）			
1月	その朝	文芸春秋オール読物	1
	相馬大作	大陸新報夕刊	1・1↓10・13
3月	雨後	サンデー毎日春季特別号	3・10
4月	江戸の夕映（鞍馬天狗シリーズ）	週刊朝日春季特別号	4・20
昭和一六年（一九四一）			
1月	雲雀は空に	新青年	1↓3
	除夜の出来事	サンデー毎日新春特別号	1・1
	薩摩の使者　鞍馬天狗の話	週刊朝日新年特別号	1・1
3月	野分	婦人之友	3↓6
6月	西国道中記（鞍馬天狗シリーズ）	週刊朝日初夏特別号	6・2
昭和一七年（一九四二）			
1月	春待つ国	講談倶楽部	1↓18・4
	渡天記	青年	1↓12
	佗助長閑	新青年	1
	阿片戦争	東京日日新聞夕刊他	1・6↓6・10
9月	源実朝	婦人公論	9↓18・11
12月	愛火	西日本新聞夕刊他	12・5↓18・8・6
昭和一八年（一九四三）			
1月	男の道	日本農業新聞	1・21↓10・11
8月	天狗倒し（鞍馬天狗シリーズ）	週刊朝日	8・22↓12・26

10月	みくまり物語	毎日新聞夕刊	10・7→11・10
昭和一九年（一九四四）4月	鞍馬の火祭り（鞍馬天狗シリーズ）	毎日新聞戦時版	4・27→□□
10月	乞食大将	朝日新聞	10・25→20・3・6
昭和二〇年（一九四五）6月	からふね物語	新女苑	6→21・3
	鞍馬天狗敗れず	佐賀新聞他	6・24→10・6
9月	丹前屛風	毎日新聞	9・14→11・20
12月	乞食大将	新太陽	12
昭和二一年（一九四六）1月	乞食大将	モダン日本	1＝2→3
10月	幻燈	新青年	10
	露草	北海道新聞	10・16→12・31
	時雨の蝶	サンデー毎日秋季特別号	10・20

昭和二二年（一九四七）1月	鞍馬天狗　新東京絵図	苦楽	1→23・5
9月	幻燈	新大阪	9・16→23・1・9
昭和二三年（一九四八）7月	鞍馬天狗　奥山ばなし	天狗	7→24・1
昭和二四年（一九四九）4月	嘘	週刊朝日春季増刊号	4・10
6月	天明義人録	家の光	24・6→25・11
8月	不幸な人々	小説読物街	8
昭和二五年（一九五〇）1月	罪	サンデー毎日朗春特別号	1・1
	人美しき	夕刊中外	1・12→6・10
5月	紅梅白梅（鞍馬天狗シリーズ）	少年クラブ春の増刊号	5・1
	浮沈	週刊朝日夏季増刊	

		号	5 20
8月	おぼろ駕籠	毎日新聞夕刊	8 11↓26・2 18
昭和二六年（一九五一）1月	鞍馬天狗　海道記	オール読物	1
3月	桐の花咲く家	週刊朝日春季増刊号	3 15
4月	鞍馬天狗　拾ひ上げた女	オール読物	4
	四十八人目の男	読売新聞	4 4↓11 19
6月	鞍馬天狗　淀の川舟	オール読物	6↓7
10月	鞍馬天狗　凧とともに	文芸春秋オール読物	10
	激流	日本経済新聞	10 1↓27・2 8
昭和二七年（一九五二）1月	その夜その朝——赤穂浪士討入前夜	オール読物	1
	紫友の話	サンデー毎日新春特別号	1 1
8月	一夜の出来事（鞍馬天狗シリーズ）	オール読物	8

9月	鞍馬天狗　青面夜叉	サンデー毎日	9 21↓28・4 26
昭和二八年（一九五三）	鞍馬天狗　雁のたより	サンデー毎日	5 3↓10 4
12月	その人	朝日新聞夕刊	12 9↓29・6 12
昭和二九年（一九五四）1月	まぼろし峠	家の光	1↓30・4
2月	鞍馬天狗　紅葉山荘	オール読物	2
7月	鞍馬天狗　夕立の武士	サンデー毎日	7 4↓30・1 16
昭和三〇年（一九五五）1月	薩摩飛脚	西日本新聞夕刊他	1 21↓11 20
	鞍馬天狗　夜の客	サンデー毎日	1 23↓3 13
9月	鞍馬天狗　影の如く	サンデー毎日	9 4↓31・1 29
12月	浅妻舟	東京新聞夕刊	12 12↓31・6 18

昭和三二年（一九五七）4月	鞍馬天狗　女郎蜘蛛	サンデー毎日　4・7→9・15
10月	新編鞍馬天狗　深川物語	家の光　10→34・3
昭和三三年（一九五八）10月	鞍馬天狗　夜の客	週刊明星　10・19→11・30
	鞍馬天狗　西海道中記	週刊明星　12・7→34・2・22
昭和三四年（一九五九）6月	桜子	朝日新聞夕刊　6・25→35・2・24
12月	孔雀長屋	週刊新潮　12・21→35・6・20
昭和三六年（一九六一）		
1月	虹の橋	婦人之友　1→37・1
	お化け旗本	週刊朝日別冊　1・1→37・3・1
7月	炎の柱	毎日新聞夕刊　7・27→37・7・22
昭和三八年（一九六三）6月	月の人	読売新聞夕刊　6・22→39・4・19
昭和四〇年（一九六五）1月	新鞍馬天狗　地獄太平記	河北新報夕刊他　1・26→8・19
9月	夕顔小路	毎日新聞　9・17→41・11・16
昭和四一年（一九六六）10月	赤屋敷の女	週刊朝日　10・14→42・2・10

現代小説、ノンフィクション、少年少女小説、童話、戯曲初出年表

発表年月	題名	発表紙・誌・書名（出版者）連載期間	掲載回数
大正五年（一九一六）2月	黄金文字——一高便所の楽書	中学世界2↓3	2
	受験当時を顧みて	中学世界臨時増刊号　25↓3	2
9月	初めてストームに襲はれた記	中学世界	
10月	一高鉄拳制裁物語	中学世界	
11月	一高コンパの夜	中学世界	
12月	蠟勉と万年床——試験前の向陵生活	中学世界	
大正六年（一九一七）1月	一高の怪談——七不思議	中学世界	
2月	女人禁制案——高一《ママ》ロマンス、二月の総代会議案	中学世界	
3月	記念祭前夜	中学世界	
4月	Sheetsの応援旗——一高物語、対外野球試合大活劇	中学世界	
5月	賄征伐——一高ロマンス	中学世界	
6月	食物修行——一高ロマンス	中学世界	
7月	夏の国へ——一高ロマンス水泳部行	中学世界	
	給仕から見た一高の食堂	中学世界	
	一高に来らんとする人々に（序に更へて）	一高ロマンス／東亜堂書房	
	入寮記	一高ロマンス／東亜堂書房	
	神楽ヶ岡遠征	一高ロマンス／東亜堂書房	
	敗北の日	一高ロマンス／東亜堂書房	
	鏡ヶ浦の水泳部生活	一高ロマンス／東亜堂書房	

	7月	ストーム撃退物語	一高ロマンス／東亜堂書房		
		来らんとする諸子へ	一高ロマンス／東亜堂書房		
	8月	一高水泳部の生活	中学世界		
	10月	鼻	校友会雑誌		
大正七年（一九一八）	1月	落葉を拾って	少女号		
大正九年（一九二〇）	4月	最後打者の日記	中学生		
	7月	夢魔	中学生	7↓8	2
	10月	死球――ある投手の冒険	中学生	10↓11	2
大正一〇年（一九二一）	1月	呪ひ	中学生	1↓□	□
	4月	小さいグラウ	中学生	4↓5	2
	10月	叛逆者	中学生	10↓□	□
大正一一年（一九二二）	11月	日本人	潜在		
大正一二年（一九二三）	2月	猫の旅行	女学生		
	6月	楽園の花	女学生	6↓8	3
大正一三年（一九二四）	5月	女たらし	ポケット		
昭和二年（一九二七）	1月	人間エッキス	中学生	1↓□	□
	3月	角兵衛獅子――少年の為の鞍馬天狗	少年倶楽部	3↓3・5	15
	7月	幽霊船伝奇	日本少年	7↓3・5	11
	9月	海の男	少年倶楽部	9↓12	4
昭和三年（一九二八）	1月	南海行	少女倶楽部	1↓12	12
		正成の最後	少女の友		
	6月	山男	幼年倶楽部	6↓9	4
		羽織	週刊朝日夏季特別号	6 15	

	7月	山嶽党奇談	少年倶楽部	7→5・12	30
	10月	日本人ヂョージ・サルマナザァル	改造		
昭和四年（一九二九）	1月	月かげの道	少女倶楽部	1→7	6
	5月	岩窟島奇談	日本少年	5→5・9	16
昭和五年（一九三〇）	1月	日本人オイン	少年倶楽部	1→6・12	24
		シュヴァリエ・デオン——已むを得ず女になった男の話	改造		
	4月	ドレフュス事件	改造	4→10	6
昭和六年（一九三一）	1月	青銅鬼——鞍馬天狗	少年倶楽部	1→12	12
	2月	探偵ルネ・カセラリ	改造		
		HONMOKUのノオト	モダン日本		

	3月	白い姉	東京・大阪朝日新聞	3・26→7・24	120
	5月	黎明以前	改造		
	12月	スペードの女王	婦人世界	12→7・10	10
昭和七年（一九三二）	1月	熱風	婦人之友	1→12	12
		山を守る兄弟	少年倶楽部	1→12	12
		春雨の琴	少女の友	1→12	12
		影	新青年		
	3月	佛蘭西人形	時事新報	3・19→8・22	155
	8月	幽霊花嫁	文芸倶楽部		
	10月	港の少年	幼年倶楽部	10→12	3
昭和八年（一九三三）	1月	海の荒鷲	少年倶楽部	1→12	12
		じゃがたら文	少女の友	1→12	11
		海賊島	幼年倶楽部	1→9	9

4月	熊	新青年	
5月	詩人	改造	
8月	青空三羽鴉	少女倶楽部 8→9・4	9
昭和九年（一九三四） 1月	樹氷	婦人公論 1→12	12
	狼隊の少年	少年倶楽部 1→12	12
	夜の真珠	週刊朝日 1 7→4 22	16
4月	生けるダルタニヤン	改造	
5月	手函	モダン日本 5→7	3
	三銃士の仕事部屋――生けるダルタニヤンに続く	改造	
8月	週末	週刊朝日銷夏読物号 8 1	
昭和一〇年（一九三五） 1月	ブウランジェ将軍の悲劇	改造 1→11・9	10
	レスナー館	中央公論 1→2	2

4月	少年海援隊	新少年 4→11	8
5月	或る仲間	文芸春秋オール読物 5→8	4
8月	月夜	婦人之友	
9月	海の謝肉祭	サンデー毎日秋季特別号 9 10	
昭和一一年（一九三六） 1月	海の女	日の出 1→12	12
8月	町の子山の子	主婦之友 8→12・6	11
	恋のない男	週刊朝日銷夏読物号 8 1	
	鞍馬天狗――幕末侠勇物語	少年倶楽部臨時増刊 8 15	
	雪崩	東京・大阪朝日新聞 8 24→12 31	129
昭和一二年（一九三七） 1月	日本の星之助	幼年倶楽部 1→12	12
	海の子供たち	子供のテキスト 1→12	12
	落葉	333 1→□	
3月	夜鴉	新青年 3→5	3

4月	水戸黄門	セウガク一年生 4↓ セウガク二年生 13・7	16
	源九郎義経	せうがく三年生 4↓小学四年生 13・7	12
5月	エミイの罪	文芸春秋オール読物臨時大増刊 5 5	
7月	熱風	文芸春秋オール読物	
10月	秋風	モダン日本秋の大増刊 10 1	
昭和一三年（一九三八）1月	花紋	新女苑 1↓14・4	16
	白夜	文芸春秋オール読物	
4月	火花	文芸春秋オール読物	
6月	愛情	文芸春秋オール読物臨時大増刊 6 15	

10月	復讐	週刊朝日秋季特別号 10 1	
昭和一四年（一九三九）1月	町の牧歌	雄弁 1↓12	12
	花丸・小鳥丸	少年倶楽部 1↓12	12
	楠木正成	せうがく三年生 1↓小学四年生 14 12	12
	幽霊大陸へ行く	大陸 1↓9	8
3月	火星から来た紳士	新青年 3↓4	2
	森の銀座	銀座	
4月	小楠公	セウガク一年生 4↓15・3	12
	郷愁	読売新聞 4 26↓7 10	76
6月	藤の花	文芸春秋オール読物	
7月	新樹	週刊朝日創刊一千号記念特別号 7 20	
8月	貝殻	新女苑 8↓15・12	17
	牧歌	文芸春秋オール	

		読物	
11月	明るい日	文芸春秋オール読物	
	面影	モダン日本臨時大増刊朝鮮版 11 1	
12月	氷の階段	都新聞 12 19→15・6 18	181
昭和一五年（一九四〇） 1月	礼儀	サンデー毎日新春特別号 1 1	
4月	八幡船	小学四年生 4→国民四年生 16・3	〔9〕
	帰郷	オール読物	
8月	窓の女	映画朝日 8→9	2
9月	青い花	小学五年生 9→国民五年生 16・3	7
11月	高慢な心	オール読物	
12月	赤穂義士	赤穂義士／博文館	
昭和一六年（一九四一）			
□月	薔薇少女	満洲新聞 □□→17・2□	□
1月	冬の太陽	少女の友 1→17・3	15
	川奈の鳶	モダン日本	
2月	帰還	オール読物	
4月	働く雪ちゃん	国民六年生 4→17・1	10
	人間の街	オール読物	
	明るい仲間	サンデー毎日 4 6→8 31	22
10月	紅桃	モダン日本 10→12	3
	壁書	オール読物	
12月	雲の航空便	冬の読本／中央公論社	
昭和一七年（一九四二） 1月	楠木正成	少年倶楽部 1→21・1	43
	氷の花	オール読物	
3月	梔子花	オール読物	
6月	横顔	オール読物	
	鷗	サンデー毎日 6 7→11 8	23

8月	荒海の子	こども新聞 8□↓18・6 22	103
9月	青空の人	飛行日本 9↓11	3
10月	花子	オール読物	
	薩英戦争	週刊少国民 10 4↓12 10	12
昭和一八年（一九四三）			
1月	緑の季節	オール読物	
	人は知らず	新青年	
	赤帽の鱸	日本の子供	
3月	火焔樹	週刊婦人朝日 3 3↓5 26	13
6月	私の鶯	日本映画	
9月	菊の香	文芸読物	
昭和一九年（一九四四）			
1月	山本五十六元帥	山本五十六元帥／学芸社	
6月	浮沈——歴史の片隅	新青年	
7月	道草	文芸春秋	
	日本海流	週刊少国民 7 2↓9 24	13
10月	平熱	新青年	
11月	路傍の人	新太陽	

	又兵衛出陣	少国民の友	
昭和二〇年（一九四五）			
2月	遅桜	月刊毎日	
	名将立花宗茂	少国民の友	
6月	不死鳥	週刊朝日 6 17↓9 2＝9	8
10月	白猫	婦人画報 10↓21・1	4
11月	古い人達	オール読物	
昭和二一年（一九四六）			
1月	薩摩飛脚	学生 1↓5	5
3月	地霊	朝日評論 3↓9	7
5月	小さい大工	赤とんぼ	
7月	小猫が見たこと	幼年クラブ	
8月	姉	中京新聞 8 1↓〔9〕〔30〕	〔60〕
	葉桜	モダン日本臨時増刊号 8 10	
	真夏の夜の夢	週刊朝日 8 11↓11 10	14
9月	静物	談論 9＝10↓21・11	2
10月	スイッチョ猫	こども朝日 10 1	

11月	迷路	京都日日新聞 11・1↓22・1・25	74
	静夜	苦楽	
	ごく小さいこと	少年クラブ	
12月	猛者	苦楽	
昭和二二年（一九四七）4月	白い百合	新世間	
9月	夜の片隅	MEN	
10月	烈しい女	オール読物	
	阿多教授の饗宴	秋のスリラー集／毎日新聞社	
11月	山道	苦楽	
12月	黒潮	サンデー毎日 12・28＝23・1・4↓4・25	17
昭和二三年（一九四八）3月	花と鶏	婦人朝日	
4月	犬のいる風景	文芸読物	
5月	初恋	婦人 5↓24・5	13
	帰郷	毎日新聞 5・17↓11・21	184
	新樹	中部日本新聞 5・17↓9・17	124

9月	隙間風	苦楽	
11月	秋夕夢	苦楽	
昭和二四年（一九四九）1月	まぼろし島奇談	天馬 1↓7	〔6〕
	白い女	苦楽	
	火花	小説界 1＝2	
	白猫白吉	こども朝日 1・1	
5月	絵すがた	サンデー毎日新緑傑作特別号 5・10	
6月	宗方姉妹	朝日新聞 6・25↓12・31	190
7月	どこまでも	少女の友 7↓25・10	16
昭和二五年（一九五〇）1月	古城の秘密	少年 1↓12	12
	一代女	小説公園	
4月	三ツ星物語	小学五年生 4↓ 小学六年生 26・6	16
	でこぼこ	少年少女	
5月	紅梅白梅	少年クラブ春の増刊号 5・1	

6月	花の谷間	新女苑 6↓26・3	10
7月	こだま	オール読物	
8月	花鏡	河北新報他 8・6↓12・31	148
9月	父をたずねて	少年少女 9↓26・9	13
12月	冬の紳士	サンデー毎日 12・31＝26・1・7↓4・29	17
昭和二六年（一九五一）			
1月	白緑	婦人公論 1↓7	7
5月	極楽鳥	別冊文芸春秋 5・20	
9月	マタ・ハリの裁判	オール読物	
昭和二七年（一九五二）			
4月	八幡太郎	小学四年生 4↓小学五年生 28・12	21
5月	天と地との間	サンデー毎日新緑特別号 5・10	
7月	旅路	朝日新聞 7・16↓28・2・19	218
10月	あきかぜ	オール読物	
11月	若き日の信長	オール読物	
昭和二八年（一九五三）			
4月	江戸の夕映	オール読物	
6月	彼	婦人公論 6↓29・2	9
	片隅のひと	サンデー毎日涼風特別号 6□	
7月	たぬき	オール読物	
9月	満月の客	週刊読売 9・20↓29・2・14	23
11月	築山殿始末	オール読物	
12月	楊貴妃	若き日の信長——戯曲集／朝日新聞社	
昭和三〇年（一九五五）			
1月	冬の宿	オール読物	
	風船	毎日新聞 1・20↓9・10	233
6月	上田の話	オール読物	
7月	七つ星	家の光ふろく・こども家の光 7↓31・2	8

12月	靴の音	オール読物		
昭和三一年（一九五六）1月	水の上	婦人之友	1↓9	9
2月	おかしな奴	週刊新潮	2・19↓5・8	13
6月	ゆうれい船	朝日新聞夕刊	6・21↓32・5・17	324
7月	峠	中部日本新聞他	7・14↓32・2・8	208
10月	霧笛	神奈川新聞	10・3↓6	4
昭和三二年（一九五七）2月	冬の木々	小説新潮	2↓7	6
10月	橋	毎日新聞	10・28↓33・4・21	175
11月	魔界の道具	オール読物		
昭和三三年（一九五八）4月	山の城水の城	小学四年生　小学五年生	4↓35・2	23
10月	冬あたたか	日本経済新聞	10・6↓34・5・22	227
昭和三四年（一九五九）3月	パナマ事件	朝日ジャーナル	3・15↓9・13	27
11月	殺生関白——夢と現実とによる五景	心		
昭和三五年（一九六〇）2月	新樹	東京新聞	2・15↓11・8	266
6月	花の咲く家	サンデー毎日	6・26↓12・25	27
11月	雪たゝき　幸田露伴原作	心		
昭和三六年（一九六一）1月	大仏炎上	新文明		
3月	おぼろ夜	オール読物		
10月	パリ燃ゆ	朝日ジャーナル	10・1↓38・9・29	105
昭和三七年（一九六二）7月	さかさまに	西日本新聞他	7・21↓38・6・14	326

昭和三八年（一九六三）4月	離合	婦人之友	
昭和三九年（一九六四）3月	焦土――パリ・コミューンの後に	世界 3↓11	9
昭和四〇年（一九六五）6月	浅妻舟	心 6／8	2
昭和四一年（一九六六）8月	道化師	日本経済新聞 8・11↓42・1・14	155
昭和四二年（一九六七）1月	天皇の世紀	朝日新聞 1・1↓夕刊48・4・25	1555
昭和四四年（一九六九）9月	三姉妹	国立劇場上演台本集／国立劇場	
昭和四六年（一九七一）11月	戦国の人々	心	
昭和五二年（一九七七）5月	海北友松	大佛次郎戯曲全集／朝日新聞社	

（『おさらぎ選書』第一、三集を転載した。また転載元にしたがって、漢字の表記にはすべて新字体を使用した。目録中の□は不明箇所である。）

大佛次郎略年譜

和暦	西暦	齢	関係事項	一般事項
明治三〇	一八九七		**10・9**横浜市英《はなぶさ》町一丁目十番地（現、中区英町八番地）に、野尻政助（四十七歳）、ギン（四十歳）の三男二女の末子として生まれた。本名、清彦。父は和歌山県の出身。この時は日本郵船会社の石巻《いしのまき》支店に単身赴任中。母は神奈川県川崎の出身。長兄正英《まさふさ》（のち野尻抱影の筆名で〈星の文学者〉として活躍）は、十二歳年長で、畏敬すべき存在だった。	
三七	一九〇四	7	**4月**横浜市太田尋常小学校に入学。一カ月後、二人の兄が東京の大学へ通う便宜から、一家は東京市牛込区東五軒町に転居。二歳年長の次姉（長姉は夭逝）と一緒に津久戸尋常小学校に転校。	**2月**日露戦争勃発。
四一	一九〇八	11	**10月**愛読の雑誌「少年世界」の記者、竹貫佳水《かすい》らが編集した文集『少年傑作集』に「二つの種子」と題する作文を投稿。	

四二	一九〇九	12	5月四日市にいた父が会社を定年退職し、初めて一緒に住むことになり、芝区白金三光町に転居。白金尋常小学校に転校。	
四三	一九一〇	13	3月白金尋常小学校卒業。4月東京府立第一中学校入学。歴史の勉強に熱中。三年生の時、甲府中学の教師をしていた抱影が校長の大島正健の愛娘と結婚し、麻布中学に転任。新しい親戚、伊藤一隆、長尾半平などの家を、これからしばしば訪れた。	
四四	一九一一	14		10月清国、辛亥革命。
大正三	一九一四	17		8月日本、第一次世界大戦参戦。
四	一九一五	18	3月東京府立第一中学校卒業。9月第一高等学校第一部T類（仏法科）に入学。寄宿寮に入った。	5月二十一カ条要求に基づく日華条約調印。
六	一九一七	20	7月「中学世界」に連載していた一高寄宿寮の生活ルポルタージュをまとめ、「一高ロマンス」と題して東亜堂書房より刊行。10月習作「鼻」を一高「校友会雑誌」に発表。この年の秋、神田区北神保町に下宿。	3月ロシア二月革命。11月ロシア十月革命。
七	一九一八	21	7月第一高等学校第一部仏法科卒業。9月東京帝国大学法科大学政治学科入学。11月浪人会事件で吉野教授を応援。	1月ウィルソン十四カ条発表。11月第一次世界大戦終結。

八	一九一九	22	有島武郎主宰の「草の葉会」に出席。河上肇の講習会に出席し、「近世経済思想史」を聴講。友人と素人劇団テアトル・デ・ビジュウを結成。公演の資金集めにレコード・コンサートを開催。「中央美術」に翻訳の画論を発表。抱影が麻布中学を辞め、研究社発行の雑誌「中学生」の編集長となったので、同誌に外国の伝奇小説の抄訳を連載。	6月ヴェルサイユ条約締結。
九	一九二〇	23	2月新劇協会主催（民衆座第一回公演）の「青い鳥」上演に協力。光の精に扮した原田登里と知り合う。同月、同じ有楽座で自分たちの劇団の試演。	
一〇	一九二一	24	2月原田登里（酉子。芸名、吾妻光《てる》。明治三十一年、東京生まれ）と学生結婚。6月東京帝国大学法学部政治学科卒業。鎌倉高等女学校の教師となり、国語と歴史を担当。鎌倉の中を転々と移り住む。「中学生」に毎月野球小説を連載。12月菅忠雄らと同人誌「潜在」を創刊。	
一一	一九二二	25	2月外務省条約局に嘱託勤務。博文館の鈴木徳太郎の知遇を得て、同館発行の「新趣味」に翻訳を連載。11月「潜在」第四号に習作「日本人」を発表。ロマン・ロラン著『クルランボオ』翻訳、叢文閣刊。	

一二	一九二三	26	3月鎌倉高等女学校を退職。9月長谷の大仏裏の仮住居で関東大震災に遭う。「中学生」「女学生」（研究社）、「少年世界」「新趣味」（博文館）のほか「劇と評論」などへの執筆の機会が失われた。	9月関東大震災。
一三	一九二四	27	3月「新趣味」廃刊後、娯楽雑誌「ポケット」の編集に移った鈴木徳太郎に勧められ、大衆小説「隼の源次」を発表。大佛次郎の筆名を初めて使った。さらに5月「快傑鞍馬天狗　第一話　鬼面の老女」を発表。好評により〈鞍馬天狗シリーズ〉の連載を執筆することとなり、昭和四十年の「地獄太平記」まで長短四十七作品を発表。また、「ポケット」には百篇近い長短篇の髷物小説を十七の筆名を使って昭和二年まで発表。12月外務省を退職。「鞍馬天狗」の映画化始まる。	
一四	一九二五	28		4月治安維持法公布。5月普通選挙法公布。5月上海で五・三〇事件。
一五 昭和元	一九二六	29	8月最初の新聞小説「照る日くもる日」を「大阪朝日新聞」に連載（〜昭和二年六月）。以後、約五十年の作家生活の間に、六十一篇の新聞小説を休みな	7月蒋介石、北伐開始。

			く発表。	
二	一九二七	30	3月「ポケット」廃刊。「少年の為の鞍馬天狗　角兵衛獅子」を「少年倶楽部」に連載（〜三年五月）。これ以後、嵐寛寿郎演ずる「鞍馬天狗」映画シリーズ始まる。5月「赤穂浪士」を「東京日日新聞」に連載（〜三年十一月）。	3月南京事件。5月第一次山東出兵。（翌年、第二次、第三次出兵）
三	一九二八	31	2月評論「大衆文芸の転換期」を「東京日日新聞」に発表。6月「ごろつき船」を「大阪毎日新聞」に連載（〜四年六月）。	6月張作霖爆殺事件。
四	一九二九	32	1月「赤穂浪士」により第三回渡辺賞を受賞。同作品が沢田正二郎の主演で上演。「からす組」を「国民新聞」に連載（〜十二月）。4月鎌倉雪ノ下に新居を建てて移転。生涯の住居となる。6月「由比正雪」を「東京日日新聞・大阪毎日新聞」に連載（〜五年六月）。11月父が雪ノ下の新居で永眠。	10月世界大恐慌始まる。
五	一九三〇	33	4月「ドレフュス事件」を「改造」に連載（〜十月）。9月大連ツーリスト・ビューローの招待で久米正雄と共に満州（中国東北部）を訪問。12月改造社発行『現代日本文学全集』第六十巻『大佛次郎集』刊行。	

六	一九三一	34	**3月**現代小説「白い姉」を「東京・大阪朝日新聞」に連載（～七月）。この年より約十年間、横浜港に近いホテルニューグランドの一室を借りきり、仕事場とした。ヨットを購入して湘南の海で遊んだ。	**9月**満州事変勃発。
七	一九三二	35		**5月**五・一五事件。
八	一九三三	36	**5月**「詩人」を「改造」に発表。同月、「時代に光あれ、ナチスの焚書抗議」を「読売新聞」に発表。**7月**「霧笛」を「東京・大阪朝日新聞」に連載（～九月）。**11月**評論「西洋小説と大衆文芸」を改造社発行の『日本文学講座』に発表。**12月**「安政の大獄」を「時事新報」に連載（～九年九月）。この年、久米正雄発案の鎌倉ペンクラブに協力。鎌倉写友会を創り、カメラで遊んだ。	**1月**ヒットラー政権成立。
九	一九三四	37	**1月**「夜の真珠」を「週刊朝日」に連載（～四月）。夏、久米正雄に誘われ、〈海の謝肉祭《カーニバル》〉を実施。**10月**文藝春秋社主催の文芸講演会の講師として各地を回った。野球、ゴルフ、スキーと行動半径が広がった。	
一〇	一九三五	38	**1月**「ブウランジェ将軍の悲劇」を「改造」に連載（～十一年九月）。同月、文藝春秋社から芥川賞、直	

一三	一九三八	41	木賞の制定が発表され、直木賞の選考委員となり、最晩年まで休まなかった。**8月**加藤武雄と朝鮮を経て満州の松花江を遡り、移民村などを訪問した。	
一四	一九三九	42	**1月**マーク・トゥエインの「王子と乞食」に着想を得たメルヘン「花丸小鳥丸」を「少年倶楽部」に連載（〜十二月）。**12月**加藤武雄と北京を訪問。同月、「氷の階段」を「都新聞」に連載（〜十五年六月）。	**5月**ノモンハン事件。
一五	一九四〇	43	**6月**文藝春秋社より報道班員として火野葦平らと共に中支宜昌戦線に派遣された。**7月**文藝春秋社の文芸銃後運動の講師として、菊池寛、久米正雄、小林秀雄らと、満州朝鮮に赴いた。	
一六	一九四一	44	**6月**朝日新聞社より戦地慰問として、窪川（佐多）稲子、林芙美子、横山隆一と共に満州各地を回った。柴田天馬、バイコフと旧友を温めた。**12月**母が大佛邸で永眠。	**12月**太平洋戦争開戦。
一七	一九四二	45	**1月**「阿片戦争」を「東京日日・大阪毎日新聞」に連載（〜六月）。**3月**大政翼賛会の支部として鎌倉文化聯盟が結成され、久米正雄の依頼で文学部長に就任。**9月**「源実朝」を「婦人公論→新女苑」に連	**6月**ミッドウェー海戦。

			載（〜二十一年三月）。近所に住む吉野秀雄と親交。	
一八	一九四三	46	1月童話「赤帽の鱸」を「日本の子供」に発表。5月山本五十六連合艦隊司令長官の戦死公表にあたり、「山本元帥の武運に寄す」をラジオ放送。10月同盟通信社の嘱託で東南アジアの占領地視察に旅立った。	12月学徒出陣。
一九	一九四四	47	1月インドネシアで元旦を迎え、2月帰国。4月「鞍馬の火祭」を「毎日新聞・戦時版」に連載（〜九月）。10月「乞食大将」を「朝日新聞→新太陽→モダン日本」に連載（〜二十一年三月）。9月より翌年十月に至る詳細な日記を書き始める。	
二〇	一九四五	48	5月鎌倉在住の作家たちと貸本屋、鎌倉文庫を開店。8月鎌倉の自宅で敗戦を迎え、同月21日、「英霊に詫びる」を「朝日新聞」に発表。9月東久邇宮内閣の参与に就任。翌月、内閣総辞職により退任。9月「丹前屏風」を「毎日新聞」に連載（〜十一月）。	3月東京大空襲。7月ポツダム宣言。8・15太平洋戦争終戦。
二一	一九四六	49	1月研究社発行の雑誌「学生」の主筆となり、毎号、青少年に向けて発言（〜二十四年十月）。3月「地霊」を「朝日評論」に連載（〜九月）。10月童話「スイッチョ猫」を「こども朝日」に発表。11月苦楽社を興し、雑誌「苦楽」を創刊。	

二二	一九四七	50	1月「鞍馬天狗　新東京絵図」を「苦楽」に連載（〜二十三年五月）。9月「幻燈」を「新大阪」に連載（〜二十三年一月）。	
二三	一九四八	51	5月「帰郷」を「毎日新聞」に連載（〜十一月）。二十五年、同作により芸術院賞を受賞。	
二四	一九四九	52	1月苦楽社より青少年向けの雑誌「天馬」を創刊。6月「宗方姉妹」を、「朝日新聞」に連載（〜十二月）。9月出版界の不況により苦楽社を閉じた。	
二五	一九五〇	53		6月朝鮮戦争勃発。
二六	一九五一	54		9月サンフランシスコ条約、日米安全保障条約調印。
二七	一九五二	55	7月「旅路」を「朝日新聞」に連載（〜二十八年二月）。10月戯曲「若き日の信長」が市川海老蔵の主演、菊五郎劇団によって歌舞伎座で上演。以後、数多くの戯曲を同劇団のために書下した。	
二九	一九五四	57	4月胃潰瘍の手術を受けた。11月随筆「鞍馬天狗と三十年」を「サンデー毎日」に発表。同誌に「鞍馬天狗」の新シリーズを連載（〜三十二年九月）。「帰郷」が英訳され、以後、伊、仏、中国語訳が刊行された。	
三〇	一九五五	58	1月「風船」を「毎日新聞」に連載（〜九月）。	

三一	一九五六	59	4月咽喉癌の疑いで手術。この時から喫煙をやめた。	12月国際連合加盟。
三三	一九五八	61	5月より7月まで、米国より欧州を回遊。9月「ちいさい隅」の総題で週一回の連載随筆を「神奈川新聞」に掲載（〜四十七年十月）。	
三四	一九五九	62	3月「パナマ事件」を「朝日ジャーナル」に連載（〜九月）。6月「桜子」を「朝日新聞」に連載（〜三十五年二月）。12月より翌春にかけインド旅行。	
三五	一九六〇	63	3月日本芸術院会員となる。	1月新日米安保条約調印。
三六	一九六一	64	4月より6月まで、夫妻で欧州回遊。7月「炎の柱」を「毎日新聞」に連載（〜三十七年七月）。10月「パリ燃ゆ」を「朝日ジャーナル→世界」に連載（〜三十九年十一月）。11月神奈川文化賞を受賞。	8月ベルリンの壁建設。
三七	一九六二	65	5月第一回科学者京都会議に出席。湯川秀樹らと核実験停止、軍縮と平和運動のために尽力。	10月キューバ危機。
三九	一九六四	67	11月文化勲章を受章。12月自伝「私の履歴書」を「日本経済新聞」に連載。ナショナル・トラスト運動を提唱する。	4月日本のOECD加盟。10月東海道新幹線開業。東京五輪開催。
四〇	一九六五	68		2月米、北爆開始。
四一	一九六六	69		8月文化大革命、中国全土に拡大。

四二	一九六七	70	1月「天皇の世紀」を「朝日新聞」に連載（〜四十八年四月）	
四四	一九六九	72	11月「三姉妹」ほかの劇作活動に対して第十七回菊池寛賞を受賞。	1月東京大学安田講堂事件。11月沖縄返還決定。
四七	一九七二	75	3月より4月にかけ、萩、会津若松などの取材旅行。5月随筆集『都そだち』を毎日新聞社より刊行。国立がんセンター病院に入院。6月より病床日記「つきじの記」を書き始める。11月「大佛次郎展——人と作品」が横浜で開催。	2月あさま山荘事件。9月日中共同声明、日中国交正常化。
四八	一九七三		「天皇の世紀」は、四月二十五日に「病気休載」。4・30転移性肝癌により永眠。享年七十五。両親の眠る鎌倉扇《おうぎ》ケ谷《やつ》の寿福寺の墓地に埋葬。	
四八	一九七三		業績を記念して、すぐれた文学作品にジャンルを問わず贈る、大佛次郎賞が創設される。	
五三	一九七八		横浜市の港の見える丘公園に大佛次郎記念館が開館。	
六〇	一九八五		「大佛次郎——人と文学展」が有楽町朝日ギャラリーで開催。	
平成 九	一九九七		「生誕百年記念大佛次郎展」が東京・小田急美術館で開催（翌年一月に横浜・高島屋、大阪・近鉄アート館に巡回）。	

人名索引

さ　行

た　行

な　行

は　行

ま　行

や　行

ら・わ行

事項索引

た 行

な 行

は 行

ま　行

や・ら・わ行

《著者紹介》

福島行一（ふくしま・こういち）

1931年　山形市生まれ。
慶應義塾大学大学院国文学博士課程満期退学。

現　在　防衛大学校名誉教授（専攻・国文学）。

主　著　『大佛次郎』上・下，草思社，1995年。
『大佛次郎の横浜』神奈川新聞社，1998年。
文春文庫版『天皇の世紀』（全12巻）の全解説執筆も務めた。

ミネルヴァ日本評伝選

大《お》佛《さらぎ》次《じ》郎《ろう》

——一代初心——

2017年11月10日　初版第1刷発行　〈検印省略〉

定価はカバーに
表示しています

著　者　福島行一

発行者　杉田啓三

印刷者　江戸孝典

発行所　株式会社　ミネルヴァ書房

607-8494　京都市山科区日ノ岡堤谷町1
電話代表（075）581-5191
振替口座　01020-0-8076

共同印刷工業・新生製本

ISBN978-4-623-07880-6

Printed in Japan

刊行のことば

歴史を動かすものは人間であり、興趣に富んだ人間の動きを通じて、世の移り変わりを考えるのは、歴史に接する醍醐味である。

しかし過去の歴史学を顧みるとき、人間不在という批判さえ見られたように、歴史における人間のすがたが、必ずしも十分に描かれてきたとはいえない。二十一世紀を迎えた今、歴史の中の人物像を蘇生させようとの要請はいよいよ強く、またそのための条件もしだいに熟してきている。

この「ミネルヴァ日本評伝選」は、正確な史実に基づいて書かれるのはいうまでもないが、単に経歴の羅列にとどまらず、歴史を動かしてきたすぐれた個性をいきいきとよみがえらせたいと考える。そのためには、対象とした人物とじっくりと対話し、ときにはきびしく対決していくことも必要になるだろう。

今日の歴史学が直面している困難の一つに、研究の過度の細分化、瑣末化が挙げられる。それは緻密さを求めるが故に陥った弊害といえるが、その結果として、歴史の大きな見通しが失われ、歴史学を通しての社会への働きかけの途が閉ざされ、人々の歴史への関心を弱める危険性がある。今こそ歴史が何のためにあるのかという、基本的な課題に応える必要があろう。評伝という興味ある方法を通じて、解決の手がかりを見出せないだろうかというのも、この企画の一つのねらいである。

狭義の歴史学の研究者だけでなく、多くの分野ですぐれた業績をあげている著者たちを迎えて、従来見られなかった規模の大きな人物史の叢書として、「ミネルヴァ日本評伝選」の刊行を開始したい。

平成十五年（二〇〇三）九月

ミネルヴァ書房

ミネルヴァ日本評伝選

上代

*俾弥呼　古田武彦
*日本武尊　西宮秀紀
*仁徳天皇　若井敏明
雄略天皇　吉村武彦
継体天皇　若井敏明
*蘇我氏四代　遠山美都男
推古天皇　義江明子
聖徳太子　仁藤敦史
斉明天皇　武田佐知子
*小野妹子・毛人・毛野　大橋信弥
*額田王　梶川信行
弘文天皇　遠山美都男
天武天皇　新川登亀男
持統天皇　丸山裕美子
阿倍比羅夫　熊田亮介
*藤原四子　木本好信
*柿本人麿　古橋信孝
*元明天皇・元正天皇　渡部育子
聖武天皇　本郷真紹
光明皇后　寺崎保広
*孝謙・称徳天皇　勝浦令子
藤原不比等　荒木敏夫
橘諸兄・奈良麻呂　遠山美都男
吉備真備　今津勝紀
*藤原仲麻呂　木本好信
道鏡　吉川真司
*藤原種継　木本好信
大伴家持　和田萃
*行基　吉田靖雄

平安

*桓武天皇　井上満郎
嵯峨天皇　西別府元日
宇多天皇　古藤真平
醍醐天皇　石上英一
村上天皇　京樂真帆子
花山天皇　上島享
*三条天皇　倉本一宏
藤原薬子　中野渡俊治
*藤原良房・基経　瀧浪貞子
菅原道真　竹居明男
*紀貫之　神田龍身
源高明　所功
*安倍晴明　斎藤英喜
藤原実資　橋本義則
*藤原道長　朧谷寿
*藤原伊周・隆家　倉本一宏
藤原定子　山本淳子
藤原彰子　朧谷寿
清少納言　三田村雅子
紫式部　竹西寛子
和泉式部　ツベタナ・クリステワ
大江匡房　小峯和明
*阿弖流為　樋口知志
坂上田村麻呂　熊谷公男
*源満仲・頼光　元木泰雄
平将門　西山良平
藤原純友　寺内浩
最澄　吉田一彦
円珍　岡野浩二
*空也　石井義長
奝然　上川通夫
*源信　小原仁
慶滋保胤　吉原浩人
*後白河天皇　美川圭
式子内親王　奥野陽子
建礼門院　生形貴重
*藤原秀衡　入間田宣夫
平時子・時忠　元木泰雄
平維盛　根井浄
守覚法親王　阿部泰郎
藤原隆信・信実　山本陽子

鎌倉

源頼朝　川合康
*源義経　近藤好和
源実朝　神田龍身
*九条兼実　加納重文
九条道家　上横手雅敬
北条時政　野口実
熊谷直実　佐伯真一
*北条政子　関幸彦
北条義時　岡田清一
曾我十郎・五郎　杉橋隆夫
北条時頼　山本隆志
北条時宗　近藤成一
安達泰盛　山陰加春夫
平頼綱　細川重男
竹崎季長　堀本一繁
西行　光田和伸
鴨長明　浅見和彦
藤原定家　赤瀬信吾
*京極為兼　今谷明
*兼好　島内裕子
重源　横内裕人
*運慶　根立研介
快慶　井上一稔
法然　今堀太逸
栄西　中尾良信
慈円　大隅和雄
明恵　西山厚
*親鸞　末木文美士
恵信尼・覚信尼　西口順子
覚如　今井雅晴
*道元　船岡誠
叡尊　細川涼一
*忍性　松尾剛次
*日蓮　佐藤弘夫
一遍　蒲池勢至

夢窓疎石　原田正俊
＊宗峰妙超　竹貫元勝

南北朝・室町

後醍醐天皇　上横手雅敬
＊護良親王　新井孝重
＊懐良親王　森　茂暁
＊赤松氏五代　渡邊大門
＊北畠親房　岡野友彦
楠正成　兵藤裕己
楠正行・正儀　生駒孝臣
＊新田義貞　山本隆志
＊光厳天皇　深津睦夫
足利尊氏　市沢　哲
＊足利直義　亀田俊和
佐々木道誉　下坂　守
細川頼之　亀田俊和
円観・文観　田中貴子
足利義詮　早島大祐
足利義満　川嶋將生
＊足利義持　吉田賢司
足利義教　横井　清
足利義政　木下昌規
＊大内義弘　平瀬直樹
伏見宮貞成親王　松薗　斉
＊山名宗全　山本隆志
細川勝元・政元　古野　貢
畠山義就　呉座勇一
足利成氏　阿部能久

世阿弥　西野春雄
雪舟等楊　河合正朝
宗祇　鶴崎裕雄
＊満済　森　茂暁
一休宗純　原田正俊
蓮如　岡村喜史

戦国・織豊

北条早雲　家永遵嗣
北条氏政　黒田基樹
大内義隆　藤井　崇
斎藤氏三代　木下　聡
＊毛利元就　岸田裕之
＊毛利輝元　光成準治
小早川隆景・秀秋　光成準治
＊今川義元　小和田哲男
六角氏四代　村井祐樹
＊武田信玄　笹本正治
＊武田勝頼　笹本正治
＊真田氏三代　笹本正治
＊三好長慶　天野忠幸
松永久秀　天野忠幸
＊宇喜多直家・秀家　渡邊大門
＊上杉謙信　矢田俊文
大友宗麟　鹿毛敏夫
島津義久・義弘　福島金治
＊長宗我部元親・盛親　平井上総
浅井長政　長谷川裕子
吉田兼倶　西山　克

山科言継　松薗　斉
＊雪村周継　赤澤英二
正親町天皇・後陽成天皇　神田裕理
足利義輝・義昭　山田康弘
織田信長　三鬼清一郎
織田長益　八尾嘉男
豊臣秀吉　藤井讓治
豊臣秀次　矢部健太郎
＊北政所おね　田端泰子
＊淀殿　福田千鶴
蜂須賀正勝・家政　三宅正浩
前田利家　東四柳史明
山内一豊・忠義　長屋隆幸
＊黒田如水　小和田哲男
＊蒲生氏郷　藤田達生
石田三成　堀越祐一
＊細川ガラシャ　田端泰子
伊達政宗　伊藤喜良
＊支倉常長　田中英道
千利休　熊倉功夫
＊長谷川等伯　宮島新一
顕如　神田千里
教如　安藤　弥

江戸

＊徳川家康　笠谷和比古
本多忠勝　柴　裕之
＊徳川家光　野村　玄

徳川吉宗　横田冬彦
＊後水尾天皇　久保貴子
後桜町天皇　所　京子
光格天皇　藤田　覚
崇伝　杣田善雄
＊春日局　福田千鶴
＊宮本武蔵　渡邊大門
＊池田光政　倉地克直
保科正之　八木清治
シャクシャイン　岩崎奈緒子
＊田沼意次　藤田　覚
細川重賢　安高啓明
＊二宮尊徳　小林惟司
＊末次平蔵　岡美穂子
＊高田屋嘉兵衛　生田美智子
＊林羅山　鈴木健一
吉野太夫　渡辺憲司
中江藤樹　辻本雅史
熊沢蕃山　川口　浩
＊山崎闇斎　澤井啓一
山鹿素行　前田　勉
＊北村季吟　島内景二
伊藤仁斎　澤井啓一
貝原益軒　辻本雅史
松尾芭蕉　楠元六男
＊ケンペル　B・M・ボダルト＝ベイリー
新井白石　大川　真
荻生徂徠　柴田　純
＊雨森芳洲　上田正昭
石田梅岩　高野秀晴

白隠慧鶴　芳澤勝弘
前野良沢　松田　清
平賀源内　石上　敏
本居宣長　田尻祐一郎
杉田玄白　吉田　忠
木村蒹葭堂　有坂道子
＊大田南畝　沓掛良彦
菅江真澄　赤坂憲雄
＊鶴屋南北　諏訪春雄
良寛　阿部龍一
＊山東京伝　佐藤至子
＊滝沢馬琴　高田　衛
平田篤胤　山下久夫
国友一貫斎　太田浩司
シーボルト　宮坂正英
本阿弥光悦　岡　佳子
小堀遠州　中村利則
狩野探幽・山雪　山下善也
尾形光琳・乾山　河野元昭
＊二代目市川團十郎　田口章子
伊藤若冲　狩野博幸
鈴木春信　小林　忠
浦上玉堂　高橋博巳
＊佐竹曙山　成瀬不二雄
葛飾北斎　岸　文和
酒井抱一　玉蟲敏子
孝明天皇　青山忠正
＊和宮　辻ミチ子
徳川慶喜　大庭邦彦
島津斉彬　原口　泉

横井小楠　沖田行司
*古賀謹一郎　小野寺龍太
*永井尚志　高村直助
岩瀬忠震　小野寺龍太
*栗本鋤雲　小野寺龍太
大村益次郎　竹本知行
河井継之助　小川和也
*西郷隆盛　家近良樹
由利公正　角鹿尚計
*塚本明毅　塚本学
*月性　海原徹
*吉田松陰　海原徹
*高杉晋作　海原徹
久坂玄瑞　一坂太郎
*ペリー　遠藤泰生
ハリス　福岡万里子
オールコック　佐野真由子
アーネスト・サトウ　奈良岡聰智
緒方洪庵　米田該典

近代

*明治天皇　伊藤之雄
*大正天皇　F・R・ディキンソン
*昭憲皇太后・貞明皇后　小田部雄次
大久保利通　三谷太一郎
山県有朋　鳥海靖
木戸孝允　落合弘樹

井上馨　伊藤之雄
*松方正義　室山義正
北垣国道　小林丈広
板垣退助　小川原正道
長与専斎　笠原英彦
大隈重信　五百旗頭薫
伊藤博文　坂本一登
井上毅　大石眞
*井上勝　老川慶喜
*桂太郎　小林道彦
*渡邉洪基　瀧井一博
*乃木希典　佐々木英昭
星亨　小林道彦
林董　奈良岡聰智
*児玉源太郎　小林道彦
*高宗・閔妃　木村幹
山本権兵衛　室山義正
*金子堅太郎　松村正義
高橋是清　鈴木俊夫
小村寿太郎　簑原俊洋
*犬養毅　小林惟司
原敬　季武嘉也
*加藤高明　櫻井良樹
牧野伸顕　小宮一夫
田中義一　黒沢文貴
内田康哉　高橋勝浩
石井菊次郎　廣部泉
平沼騏一郎　堀田慎一郎
*鈴木貫太郎　小堀桂一郎
宇垣一成　北岡伸一
*宮崎滔天　榎本泰子

*浜口雄幸　川田稔
幣原喜重郎　西田敏宏
関一　玉井金五
水野広徳　片山慶隆
広田弘毅　井上寿一
安重根　上垣外憲一
*グルー　廣部泉
*永田鉄山　森靖夫
東條英機　牛村圭
今村均　前田雅之
蔣介石　劉岸偉
石原莞爾　山室信一
木戸幸一　波多野澄雄
近衛文麿　庄司潤一郎
*岩崎弥太郎　武田晴人
伊藤忠兵衛　末永國紀
五代友厚　田付茉莉子
大倉喜八郎　村上勝彦
*安田善次郎　由井常彦
渋沢栄一　武田晴人
中野武営　佐賀香織
益田孝　鈴木邦夫
山辺丈夫　宮本又郎
武藤山治　阿部武司・桑原哲也
池田成彬　松浦正孝
西原亀三　森川正則
小林一三　橋爪紳也
大倉恒吉　石川健次郎
大原孫三郎　猪木武徳
*河竹黙阿弥　今尾哲也
イザベラ・バード　加納孝代

*林忠正　木々康子
*森鷗外　小堀桂一郎
*二葉亭四迷　ヨコタ村上孝之
*夏目漱石　佐々木英昭
徳冨蘆花　半藤英明
巌谷小波　千葉信胤
樋口一葉　佐伯順子
*島崎藤村　十川信介
泉鏡花　東郷克美
上田敏　小林茂
*有島武郎　亀井俊介
永井荷風　川本三郎
北原白秋　平石典子
菊池寛　山本芳明
芥川龍之介　高橋龍夫
*宮沢賢治　千葉一幹
高浜虚子　坪内稔典
与謝野晶子　佐伯順子
*種田山頭火　村上護
*斎藤茂吉　品田悦一
*高村光太郎　湯原かの子
石川啄木　先崎彰容
萩原朔太郎　エリス俊子
*原阿佐緒　秋山佐和子
*狩野芳崖・高橋由一　古田亮
川村清雄　落合則子
*小堀鞆音　小堀桂一郎
竹内栖鳳　北澤憲昭
黒田清輝　高階秀爾

中村不折　石川九楊
横山大観　高階秀爾
*橋本関雪　西原大輔
小出楢重　芳賀徹
土田麦僊　天野一夫
岸田劉生　北澤憲昭
濱田庄司　濱田琢司
*山田耕筰　後藤暢子
松旭斎天勝　川添裕
中山みき　鎌田東二
佐田介石　谷川穣
*ニコライ　中村健之介
*出口なお・王仁三郎　川村邦光
島地黙雷　阪本是丸
*新島襄　太田雄三
新島八重　佐伯順子
木下広次　冨岡勝
海老名弾正　西田毅
嘉納治五郎　クリストファー・スピルマン
柏木義円　片野真佐子
津田梅子　田中智子
*澤柳政太郎　新田義之
河口慧海　高山龍三
山室軍平　室田保夫
大谷光瑞　白須淨眞
*久米邦武　高田誠二
フェノロサ　伊藤豊
井上哲次郎　井ノ口哲也
三宅雪嶺　長妻三佐雄
*岡倉天心　木下長宏

志賀重昂　中野目徹
徳富蘇峰　杉原志啓
*竹越与三郎　西田毅
内藤湖南・桑原隲蔵　礪波護
*廣池千九郎　橋本富太郎
岩村透　今橋映子
*西田幾多郎　大橋良介
*金沢庄三郎　石川遼子
柳田国男　鶴見太郎
厨川白村　張競
村岡典嗣　水野雄司
大川周明　山内昌之
西田直二郎　林淳
折口信夫　斎藤英喜
シュタイン　瀧井一博
*西周　清水多吉
*福澤諭吉　平山洋
成島柳北　山田俊治
福地桜痴　山田俊治
村山龍平　早房長治
島田三郎　武藤秀太郎
田口卯吉　鈴木栄樹
*陸羯南　松田宏一郎
黒岩涙香　奥武則
長谷川如是閑　織田健志
*吉野作造　田澤晴子
山川均　米原謙
*岩波茂雄　十重田裕一
*北一輝　岡本幸治
*穂積重遠　大村敦志

中野正剛　吉田則昭
*満川亀太郎　福家崇洋
エドモンド・モレル　林田治男
*北里柴三郎　福田眞人
高峰譲吉　木村昌人
田辺朔郎　秋元せき
*南方熊楠　飯倉照平
石原純　金子務
*辰野金吾　河上眞理・清水重敦
*七代目小川治兵衛　尼崎博正
本多静六　岡本貴久子
ブルーノ・タウト　北村昌史

現代

昭和天皇　御厨貴
高松宮宣仁親王　後藤致人
*李方子　小田部雄次
吉田茂　中西寛
マッカーサー　柴山太
鳩山一郎　楠綾子
*石橋湛山　増田弘
重光葵　武田知己
市川房枝　村井良太
*池田勇人　藤井信幸
高野実　篠田徹
和田博雄　庄司俊作
朴正熙　木村幹

田中角栄　新川敏光
宮沢喜一　村上友章
竹下登　真渕勝
*松永安左エ門　橘川武郎
鮎川義介　井口治夫
*出光佐三　橘川武郎
松下幸之助　米倉誠一郎
渋沢敬三　井上潤
*本田宗一郎　伊丹敬之
井深大　武田徹
*佐治敬三　小玉武
幸田家の人々　金井景子
*正宗白鳥　大嶋仁
*大佛次郎　福島行一
*川端康成　大久保喬樹
*薩摩治郎八　小林茂
坂口安吾　千葉一幹
太宰治　安藤宏
松本清張　杉原志啓
安部公房　鳥羽耕史
*三島由紀夫　島内景二
井上ひさし　成田龍一
R・H・ブライス　菅原克也
柳宗悦　熊倉功夫
バーナード・リーチ　鈴木禎宏
イサム・ノグチ　酒井忠康
熊谷守一　古川秀昭

川端龍子　岡部昌幸
藤田嗣治　林洋子
*井上有一　海上雅臣
*手塚治虫　竹内オサム
古賀政男　藍川由美
*吉田正　金子勇
*武満徹　船山隆
*八代目坂東三津五郎　田口章子
*力道山　岡村正史
*西田天香　宮田昌明
安倍能成　中根隆行
サンソム夫妻　平川祐弘・牧野陽子
*天野貞祐　貝塚茂樹
和辻哲郎　小坂国継
矢代幸雄　稲賀繁美
石田幹之助　岡本さえ
*平泉澄　若井敏明
*早川孝太郎　須藤功
安岡正篤　片山杜秀
青山二郎　田野勲
島田謹二　小林信行
田中美知太郎　川久保剛
前嶋信次　杉田英明
*唐木順三　澤村修治
亀井勝一郎　山本直人
知里真志保　北原治郎太
保田與重郎　谷崎昭男
石母田正　磯前順一
*福田恆存　川久保剛

井筒俊彦　安藤礼二
佐々木惣一　伊藤孝夫
小泉信三　都倉武之
*瀧川幸辰　伊藤孝夫
矢内原忠雄　等松春夫
式場隆三郎　服部正
大宅壮一　有馬学
清水幾太郎　庄司武史
*フランク・ロイド・ライト　大久保美春
*中谷宇吉郎　杉山滋郎
今西錦司　山極寿一

*は既刊
二〇一七年十一月現在